AGATHA CHRISTIE COMPLETE COLLECTION

MURDER IS EASY

AGATHA CHRISTIE COMPLETE COLLECTION

MURDER IS EASY

살인은 쉽다 애거서 크리스티 장편 소설 | 박산호 옮김

MURDER IS EASY

Copyright © 1939 Agatha Christie Limited.
All rights reserved.

AGATHA CHRISTIE and the Agatha Christie Signature
are registered trademarks of
Agatha Christie Limited in the UK and elsewhere.
All rights reserved.

Korean Translation Copyright © Minumin 2007, 2013, 2021

Korean translation edition is published by arrangement with
Agatha Christie Limited through Shinwon Agency.

이 책의 한국어판 저작권은 신원 에이전시를 통해
Agatha Christie Limited와 독점 계약한 ㈜민음인에 있습니다.
저작권법에 의해 한국 내에서 보호를 받는 저작물이므로 무단 전재와 무단 복제를 금합니다.

정식 한국어 판 출간에 부쳐

나는 한국에서 우리 할머니의 작품을 정식으로 출간한다는 소식을 듣고 무척 기뻤다. 할머니가 1920년부터 1970년 무렵까지 오랜 세월에 걸쳐 집필한 작품들은 21세기인 지금 읽어도 신선하고 재미있다. 등장 인물들이 워낙 자연스러워서 요즘 사람들과 다를 바 없고 이들이 등장하는 상황과 장소가 전 세계 사람들의 애정과 향수를 자극하기 때문이다. 한국 독자들은 이번에 새로 나온 정식 한국어 판을 통해 그 동안 접하지 못했던 애거서 크리스티의 일부 작품들을 읽을 수 있을 것이다. 덕분에 한국에 새로운 세대의 애거서 크리스티 팬들이 탄생할지도 모르겠다는 생각을 하면 가슴이 벅차다.

애거서 크리스티는 대표적인 두 명의 주인공으로 기억되는 작가이다. 14권의 작품에 등장하는 마플 양은 영국의 작은 시골 마을에서 평온한 나날을 보내며 뜨개질과 수다로 소일하는 미혼의 할머니이지만, 놀라운 기억력과 날카로운 두뇌 회전으로 주변에서 벌어진 살인 사건을 해결한다.

그리고 마플 양과 상반되는 성격을 지닌 에르퀼 푸아로는 자신만만하고 콧수염을 포함한 자신의 외모와 벨기에라는 국적에 대한 자부심이 상당하다. 그는 이집트와 이라크를 비롯한 세계 각지에서 수수께끼를 해결하며『오리엔트 특급 살인 Murder On The Orient Express』,『나일 강의 죽음 Death On The Nile』,『애크로이드 살인 사건 The Murder Of Roger Ackroyd』등 애거서 크리스티의 여러 대표작에 모습을 드러낸다.

황금가지의 대담하고 참신한 표지와 전반적인 디자인 덕분에 작품의 성격이 잘 살아난 것 같아 기쁘다. 또한 한국 독자들이 할머니의 원작이 지닌 참된 묘미를 느낄 수 있도록 충실한 번역을 위해 애써 준 점도 높이 사고 싶다.

할머니의 작품이 20세기의 그 어떤 작가들보다 많이 팔리고 있는 이유는 나이와 국적에 상관없이 읽을 수 있는 재미와 감동을 갖추었기 때문이다. 모쪼록 한국 독자들도 황금가지에서 선보이는 애거서 크리스티 작품들을 즐겁게 감상하기를 바란다.

매튜 프리처드
애거서 크리스티의 손자
ACL 이사장

이 책의 첫 비평가였던 로잘린과 수잔에게 바친다

차례

정식 한국어 판 출간에 부쳐 — 5

여행하다 만난 사람 — 11

부고 — 26

빗자루가 없는 마녀 — 39

조사를 시작하다 — 52

웨인플리트 부인을 방문하다 — 68

모자 염색약 — 90

가능성들 — 103

토머스 박사 — 108

피어스 부인 말하다 — 120

로즈 험블비 — 130

호튼 소령의 가정 생활 — 148

불화의 시대 — 163

웨인플리트 부인과 이야기하다 — 181

심사숙고 중인 루크 — 197

운전기사의 불손한 행동 — 217

파인애플 — 232

위필드 경 말하다 — 246

런던에서의 회의 — 258

파혼 — 268

함께 해야 하는 일 — 279

"오, 당신은 왜 장갑을 끼고 들판을 걷나요?" — 289

험블비 부인 말하다 — 312

새로운 시작 — 322

여행하다 만난 사람

영국!
오랜 세월이 흐른 후 다시 보는 영국!
그는 영국이 어떻기를 바란 것일까? 루크 피츠윌리엄은 트랩(배와 부두 또는 선창을 연결하는 널판—옮긴이)을 걸어 내려와 부두로 가면서 자신에게 물었다. 세관 화물 창고에서 기다리는 내내 이런 의문이 마음 한구석에 있다가 임항(臨港) 열차에 마침내 자리를 잡고 앉자 표면으로 떠올랐다.
이건 휴가차 오는 것과는 또 달랐다. 그때는 흥청망청 써 버릴 돈도 많았고,(말을 하자면!) 만나야 할 옛 친구들도 많았으며, 자신처럼 고국에 돌아온 다른 동료들과도 만나야 했다. 이를테면 '흠, 얼마 안 있을 거니 신나게 놀아 보는 것도 좋잖아! 곧 돌아갈 건데.'라고 생각하는 태평스러운 분위기가 아니라는 것이다.

하지만 이제는 돌아갈 일이 없다. 더 이상 숨 막히게 무더운 밤도 없고 눈을 멀게 하는 햇볕도 없으며 열대 특유의 울창한 식물의 절경도 없었다. 또한 더 이상 밤에 홀로 해묵은 《타임스》를 읽고 또 읽는 일도 이젠 없을 것이다.

명예 퇴직해서 연금과 소소하게 들어오는 수입으로 한가롭게 살아가는 신사인 그가 고국인 영국으로 돌아왔다. 이제 무엇을 하며 시간을 보낼 것인가?

영국! 하늘은 흐리고 물어뜯을 듯이 사나운 바람이 부는 6월의 영국. 날씨를 보니 그를 반기는 기색이라고는 전혀 없었다. 게다가 저 사람들이라니! 세상에, 흐릿한 하늘처럼 수심이 가득한 사람들이 잔뜩 몰려 있었다. 집도 사방에 우후죽순 생겨나 있다. 천박하고 좁아터진 집들 같으니라고! 지긋지긋하게 쪼그만 집들! 시골에 우쭐대며 만들어 놓은 닭장들 같군.

루크 피츠윌리엄은 기차 창밖으로 보이는 풍경에서 간신히 눈을 돌려 방금 산 《타임스》, 《데일리 클라리온》, 《펀치》를 읽기 위해 자리를 잡고 앉았다.

먼저 《데일리 클라리온》부터 읽었다. 《데일리 클라리온》은 온통 경마를 다룬 기사 일색이었다.

루크는 생각했다.

'어제 도착했으면 좋았을 것을. 마지막으로 더비 경주를 본 게 열아홉 살 때였는데.'

예전에 클럽 스윕에서 점찍은 말이 하나 떠올라 《데일리 클라리

온》의 경마 담당 기자가 그 말의 승산을 어떻게 점치는지 찾아보았다. 루크는 승산이 없다고 무시하는 투로 쓴 한 문장을 찾았다.

주주베 2세, 마크스 마일, 산토니와 제리 보이는 경주에 나온 것 자체가 놀랍습니다. 승산이 없어 보이는 말로는…….

하지만 루크는 승산이 없어 보이는 말에는 신경 쓰지 않고 재빨리 베팅으로 시선을 돌렸다. 주주베 2세는 수수하게 40대 1이었다.
그는 시계를 보았다. 3시 45분이었다.
'흠, 지금은 끝났군.'
그는 두 번째로 좋아하는 클레리골드 말에게 돈을 걸었더라면 좋았을 거라고 아쉬워했다.
그리고 《타임스》를 펼쳐서 더 심각한 문제에 몰두했다.
그런데 얼마 지나지 않아 맞은편 구석 자리에 앉아 있던 험상궂게 생긴 대령이 신문을 읽고 있다가 흥분해서 루크를 향해 분노를 터트렸다. 그 대령은 '이 빌어먹을 공산당 선동자 놈들'에 대해 어떻게 생각하는지 족히 30분을 떠들다가 제풀에 지쳤다.
마침내 대령은 한풀 꺾여서 입을 벌린 채 잠이 들었다. 잠시 후 기차가 속도를 줄이더니 멈추어 섰다. 루크는 창문 밖을 내다보았다. 기차는 플랫폼이 여러 개인 크고 한산한 역에 정차해 있었다. 플랫폼에서 조금 올라간 곳에 '더비 결과'라는 플래카드를 걸어 놓은 매점이 보였다. 루크는 문을 열고 내려서 그 매점으로 뛰어갔다. 잠시 후 그는 잉크가 조금 얼룩진 최신 뉴스를 활짝 미소 지으며 읽었다.

더비 결과

주주베 2세

마제파

클레리골드

루크는 크게 웃었다. 100파운드라면 실컷 쓸 수 있는 돈인데! 모든 전문가가 깔보고 무시한 늙고 착한 주주베.

그가 여전히 싱글거리면서 신문을 접고 고개를 돌렸을 때 기차역은 텅 비어 있었다. 주주베 2세의 승리에 흥분해 있는 사이에 어느새 기차가 역을 떠나 버린 것이다.

"도대체 그 기차가 언제 가 버렸죠?"

그는 음울한 표정의 짐꾼에게 물었다.

"무슨 기차요? 3시 14분 이후로 기차는 없었는데."

"방금 한 대 있었어요. 내가 거기서 내렸는걸요. 임항 특급 열차 말입니다."

짐꾼은 엄격하게 말했다.

"그 임항 열차는 런던까지 직행하는 열차입니다."

"하지만 이 역에 섰어요."

루크가 그 남자에게 재차 단호하게 말했다.

"내가 거기서 내렸다니까요."

"런던에 도착할 때까지 멈추지 않는 기차라니까요."

짐꾼이 냉정하게 말했다.

"지금 말하잖아요. 이 역에 멈춰서 내가 내렸다고요."

상황을 확인한 짐꾼이 태도를 바꾸었다.

"그러지 말았어야죠."

그가 나무라듯이 말했다.

"그 기차는 여기 정차하는 기차가 아닙니다."

"하지만 섰어요."

"그건 신호였어요. 노란 불이지 빨간 불이 아니었는데. 여긴 승객들이 생각하는 그런 '정거장'이 아닙니다."

"난 당신처럼 그런 세세한 차이는 잘 모릅니다. 문제는 이제 어떻게 해야 하냐는 거죠?"

머리가 빨리 돌아가는 편이 아닌 짐꾼은 거듭 야단쳤다.

"여기서 내리지 말았어야죠."

"알겠어요. 이미 끝난 일이잖아요. 돌이킬 수 없어요. 통곡한다고 죽은 사람이 살아 돌아오지 않잖아요. 까마귀도 그랬잖아요. '두 번 다시 그러지 않겠다고.' 이미 써버린 글씨는 어쩔 수 없으니 계속 써야 한다는 등 그런 말이야 많죠. 내 말은 철도 회사에 근무하는 선생님 같은 전문가라면 지금 내게 어떤 충고를 하겠냐는 거죠."

"지금 어떻게 해야 좋을지 제게 묻는 건가요?"

"그렇죠. 이 역에 서는 열차들이 있겠죠?"

"제 생각에는 4시 25분 열차로 가시는 게 최선일 것 같습니다."

"4시 25분 열차가 런던으로 간다면 그 차를 타야겠군요."

그제야 안심하고 루크는 승강장을 한가로이 거닐었다. 큰 표지판을 보고서야 이 역이 위치우드 언더 애쉬로 가는 페니 클레이튼 환승역이라는 걸 알았다. 그때 작고 낡은 엔진을 단 객차 한 량짜리 기차가 천천히 연기를 뿜으며 들어와 이 수수한 역에 섰다. 예닐곱 명 정도의 승객이 내려서 신호 교를 건너 루크가 서 있는 승강장으로 왔다. 그 음울해 보이던 짐꾼은 갑자기 활기를 띠면서 나무 상자와 바구니가 든 큰 손수레를 밀고 다니기 시작했다. 또 다른 짐꾼이 거기 가세해서 우유병들이 든 수레를 덜커덕 소리를 내며 밀기 시작했다. 페니 클레이튼이 잠에서 깨어나 생기를 되찾았다.

마침내 런던행 열차가 들어왔다. 삼등칸은 사람들로 붐볐지만 일등칸은 세 칸밖에 없었고 승객은 한두 명뿐이었다. 루크는 객실을 하나하나 꼼꼼히 살펴보았다. 첫 번째 객실에는 군인처럼 보이는 한 신사가 담배를 피우고 있었다. 루크는 오늘은 더 이상 인도에서 온 영국 군인들과 부대끼고 싶지 않았다. 그 다음 번 객실에는 피곤해 보이는 젊고 우아한 부인이 타고 있었다. 가정교사인 듯 장난꾸러기처럼 보이는 세 살짜리 남자 아이가 옆에 있었다. 루크는 재빨리 그 객실을 지나쳤다. 다음 객실은 열려 있었고 한 노부인이 타고 있었다. 그녀를 보자 루크는 밀드레드 이모가 떠올랐다. 밀드레드 이모는 루크가 열 살이었을 때 뱀을 키워도 좋다고 대범하게 허락해 주신 분이었다. 밀드레드 이모는 이모들이 대개 그렇듯이 아주 좋은 분이었다. 루크는 거기에 들어가서 앉았다.

우유 트럭과 화물 트럭 그리고 다른 부산스러운 일로 5분 정도 있다가 기차는 천천히 움직여서 역을 빠져나왔다. 루크는 신문을 펼치고 이미 조간신문을 읽었기 때문에 심드렁하게 뉴스 면을 훑어보았다.

그는 신문을 오래 읽을 수 있을 거라고 기대하지 않았다. 이모가 여럿 있었던 그는 구석에 있는 저 선량한 노부인이 런던까지 아무 말 없이 여행하지는 않을 거라고 확신했다.

그가 옳았다. 창문 높이를 조절하고, 우산을 떨어뜨리고, 이 열차가 얼마나 멋진지에 대해 그에게 말을 거는 방식까지 예상한 대로였다.

"1시간 10분밖에 안 걸려요. 아주 훌륭해요. 아시겠지만 정말 좋아요. 아침 기차보다 훨씬 나아요. 오전 기차는 1시간 40분 걸리죠."

그녀는 계속 조잘거렸다.

"사람들은 대부분 오전 기차를 타죠. 내 말은 오전 요금이 훨씬 저렴한데 오후 기차를 타는 건 어리석잖아요. 나도 오늘 오전 기차를 타려고 했는데 윙키 푸가 없어져서……. 윙키 푸는 내 고양이에요. 페르시아 고양이인데 아주 예쁘답니다. 요즘 귀가 좀 아픈데 그 아이를 찾을 때까지 집을 나올 수가 있어야죠."

루크는 어물쩍 대꾸했다.

"물론 그러시겠죠."

그러고는 노골적으로 신문에 눈을 돌렸다. 하지만 허사였다. 그녀의 수다는 끝이 없었다.

"그래서 하는 수 없이 볼일을 마무리하고 대신 오후 기차를 탔는데 이것도 어떤 면에선 축복받은 거죠. 사람들로 붐비지 않으니까. 일등급으로 타면 신경 안 써도 되는 일이긴 하지만. 물론 난 자주 이러지는 않아요. 내 말은 세금도 내야 하고 배당금도 전보다 줄고 하인들에게 줘야 할 월급은 많고 이런저런 일을 생각하면 일등칸을 타는 건 사치라는 거죠. 하지만 신사분도 보셨겠지만 내가 너무 흥분해서……. 아주 중요한 볼일을 보러 가는 길이고 가서 할 말을 정확하게 생각해 두고 싶은데……. 좀 조용하게 말이죠."

루크는 슬며시 나오려는 미소를 참았다.

"그리고 같이 여행하는 사람들도 있으니 그 사람에게 무례하게 굴 수도 없잖아요. 그래서 한 번쯤은 이런 돈은 써도 되겠구나 생각했다우. 하긴 요즘 사람들은 낭비가 심하기는 해. 돈을 모아 두거나 앞날을 생각하는 사람들이 없지. 잠깐만 생각해 보면 인생이 달라질 텐데 그 잠깐도 생각을 안 하니 참 안타깝단 말이야."

그녀는 재빨리 말을 이어 가면서 루크의 햇볕에 탄 얼굴을 힐끗 보았다.

"물론 휴가 중인 군인들은 당연히 일등칸을 타야죠. 내 말은 장교로서 지켜야 할 체통과……."

루크는 노부인의 호기심 섞인 총명하고 반짝거리는 눈빛을 태연히 받아 냈다. 그리고 두 손 들었다. 결국엔 이런 말이 나올 줄 알았다.

"전 군인이 아닙니다."

"아, 미안해요. 난 그냥 젊은 양반이 얼굴이 많이 그을려서 동양에 있다가 휴가차 귀국했나 보다 생각했수."

"동양에 있다가 귀국한 건 맞아요. 하지만 휴가를 보내려고 온 건 아닙니다."

그는 단도직입적으로 노부인의 추궁을 벗어났다.

"전 경찰입니다."

"경찰이세요? 어머나, 정말 흥미롭군요. 내 친한 친구 아들도 팔레스타인 경찰에 취직했어요."

"전 말레이 해협에 있었죠."

루크는 또다시 짧게 말을 끊었다.

"어머, 정말 흥미롭군요. 이런 인연이 있나. 내 말은 젊은 양반이 이 기차에 탔다는 게 말이죠. 왜냐하면 내가 지금 시내에 보러 가는 일도 사실은 런던 경시청에 가는 길이에요."

"정말이세요?"

루크는 속으로 생각했다.

'이 할머니가 고장 난 시계처럼 늘어져 버릴까, 아니면 런던까지 죽 이런 식으로 입을 다물지 않을 것인가?'

그러나 그는 별로 신경 쓰지는 않았다. 그는 밀드레드 이모를 좋아했고 돈이 궁했을 때 그 이모가 5파운드를 루크에게 찔러 준 기억이 났기 때문이다. 게다가 밀드레드 이모나 이런 노부인들에게는 뭔가 아주 편안하고 영국적인 분위기가 풍겼다. 말레이 해협에는 이런 것들이 없었다. 이 노부인들은 이를테면 크리스마스 푸딩(건포도를 넣은 푸딩으로 영국에서는 크리스마스 요리로 먹음—옮긴이)이나 동네에서 하는 크리켓 또는 장작이 타오르는 벽난로 같은 존재라고 할 수 있었다. 지구 반대편에 있어서 가질 수 없을 때 그 진가를 절절히 깨닫게 되는 그런 것들 말이다.(이것들은 아주 많이 있을 때는 지겨워지지만 이미 말한 것처럼 루크는 영국에 도착한 지 서너 시간밖에 안 됐다.)

노부인은 즐겁게 계속 이야기했다.

"그래요. 난 오늘 오전 차를 타려고 했는데, 아까 말했던 것처럼 윙키 푸가 너무 걱정이 되어서 말이죠. 너무 늦진 않았겠죠? 내 말은 런던 경시청에 정해진 근무 시간이 있는 건 아니겠죠?"

"4시 무렵에 닫을 것 같진 않습니다."

"아, 물론 그럴 순 없겠죠? 사람들이 언제 어느 때 심각한 범죄를 신고할지 모르는데, 그렇잖아요."

"그렇죠."

한동안 노부인은 침묵에 빠졌다. 그녀는 근심스러워 보였다.

"난 항상 문제가 생기면 근본 원인부터 해결하는 편이 낫다고 생각하는 사람이죠."

그녀가 마침내 말문을 열었다.

"존 리드는 아주 괜찮은 사람이에요. 위치우드 경찰인데, 예의바르고 싹싹한 젊은이지. 하지만 심각한 사건을 다룰 만한 그릇은 아니란 느낌이 들어서. 그 친구는 고주망태가 된 사람들이나, 속도 제한이나, 점등 시간을 어겼거나, 개 면허를 안 가지고 다니는 사람들은 꽤 많이 다뤄 봤지. 심지어는 강도 사건도 다뤄 봤을 거야. 하지만 살인 사건을 맡을 인물은 아니라고 확신해요."

루크의 눈썹이 치켜 올라갔다.

"살인이라고요?"

노부인은 격렬하게 머리를 끄덕였다.

"그래요, 살인. 놀랐군요. 얼굴에 씌어 있어요. 나도 처음엔 놀랐죠……. 정말 믿을 수가 없었어요. 난 그냥 내가 상상해 낸 걸 거라고 생각했죠."

"단순한 상상이 아니라고 확신하시는 겁니까?"

루크가 부드럽게 물었다.

"아, 상상이 아니에요."

그녀는 단호하게 머리를 흔들었다.

"처음에는 그럴 수도 있겠죠. 하지만 두 번째도 아니고 세 번째도 아니고 네 번째도 아니에요. 그 사건 이후로 알게 되었죠."

"그럼 부인 말씀은 살인이 여러 번 일어났단 말입니까?"

그녀는 조용하고 부드러운 목소리로 대답했다.

"유감스럽지만 꽤 많아요."

그녀는 계속 말했다.

"그래서 내가 곧장 런던 경시청으로 가서 이야기를 하는 게 최선이라고 생각한 거죠. 그게 최선이라고 생각하지 않아요?"

루크는 그녀를 생각에 잠겨 바라보다가 말했다.

"그렇죠. 부인 말이 옳습니다."

그는 혼자 생각했다.

'런던 경시청에서 부인을 어떻게 대해야 할지 알겠지. 아마 매주 대여섯 명의 노파들이 쳐들어와서 자기들이 사는 쾌적하고 조용한 시골 마을에서 일어난 살인 사건에 대해 입에 거품을 물고 떠들어 댈 거야. 이런 할머니들을 접대하는 특별 부서가 있을지도 몰라.'

그는 자애로운 총경이나 잘생긴 젊은 경위가 재치 있게 굵은 목소리로 말하는 모습을 상상했다.

'고맙습니다, 부인. 정말 감사합니다. 이 일은 저희에게 맡겨 주시고 이제 돌아가셔서 걱정 붙들어 매시기 바랍니다.'

그는 그 장면을 상상하면서 슬그머니 웃었다.

'왜 할머니들은 이런 상상을 할까? 사는 게 지겨워서겠지. 은밀하게 드라마 같은 삶을 꿈꾸는 걸까. 어떤 노파들은 자기 음식에 누가 독을 넣는다고 상상한다던데.'

루크는 생각에 잠겨 있다가 가늘고 부드러운 목소리가 계속 들리자 다시 정신을 차렸다.

"있죠, 예전에 이런 글을 읽은 기억이 나요. 아버크롬비 사건이었던 것 같은데……. 물론 그 사람은 의심을 받기 전에 이미 여럿 독살했지만. 내가 뭘 말하려고 했더라? 아, 맞아. 누군가 그런 말을 했어요. 그 아버크롬비란 사람이 누군가를 독특한 표정으로 쳐다보면 얼마 못 가서 그 사람이 병에 걸린다고. 그 이야기를 읽었을 땐 믿지 않았는데, 그게 사실이었어요!"

"뭐가 사실이란 거죠?"

"그 사람의 얼굴 표정······."

루크는 빤히 바라보았다. 그녀는 몸을 떨고 있었고 분홍색 뺨엔 핏기가 조금 가셔 있었다.

"처음엔 에이미 깁스를 보았는데 그녀가 죽었어요. 그 다음은 카터였죠. 그리고 토미 피어스. 하지만 이번엔, 어제는 험블비 박사였어요. 험블비 박사는 좋은 분이에요. 정말 선량한 분이죠. 카터는 술이 과했고, 토미 피어스는 건방지고 버릇없는 아이라 아이들을 괴롭히면서 그 꼬맹이들의 팔을 비틀고 꼬집곤 했죠. 그 사람들이 죽었을 땐 별로 괴롭지 않았어요. 하지만 험블비 박사는 달라요. 박사님은 반드시 살려야 해요. 끔찍한 것은 내가 박사님에게 가서 그 이야기를 하면 믿지 않을 거예요. 그냥 웃고 말겠죠! 그리고 존 리드도 날 믿지 않을 게 뻔해요. 하지만 런던 경시청은 다르겠죠. 거기는 이런 범죄에 익숙하잖아요!"

그녀는 창밖을 잠깐 내다보았다.

"아, 이런. 곧 도착하겠군요."

그녀는 안절부절 못하고 가방을 열었다 닫으면서 우산을 챙겼다.

"고마워요. 정말 고마워요."

두 번째로 우산을 집어 주는 루크에게 그녀가 말했다.

"신사분에게 이런 이야기를 할 수 있어서 마음이 한결 가벼워졌어요. 정말 친절하신 분이군요. 내가 옳은 일을 한다고 생각해 주어서 기뻐요."

루크는 친절하게 말했다.

"런던 경시청에서 좋은 조언을 해 드릴 겁니다."

"정말 감사해요."

그녀는 가방 안을 손으로 더듬었다.

"내 명함. 아, 이런. 하나밖에 없네. 이건 런던 경시청에 주어야 하는데."

"당연하죠. 괜찮습니다."

"난 핀커튼이라고 해요."

"아주 잘 어울리시는 이름입니다. 핀커튼 부인."

루크는 미소를 지으면서 말하다가 그녀의 표정이 조금 당황스러워 보이자 서둘러 덧붙였다.

"전 루크 피츠윌리엄입니다."

기차가 승강장으로 들어서자 그가 한 마디 덧붙였다.

"택시를 잡아드릴까요?"

"아니요, 됐어요. 감사합니다."

핀커튼 부인은 그 제안에 깜짝 놀란 것처럼 보였다.

"전 지하철을 타겠어요. 그걸 타고 트라팔가 광장으로 가서 화이트홀로 걸어가면 되겠죠."

"그러시다면, 행운을 빌겠습니다."

핀커튼 부인은 다정하게 그와 악수를 했다.

"정말 친절하세요."

그녀는 다시 중얼거렸다.

"처음에는 내 말을 믿지 않는다는 생각이 들었는데."

루크는 면목이 없어 얼굴이 붉어졌다.

그가 말했다.

"그런데 그렇게 살인이 여러 번 일어나다니, 그렇게 많은 사람을 죽이고 무사히 빠져나가긴 좀 어렵지 않나요?"

핀커튼 부인은 고개를 흔들었다.

그녀는 진지하게 말했다.

"아니요, 젊은 양반. 그 점에 있어서는 젊은 양반이 틀렸어요. 의심하는 사람이 없는 한 살인은 아주 쉽답니다. 그리고 문제의 그 인물은 아무도 의심하지 않을 그런 사람이랍니다."

"흠, 어쨌든 행운을 빌게요."

루크가 말했다.

핀커튼 부인은 군중 속으로 사라져 버렸다. 그도 가방을 찾으러 가면서 생각했다.

'머리가 약간 돈 걸까? 그래 보이진 않는데. 그냥 상상력이 활발한 거겠지. 그걸 거야. 런던 경시청에서 크게 실망하지 않았으면 좋겠는데. 사람은 좋아 보이는 할머니던데.'

부고

지미 로리머는 루크의 가장 오래된 친구 중 하나이다. 사실 루크는 런던에 도착하자마자 지미 집에서 지냈다. 런던에 도착한 첫날 밤 함께 놀러 나간 사람도 지미였다. 다음 날 아침 깨질 것 같은 두통을 안고 마신 것도 지미의 커피였고 조간에 나온 별로 중요하지 않은 한 단락의 기사를 루크가 유심히 읽다가 미처 대꾸하지 못한 것도 지미의 목소리였다.

"미안해, 지미."

그가 깜짝 놀라 정신을 차리면서 말했다.

"뭔데 그렇게 열심히 읽어. 정치 기사야?"

루크가 씩 웃었다.

"그건 아니고 좀 이상한 기사야. 어제 기차에서 만난 노부인이 차에 치였다는군."

"거리 신호등이 말썽을 일으켰을 거야. 그런데 그 부인인지 어떻게 알았어?"

지미가 말했다.

"그럴 리는 없겠지만 이름이 똑같아. 핀커튼이라고. 길을 건너서 화이트홀로 가다가 차에 치여 죽었다는데. 차가 그대로 밀고 가 버렸대."

"끔찍한 일이네."

"그래, 불쌍한 할머니야. 유감이야. 그분을 보니까 밀드레드 이모가 생각나던데."

"그 차를 몬 사람이 누구였든 죗값을 치를 거야. 과실치사가 될지도 모르겠네. 어쨌든 요즘은 운전하기 정말 겁난다니까."

"지금 타는 차는 뭐지?"

"포드 V8. 그게 말이지······."

둘의 대화는 기계에 대한 이야기로 넘어갔다.

지미가 갑자기 질문을 해서 말을 끊었다.

"도대체 지금 뭘 흥얼거리는 거야?"

"피들 디디, 피들 디디, 파리가 범블 비(뒝벌)와 결혼을 했대요."

루크가 사과했다.

"어렸을 때 들은 자장가가 기억났어. 왜 느닷없이 이 노래가 생각났는지 모르겠네."

일주일이 지난 후 루크는 무심코 《타임스》 1면을 훑어보다가 경악에 찬 신음 소리를 내뱉었다.

"이런, 세상에!"

지미 로리머가 올려다보았다.

"무슨 일이야?"

루크는 대답하지 않았다. 그는 신문에 나온 한 이름을 뚫어져라 보고 있었다.

지미는 거듭 물었다.

루크가 고개를 들어서 친구를 보았다. 그 표정이 너무 기묘했기 때문에 지미는 깜짝 놀랐다.

"무슨 일이야, 루크? 마치 유령이라도 본 표정이잖아."

한동안 루크는 대답하지 않았다. 그는 신문을 내려놓고 창가로 걸어갔다 다시 왔다. 그를 보는 동안 지미의 놀라움은 더 커졌다.

루크는 의자에 털썩 주저앉아 몸을 앞으로 내밀었다.

"지미, 내가 영국에 도착하던 날 런던까지 동행했다고 한 노부인 이야기 생각나?"

"밀드레드 이모가 떠오른다고 했던 그 부인? 차에 치였다고 했지?"

"맞아. 잘 들어, 지미. 그 부인이 런던 경시청에 살인이 여러 건 일어났다는 이야기를 해주러 가는 길이라면서 내게 이야기를 하나 들려주었어. 그녀가 사는 마을에 살인자가 돌아다닌다는 거야. 그것도 아주 신속하게 사람들을 해치우고 있다더라고."

"그 할머니가 정신 나갔다는 말은 안 했잖아."

지미가 말했다.

"그렇다는 생각은 안 했어."

"정신 차려, 이 친구야. 연쇄 살인이 그렇게······."

루크가 급히 말을 이었다.

"그 부인이 돌았다는 생각은 안 했어. 그냥 가끔 할머니들이 그런 것처럼 상상력이 좀 지나치다고 생각했지."

"흠, 그럴 수 있겠군. 하지만 맛이 간 건 사실이라고 난 생각해."

"네가 어떻게 생각하는지는 중요하지 않아, 지미. 지금은 내가 말하고 있잖아."

"알았어. 계속해 봐."

"그 부인은 상당히 자세하게 이야기를 하면서 피해자들 이름을 하나인가 둘인가 말해 주었어. 그녀가 정말 괴로웠던 점은 다음 번 희생자가 누가 될지 안다는 거였어."

"그랬대?"

지미가 이야기를 재촉하며 물었다.

"가끔 좀 어처구니없는 이유로 어떤 이름이 계속 생각날 때가 있잖아. 그 이름이 계속 내 뇌리를 떠돈 건 어렸을 때 들은 우스꽝스러운 자장가가 연상되었기 때문이야. '피들 디디, 피들 디디, 파리가 범블 비(뒝벌)와 결혼을 했대요.'"

"매우 지적인 이야기군. 그래서 요점이 뭐야?"

"요점은······. 그 남자의 이름이 험블비였다는 거야. 험블비 박사. 나와 동행한 노부인이 험블비 박사가 다음 번 희생자가 될 거라고 했어. 그녀는 그 박사가 '아주 선량한' 분이라 괴롭다고 했지. 그 이름이 내 머리에 박혀 있었던 건 아까 말한 그 노래 가사 때문이고."
"그래서?"
"그래서라고, 이걸 봐."
루크는 신문을 밀어 주면서 부고란에 기재된 내용을 손가락으로 짚었다.

험블비: 위치우드 언더 애쉬의 샌드게이트에 있는 자택에서 6월 13일 급사. 존 에드워드 험블비, 의학박사이며 유족으로 제시 로즈 험블비 부인이 있습니다. 금요일 장례. 유가족의 청으로 꽃은 사절합니다.

"이제 알겠어, 지미? 바로 그 이름에 그 장소야. 게다가 이 사람은 의사야. 어떻게 생각해?"
지미가 대답하기까지 1~2분이 흘렀다. 마침내 다소 반신반의하는 투로 말했을 때 그의 목소리는 진지했다.
"내겐 그냥 기막힌 우연으로 보이는데."
"그런가, 지미? 그런 거야? 이게 다 그냥 우연일까?"
루크는 다시 왔다 갔다 걸어 다니기 시작했다.
"그게 아니면 뭐겠어?"
지미가 물었다.
루크는 갑자기 몸을 돌렸다.
"그 수다스러운 노파가 했던 말이 다 진실이라면? 그 환상적인 이야기가 글자 그대로 진실이라면!"

"정신 차려, 이 친구야! 그건 좀 지나친걸. 그런 일은 일어나지 않아."

"아버크롬비 사건은 어쩌고? 그 범인이 적지 않은 사람을 해치지 않았냐고?"

"당국에서 밝혀 낸 것보다 더 많이 죽였지. 내 친구 사촌이 그 지역 검시관이었는데, 그 친구를 통해서 들은 이야기야. 경찰은 동네 수의사에게 비소를 먹인 혐의로 아버크롬비를 잡았는데 그러고 나서 아버크롬비 부인을 파내 보니까 그 부인 몸에도 비소가 가득하더란 거야. 그리고 그놈의 처남도 같은 식으로 당했다는 게 확실하대. 그게 다가 아니었어. 내 친구 말로는 비공식적인 견해로 아버크롬비가 최소한 열다섯 명 이상 죽였을 거래. 열다섯 명이나!"

"바로 그거야. 이런 일들이 일어나고 있다니까!"

"그래, 하지만 자주 일어나진 않아."

"어떻게 알아? 네가 생각하는 것보다 훨씬 더 자주 일어날 수도 있어."

"경찰 같은 소리 한다. 네가 경찰이었다지만 지금은 은퇴해서 조용한 생활을 즐기고 있다는 거 잊었어?"

"한번 경찰이면 영원한 경찰인 거야. 생각해 봐, 지미. 아버크롬비가 그렇게 무모해져서 경찰 면전에 그 사건을 들이대기 전에 한 수다스러운 노파가 아버크롬비가 하는 짓을 알아채고 그럴 만한 공적인 지위에 있는 사람에게 가서 그런 이야기를 한다고 해 봐. 그 사람들이 그 노파의 말을 들어 주었을까?"

지미는 픽 웃었다.
"코웃음 쳤겠지!"
"바로 그거야. 부인이 살짝 돌았다고 말했을 거야. 네가 그랬던 것처럼! 아니면 이렇게 말했겠지. '상상력이 너무 풍부해. 조사할 만한 건 아냐.' 내가 말했던 것처럼! 그리고 우리 둘 다 틀렸겠지."
지미 로리머는 한동안 생각하다가 말했다.
"그래서 넌 정확히 이 사건을 어떻게 보고 있는 거야?"
루크는 천천히 말했다.
"이 사건은 지금 이런 상태야. 난 그럴싸하진 않지만 그렇다고 불가능하지 않은 이야기를 하나 들었어. 한 증거로 험블비 박사의 죽음이 그 이야기를 뒷받침하고 있어. 그리고 또 하나 중요한 사실이 있어. 핀커튼 부인은 이 그럴싸하지 않은 이야기를 하러 런던 경시청으로 가던 길이었어. 하지만 부인은 거기 도착하지 못했지. 그녀는 차에 치여 죽었어."
지미가 이의를 제기했다.
"부인이 거기 가지 않았는지는 너도 모르잖아. 런던 경시청을 방문하기 전에 살해된 게 아니라 다녀오는 길에 죽었을 수도 있어."
"그래, 그럴 수도 있겠지. 하지만 부인이 거기 가지 않은 것 같아."
"그건 완전히 네 추측일 뿐이잖아. 요지는 이거야. 네가 이 멜로드라마를 믿는다는 거지."
루크는 거세게 머리를 흔들었다.
"아니야, 난 그렇게 말하지 않았어. 조사를 해 볼 사건이 하나 있다는 말만 했지."

"다시 말하면, 네가 런던 경시청으로 간단 말이지."

"아니, 그 정도까지는 아니야. 네가 말한 것처럼 험블비라는 남자의 죽음이 단순히 우연일 수도 있으니까."

"그럼 어떻게 하자는 생각인지 물어봐도 될까?"

"그 마을로 가서 그 문제를 조사해 보는 거지."

"네 생각은 그렇단 말이지?"

"그것만이 이 사건에 착수할 수 있는 유일하게 상식적인 방법이라고 보이지 않아?"

지미는 그를 물끄러미 보다가 말했다.

"심각한 거구나, 루크?"

"물론이지."

"이 모든 게 다 별것 아니라면?"

"그러면 좋은 거지."

"물론 그렇기는 하지만……."

지미는 얼굴을 찡그렸다.

"하지만 넌 사소한 사건이라고 생각하지 않는 거지?"

"난 그냥 열린 마음으로 볼 뿐이야."

지미는 한동안 아무 말도 하지 않았다. 그러다 다시 말문을 열었다.

"무슨 계획이라도 있어? 내 말은 갑자기 그 동네에 나타나려면 뭔가 구실이 있어야 할 거란 말이야."

"아, 짐작건대 그렇겠지."

"짐작 같은 것까지도 필요없어. 영국의 시골 동네가 얼마나 작은지 알기는 알아? 낯선 사람은 대번에 눈에 띈다고."

루크가 갑자기 싱긋 웃으며 말했다.

"변장을 해야겠는데. 뭘 하면 좋겠어. 화가? 그건 별로긴 해. 난 색칠은커녕 스케치도 못하거든."

"현대 미술가라면 괜찮지 않을까. 그럼 스케치 같은 건 문제가 안 될걸."

지미가 제안했다.

하지만 루크는 지금 떠오른 문제에 열심이었다.

"아니면 작가? 작가들이 낯선 시골 여인숙에 가서 글을 쓰나? 그럴 수도 있지만 그보다 낚시꾼이 좋겠어. 그럼 근처에 강이 있는지 알아봐야 하잖아. 시골 공기를 쐬야 하는 환자는 어떨까? 아무래도 난 환자같이는 안 보이겠지? 그리고 요즘 환자들은 다 요양원으로 가잖아. 그 동네에 집을 구하러 다닌다고 해볼 수도 있겠지. 하지만 그것도 썩 좋은 방법은 아니야. 제기랄, 시골 동네에 성격 좋은 이방인이 찾아올 뭔가 그럴듯한 구실이 있을 텐데 말이야."

지미가 말했다.

"잠깐 기다려. 그 신문 다시 줘 봐."

신문을 받아서 슬쩍 훑어보더니 지미는 의기양양하게 선언했다.

"내 이럴 줄 알았어! 루크, 다 내게 맡겨. 이거야말로 눈 한번 끔쩍해 주는 것만큼 쉽군."

루크는 휙 몸을 돌렸다.

"뭐라고?"

지미는 은근히 자랑스러워하는 투로 계속 말을 이었다.

"뭔가 낯익은 구석이 있다고 생각했지. 위치우드 언더 애쉬. 바로 그곳이야!"

"검시관을 알고 있다는 친구가 혹시 거기 있는 거야?"

"그보다 훨씬 더 나은 경우야. 너도 알다시피 내겐 이모랑 사촌들이 많잖아. 우리 아버지가 13남매 중 하나라서 말이지. 내 말을 좀 들어 봐. 위치우드 언더 애쉬에 내 사촌이 하나 살고 있어."

"지미, 넌 정말 대단한 친구야."

"잘된 일이지?"

지미는 겸손하게 말했다.

"그 사촌에 대해 좀 말해 봐."

"여자야. 이름은 브리짓 콘웨이. 지난 2년간 위필드 경의 비서로 일했지."

"그 너절한 주간지 사장 말이야?"

"맞았어. 사람도 상당히 너절하고 작달막해! 거만하고. 그 작자는 위치우드 언더 애쉬 출신으로 벼락출세를 했지. 다른 사람들이 싫어하는데도 자신의 과거를 떠벌리고 고향으로 돌아와 근처에 있는 큰 저택을 사들였어. 원래 그 집은 브리짓네 가문의 소유였는데 '모범적인 사유지'로 열심히 개조하고 있는 중이지."

"네 사촌이 그의 비서란 말이지?"

지미가 침울하게 말했다.

"예전에 그랬지. 지금은 한 단계 승진했고! 그 작자와 약혼했어!"

"아."

루크는 조금 놀랐다.

"브리짓이 대어를 낚은 거야. 돈이 넘쳐나는 친구지. 브리짓은 전에 어떤 놈팡이에게 상처를 받은 일이 있어. 그래서 일체의 연애 감정에 회의를 느꼈지. 둘은 잘 해나갈 거야. 그 사람은 브리짓의 치마폭에 싸여서 브리짓이 하라는 대로 하게 될걸."

"그럼 난 거기에 어떻게 들어가지?"

지미가 재빨리 대답했다.

"그 집에 묵어. 사촌으로 가장하는 게 낫겠어. 브리짓에게는 사촌이 워낙 많으니까 하나 더 늘어난다고 해도 문제가 되진 않을 거야. 브리짓이랑 내가 다 처리해 놓을게. 브리짓과 난 항상 죽이 잘 맞았거든. 네가 거기 가는 이유는 마법으로 하지, 친구."

"마법?"

"민간전승, 지방에 전해 내려오는 미신, 뭐 그런 이야기들 있잖아. 위치우드 언더 애쉬는 그 방면으로 꽤 유명하거든. 악마의 연회가 열리던 몇 안 남은 곳이기도 하지. 지난 세기에만 해도 마녀들이 화형을 당하고 뭐 그런 전통들이 많았던 곳이야. 넌 거기 책을 쓰러 가는 거야. 알겠어? 말레이 해협의 관습과 오래된 영국의 민간전승을 연관 지어서 유사점을 찾고 뭐 그런 이야기지. 너도 그런 이야기 알잖아. 공책 한 권 가지고 다니면서 그 동네에서 제일 오래 산 사람에게 동네에 전해 내려오는 미신과 관습에 대해 인터뷰를 해 보란 말이야. 그 마을 사람들은 그런 일에 꽤 익숙하고 네가 애쉬 마노르에 묵게 되면 그걸로 네 신원 보장은 된 셈이야."
"위필드 경은 어쩌고?"
"그 친구는 괜찮을 거야. 그 사람은 상당히 무식한 데다 남의 말을 잘 믿는 편이지. 사실 자기 신문에 나오는 기사도 믿는다니까. 어쨌든 브리짓이 알아서 해 줄 거야. 브리짓은 괜찮은 여자야. 내가 보증하지."
루크는 심호흡을 했다.
"지미, 덕분에 일이 쉬워지겠는걸. 넌 정말 경이로워. 네가 네 사촌과 이 일을 해결해 줄 수 있다면……."
"정말 괜찮을 거라니까. 내게 맡겨두라고."
"어떤 말로 감사를 해도 충분치 않을 것 같아."
"내가 부탁하고 싶은 건 만약 살인 사건의 범인을 추적하게 된다면 결말을 끝까지 파헤치라는 거야."
그렇게 말한 지미가 재빨리 덧붙였다.
"왜 그래, 루크?"
루크가 천천히 말했다.
"그 노부인이 내게 했던 말이 생각났어. 내가 사람들을 그렇게 많이 죽이고도 무사히 빠져나간다는 게 어렵지 않겠냐고 했더니 그녀는 내가 틀렸다고 했어. 살인을 하기는 아주 쉽다는 거야……."
루크는 말을 멈추었다가 다시 천천히 말했다.
"그게 정말 사실일지 궁금해, 지미. 정말 그게……."

"뭐가?"

"살인이 쉽다는 게……."

빗자루가 없는 마녀

 루크는 위치우드 언더 애쉬의 작은 시골 동네 산자락을 오르락내리락하며 달렸다. 태양이 강렬했다. 그는 새로 산 스탠더드 스왈로 중고차를 야트막한 산꼭대기에 잠깐 세우고 시동을 껐다.
 여름날이라 무더웠다. 그의 발 아래 최근에 불어온 개발 바람에 유일하게 피해를 입지 않은 마을이 있었다. 애쉬 릿지의 산 밑으로 길게 뻗은 하나의 거리로 이루어진 마을은 햇빛을 받으며 순수하고 평화롭게 서 있었다.
 그 마을은 외따로 떨어져 기이한 모습을 간직하고 있는 것처럼 보였다.
 '내가 아무래도 미친 거야. 이 모든 게 아주 환상적이군.'
 단순히 한 노부인의 시시껄렁하고 장황한 수다와 신문에서 우연히 본 부고 때문에 정말로 이곳에 살인자를 추적하기 위해 왔단 말인가?

그는 고개를 흔들고는 중얼거렸다.

"확실히 그런 일은 일어나지 않았어. 아니면 정말로 일어났을까? 루크, 네가 정말로 세상에서 가장 순진한 놈인 걸까? 아니면 너의 그 경찰로서의 직감 덕분에 따끈따끈한 범죄 현장에 도착한 걸까? 그걸 알아내는 게 네 일이잖아."

그는 시동을 걸고 기어를 넣은 후 꾸불꾸불한 도로를 부드럽게 달려서 중심가로 들어왔다.

위치우드는 듣던 대로 하나의 큰 거리로 이루어져 있었다. 거리에 상점들과 하얗게 칠한 계단과 반짝거리게 광을 낸 노커(현관의 문 두드리는 고리—옮긴이)가 달린 깔끔하고 귀족적인 조지 왕조풍의 작은 집들과 화단이 딸린 그림 같은 시골집들이 있었다. 벨스 앤드 모틀리라는 이름의 여관이 거리에서 약간 안쪽으로 들어간 곳에 있었다. 연극을 하기 위한 광장도 있었고, 오리들이 노니는 연못도 있었다. 그 위쪽으로 처음에 루크가 목적지인 애쉬 마노르라고 착각한 위엄 있는 조지 왕조풍 저택이 한 채 있었다. 그러나 가까이 다가가자 커다랗게 페인트칠을 한 박물관과 도서관이란 팻말이 보였다. 거기서 조금 더 들어가자 이곳의 분위기와는 어울리지 않게 크고 하얀 현대식 건물이 한 채 있었다. 루크는 그 건물이 마을 회관이자 청소년 클럽일 거라고 짐작했다.

거기서 그는 멈춰서 목적지로 가는 길을 물었다.

800미터만 더 가면 오른쪽에 애쉬 마노르의 문이 보일 것이라는 말을 들었다.
　루크는 계속해서 갔다. 쉽게 문을 찾았다. 새로 만든 정교한 철문이었다. 그는 차를 타고 들어가면서 나무들 사이로 번쩍이는 빨간 벽돌을 보며 진입로 코너를 돌아가다가 소름끼치게 흉측한 성 같은 건물을 발견하고 경악했다.
　그 악몽 같은 풍경을 보고 있는 동안 햇빛이 들어왔다. 그는 불현듯 애쉬 릿지의 저주가 내려오는 것을 느꼈다. 거센 바람이 나뭇잎들을 휘몰아치는 바로 그 순간 한 여자가 저택 모퉁이를 돌아 나왔다.
　그녀의 까만 머리카락이 세찬 바람에 휘날리면서 얼굴을 드러냈다. 그 얼굴을 보자 루크는 전에 한번 본 그림이 떠올랐다. 네빈슨의 「마녀」라는 그림이었다. 길고 창백하고 섬세한 얼굴, 별을 향해 휘날리는 까만 머리카락. 그는 이 여자가 빗자루를 타고 달로 날아가는 모습을 상상할 수 있을 것 같았다…….
　그녀는 곧장 루크에게로 다가왔다.
　"루크 피츠윌리엄 씨죠. 전 브리짓 콘웨이입니다."
　그는 그녀가 내민 손을 잡았다. 이제 루크는 순간적인 환상 속에서가 아니라 실제의 그녀를 볼 수 있었다.
　키가 크고 날씬하며 길고 섬세한 얼굴에 살짝 튀어나온 광대뼈. 그에 대조적으로 까만 눈썹과 까만 눈과 까만 머리카락. 마치 섬세한 석각 판화 같다고 루크는 생각했다. 사무치도록 아름다운 여인이야.

영국으로 돌아오는 항해 내내 루크가 마음 한구석에 품어온 그림이 하나 있었다. 빨갛게 상기된 볼에 햇볕에 그을린 얼굴로 말의 목덜미를 어루만지고, 잔디밭 가장자리의 잡초를 뽑기 위해 허리를 굽히고, 너울거리는 장작불가에 앉아 손을 쬐고 있는 영국 소녀의 그림……. 가슴이 따뜻하고 우아한 광경이었다.

브리짓 콘웨이가 마음에 든 건지 아닌지 모르겠지만 그가 마음속에 품고 있던 비밀스러운 그림이 산산조각나면서 그 환상이 무의미하고 어리석었다는 것을 알았다.

루크가 말했다.

"안녕하세요? 이런 일을 부탁드려서 죄송합니다. 지미 말로는 개의치 않을 거라고 하셔서."

"물론 괜찮아요. 아주 즐거운걸요."

그녀는 미소를 지었다. 긴 입술의 양끝이 반쯤 뺨으로 치켜 올라가는 갑작스러운 미소였다.

"지미와 난 항상 사이가 좋았죠. 그리고 민간전승에 대한 책을 쓰신다면 이곳이 안성맞춤입니다. 온갖 종류의 전설과 그림 같은 장소들이 많아요."

"멋지군요."

그들은 함께 저택으로 갔다. 루크는 다시 슬쩍 저택을 훔쳐보았다. 다시 보니 현란한 호화로움 이면에 앤 여왕 시대의 소박한 분위기가 억눌린 채 남아 있는 것이 느껴졌다. 그는 지미가 이곳이 원래는 브리짓 가문의 소유였다고 말한 것을 기억해 냈다. 그때는 이 저택이 있는 그대로의 모습이었을 거라고 그는 심술궂게 생각했다. 브리짓 콘웨이의 옆얼굴 곡선과 길고 아름다운 손을 보면서 그는 궁금했다.

그녀는 대략 스물여덟이나 아홉 정도로 보였다. 똑똑한 여자였다. 자신이 스스로 드러내기 전까지는 타인은 그 속내를 짐작하지 못할 그런 사람이었다.

건물 안은 실내 장식가의 심미안이 돋보이는 쾌적한 분위기였다. 브리짓 콘웨이는 책장과 편안해 보이는 의자들이 있고, 창문 옆 차 테이블에 두 사람이 앉아 있는 방으로 그를 데려갔다.

그녀가 말했다.

"고든, 루크예요. 내 사촌의 사촌이죠."

위필드 경은 머리가 반쯤 벗어진 키가 작은 남자였다. 둥글고 천진난만한 얼굴에 삐죽 튀어나온 입술, 눈동자는 삶은 구스베리 색인 그는 간소해 보이는 시골풍의 옷을 입고 있었다. 그 옷은 그의 체형의 단점을 그대로 드러내면서 불쑥 나온 배를 강조하고 있었다.

그는 루크에게 싹싹하게 인사했다.

"만나서 반가워요. 아주 반갑습니다. 방금 동양에서 돌아왔다고 들었는데, 아주 흥미로운 곳이죠. 책을 쓰신다고 브리짓이 말하더군요. 요즘 책을 너무 많이 쓴다고들 하지만 난 아니라고 봐요. 세상엔 항상 양서가 필요한 법이죠."

브리짓이 소개했다.

"제 이모이신 앤스트루더 여사예요."

루크는 입이 조금 우스꽝스럽게 생긴 중년 여성과 악수를 했다.

곧 알게 되었지만 앤스트루더 여사는 원예에 몸과 마음을 바친 사람이었다. 그녀는 다른 화제는 절대 입에 올리지 않고 오로지 그녀가 심기로 작정한 곳에 희귀한 식물이 잘 자랄 수 있을 것인지만 생각하고 있었다.

루크를 소개 받은 후 그녀가 말했다.

"있지, 고든. 바위 정원 자리는 장미 정원 바로 뒤가 딱 좋을 것 같아. 그럼 개천이 팬 곳을 통해서 흐르는 환상적인 수생 식물원이 생기잖아."

위필드 경은 의자에서 몸을 쭉 폈다. 그가 선선히 말했다.

"그런 문제는 브리짓과 상의하세요. 내 생각에 바위 정원은 골칫거리에 불과하지만……."

"바위 정원은 당신이 원하는 그런 화려한 곳이 아니겠죠, 고든."

브리짓이 말했다.

그녀는 루크에게 차를 따라 주었다. 위필드 경이 차분하게 말했다.

"그 말은 맞아. 바위 정원에 돈을 쓰는 것은 현명한 투자가 아니야. 조그만 꽃이라 눈에 잘 띄지도 않잖아. 난 온실에서 하는 화초 품평회나 주홍색 제라늄을 심은 화단이 더 마음에 들어."

누구도 아랑곳하지 않고 자신의 화제를 거침없이 이끌어 가는 데 탁월한 재주를 지닌 앤스트루더 여사가 말했다.

"그 새로운 물푸레나무과 식물은 여기 기후에 잘 적응할 거야."

그러고는 계속해서 카탈로그를 보느라 여념이 없었다.

의자에 다시 털썩 주저앉은 땅딸막한 위필드 경은 차를 홀짝거리면서 루크를 재보듯이 뜯어보았다.
"그래서 책을 쓰신다······."
그가 웅얼거렸다.
조금 긴장한 루크는 설명을 하려다가 위필드 경이 사실은 책에 대해 물어본 게 아니란 것을 깨달았다.
그 귀족이 흡족한 듯이 말했다.
"난 종종 생각했죠. 나도 책을 한 권 쓰고 싶다고."
"그러셨어요?"
"나도 쓰려면 쓸 수 있는데. 아주 흥미로운 책이 될 겁니다. 흥미로운 사람들을 많이 만났거든요. 문제는 시간이 없어요. 내가 아주 바쁜 사람이라."
"물론 그러시겠죠."
"내가 일이 얼마나 많은지 당신은 못 믿을 겁니다. 난 내가 발행하는 출판물에 일일이 신경 씁니다. 대중들의 의견을 형성하는 데 내 책임이 막중하다고 생각해요. 다음 주에는 수백만 명의 사람들이 내가 의도한 대로 느끼고 생각할 거거든요. 그건 아주 중요한 일이지. 그게 바로 책임감이란 겁니다. 흠, 난 책임지는 일을 마다하지 않아요. 두렵지 않단 말이죠. 난 책임감이 강한 사람입니다."
위필드 경은 가슴을 부풀리고는 배를 집어넣으려고 애를 쓰면서 따뜻하지만 열렬한 눈빛으로 루크를 바라보았다.
브리짓 콘웨이가 부드럽게 말했다.

"당신은 위대한 분이에요, 고든. 차를 좀 더 들어요."

위필드 경은 간단하게 대답했다.

"난 위대하지. 아니, 차는 이제 그만 할래."

그러고는 천상의 자리에서 좀 더 평범한 인간의 자리로 내려와 손님에게 친절하게 물었다.

"이 동네에 아는 사람은 있습니까?"

루크는 고개를 흔들었다. 그러다 충동적으로 더 빨리 일에 착수하는 것이 나을 것이라 느끼고 덧붙였다.

"찾아보기로 약속한 사람이 하나 있긴 한데. 제 친구의 친구입니다. 험블비라고 의사입니다."

위필드 경은 앉은 자세를 바로하려고 애를 썼다.

"이런! 험블비 박사요? 딱하게 되었군요."

"뭐가 딱하다는 겁니까?"

"박사는 일주일 전에 죽었습니다."

"아, 유감이군요."

"그 박사를 좋아하게 되었을지도 모른다는 생각은 하지 말아요. 꼬장꼬장하고 멍청한 노인네였으니까."

"그 말은 박사님이 고든과 뜻이 맞지 않았다는 뜻이에요."

브리짓이 보탰다.

"상수도가 말썽이었지. 미리 말해 두지만 피츠윌리엄 씨, 난 애국 시민이랍니다. 이 마을의 복지를 진정으로 염려하고 있어요. 난 여기서 태어났지요. 바로 이 마을에서."

루크는 분하게도 화제가 험블비 박사에서 다시 위필드 경으로 돌아갔다는 것을 알아차렸다. 그 신사는 계속 말했다.

"난 내 출신이 부끄럽지도 않고, 누가 알아도 상관하지 않아요. 난 혜택이라고는 하나도 누려 보지 못했어요. 우리 아버지는 구두 가게를 하셨지. 그래요, 그냥 평범한 구두 가게였답니다. 어렸을 때 그 가게에서 일했어요. 난 자수성가한 사람입니다, 피츠윌리엄 씨. 태생의 한계를 극복하기로 결심했고 성공했지요. 인내와 근면과 신의 도움으로. 그게 내 성공 비결이었지! 그게 바로 오늘날의 나를 만든 겁니다."

자신의 경력을 루크에게 자세하게 소개하고 그는 의기양양하게 말을 맺었다.

"그래서 지금의 내가 있는 거예요. 내가 어떻게 지금 이 자리에 서게 되었는지 온 세상이 다 알아도 좋답니다. 내 과거가 부끄럽지 않아요. 전혀. 난 고향으로 돌아왔지요. 내 아버지 가게가 있던 자리에 지금은 뭐가 있는지 아십니까? 내가 세워서 기증한 훌륭한 건물이 있어요. 모든 게 최신식이고 최고급인 회관과 청소년 클럽이 있지. 이 나라 최고의 건축가를 고용했어요! 그 사람이 일은 신통치 않게 했지만. 내가 보기엔 소년원이나 감옥 같은데 사람들은 좋다고 하니 나도 그런 줄 알아야겠지요."

"기운 내요. 이 집은 당신 뜻대로 했잖아요!"

브리짓이 말했다.

위필드는 고맙다는 듯이 껄껄 웃었다.

"맞아. 사람들은 여기서도 날 거스르고 자기들 멋대로 하려고 했지! 이 건물의 원 가풍을 이어 가야 한다고. 그래서 말했죠. 여기서 살 사람은 나고 내 부를 과시할 수 있는 뭔가 대단한 것을 원한다고 말입니다! 건축가가 영 말을 안 들어서 그 자식은 잘라 버리고 다른 작자를 고용했어요. 나중에 고용한 친구는 내 맘에 쏙 들더군요."

"그 사람은 당신의 엉뚱한 상상력에 빌붙었을 뿐이에요."

브리짓이 말했다.

"브리짓은 원래대로 이 집을 놔두길 원했거든요."

위필드 경이 말했다. 그는 그녀의 팔을 토닥거렸다.

"과거에 얽매일 필요 없어, 달링. 조지 왕조 시대 늙은이들은 건축에 대해 아는 게 별로 없었어. 난 그냥 평범한 붉은 벽돌집을 원한 게 아냐. 난 항상 나만의 성을 꿈꾸었어. 그리고 이제 그걸 가진 거야!"

그가 덧붙였다.

"나도 내 취향이 소박한 건 알아요. 그래서 실내장식은 유능한 회사에 전적으로 맡겼죠. 그 친구들이 일을 제법 잘했어요. 좀 단조로운 구석도 있지만."

루크는 뭐라고 해야 할지 몰라 조금 당황하면서 말했다.

"본인이 뭘 원하는지 정확히 안다는 것은 대단한 거죠."

"그리고 나는 대개 원하는 것을 얻는답니다."

위필드 경이 껄껄거리고 웃으며 말했다.

"상수도에 대해 말하다 말았잖아요."

브리짓이 그에게 일깨워 주었다.

"아, 그거! 험블비 박사는 바보였어요. 그런 노인들은 옹고집이라니까. 도통 사람 말을 합리적으로 받아들이려고 하지를 않았지."

루크는 대담하게 말을 해 보았다.

"험블비 박사는 상당히 솔직한 분이었죠. 그렇지 않습니까? 적을 상당히 많이 만들었을 것 같은데요."

위필드 경이 코를 문지르면서 이의를 제기했다.

"아니요, 그렇다고는 할 수 없을 것 같은데요. 어때, 브리짓?"

브리짓이 말했다.

"박사님은 항상 사람들에게 인기가 많으셨어요. 발목에 문제가 생겨서 진찰을 받은 적이 있는데 친절한 분이란 인상을 받았죠."

위필드 경이 인정했다.

"그래요. 대체로 인기가 있었습니다. 반감을 품은 사람이 한둘 있었지만 다 그놈의 고집이 문제였지."

"그 한두 명이라는 게 여기 사는 사람들입니까?"

위필드 경은 고개를 끄덕였다.

"이런 곳에서는 소소하게 불화도 생기고 파벌도 많은 법이죠."

"예, 그러겠죠."

루크는 망설이면서 어떻게 말을 이어 가야 할지 생각했다.

"여기는 주로 어떤 사람들이 삽니까?"

그가 물었다. 좀 서투른 질문이기는 했지만 곧장 대답을 들었다.

"주로 과부들이죠. 성직자의 딸들과 자매들과 부인들 말입니다.

의사도 마찬가지고. 남자 하나당 여자가 여섯이에요."

브리짓이 말했다.

"하지만 남자들도 있겠죠?"

루크가 과감하게 물었다.

"그럼요. 애벗 씨라고 변호사가 있고, 젊은 의사인 토머스 박사가 있어요. 험블비 박사의 동업자였죠. 그리고 교구 목사인 웨이크 씨가 있고. 또 누가 있죠, 고든? 아! 엘스워시 씨라고 골동품 가게를 하는 사람이 있는데 아주 친절해요. 호튼 소령과 그분이 키우는 불독들도 있고."

"내 친구가 여기 사는 분이라고 말한 사람이 또 있는데. 선량한 노부인인데 좀 수다스럽다고 하더군요."

브리짓이 웃었다.

"마을 사람 절반이 그런 분인걸요!"

"이름이 뭐였더라? 생각났어요. 핀커튼이라고."

위필드가 쉰 목소리로 껄껄 웃었다.

"이런, 정말 운이 없군요! 그 부인도 죽었어요. 런던에서 얼마 전 차에 치였죠. 즉사했어요."

"이곳에는 죽은 사람이 많네요."

루크가 가볍게 말했다.

위필드 경은 금세 새치름해졌.

"절대 그렇지 않습니다. 영국에서 가장 건강한 마을 중 하나인걸요. 사고는 다르죠. 사고는 누구에게나 일어날 수 있어요."

하지만 브리짓은 생각에 잠겨 대답했다.

"사실 작년에는 죽은 사람이 많았어요. 장례식이 잦았잖아요."

"터무니없는 소리야."

루크가 물었다.

"험블비 박사도 사고로 죽었나요?"

위필드 경은 고개를 흔들었다.

"아니요, 험블비 박사는 급성 패혈증으로 죽었어요. 의사다운 죽음이죠. 녹슨 못인가 뭐 그런 것으로 손가락을 긁혔는데, 신경을 안 썼다가 패혈증이 된 거죠. 3일 만에 죽었어요."

브리짓이 말했다.

"의사들이 주로 그런 편이죠. 감염되기 쉽다는 말이에요. 신경을 별로 안 써서 그런 거라고 봐요. 하지만 슬픈 일이죠. 부인이 상심이 컸다고 하던데."

"신의 섭리를 거스를 수는 없는 거지."

위필드 경이 대수롭지 않게 말했다.

하지만 그게 신의 섭리였을까? 루크는 나중에 약식 야회복으로 옷을 갈아입으면서 자문했다. 패혈증이라고? 하지만 너무 갑작스러운 죽음이었다.

그리고 그의 머릿속에서 브리짓이 지나가는 투로 한 말이 계속 울려 퍼졌다.

"작년에는 죽은 사람이 많았어요."

조사를 시작하다

 루크는 조심스럽게 작전 계획을 짰다. 그리고 다음 날 아침 식사를 하기 위해 내려갔을 때 별다른 소란 없이 실행에 옮길 준비를 해두었다.
 원예에 심취해 있는 앤스트루더 여사는 눈에 띄지 않았지만 위필드 경이 콩팥 요리를 먹으면서 커피를 마시고 있었고, 브리짓 콘웨이는 식사를 마치고 창가에 서서 밖을 내다보고 있었다.
 아침 인사를 주고받은 후 루크는 접시에 수북이 담긴 달걀과 베이컨 요리를 앞에 두고서 이야기를 시작했다.
 "슬슬 일을 시작해야겠습니다. 사람들이 입을 열도록 설득하는 게 좀 어려울 것 같은데……. 제가 무슨 말을 하는지 아시겠죠. 당신, 어, 브리짓 같은 사람들이 아니라……. (그는 콘웨이 양이라고 불러서는 안 된다는 것을 때맞춰 기억해 냈다.) 당신은 뭐든 아는 것은 말쓺해 주시겠지만 문제는 내가 알고 싶어 하는 건 모를 거라는 거죠. 내가 알고 싶은 것은 지방 미신인데, 아직도 벽지에 얼마나 많은 미신이 남아 있는지 당신은 믿지 못할 겁니다. 예를 들면 데본셔에 마을이 하나 있는데, 거기 교구 목사는 교회 옆에 서 있던 오래된 화강암 멘히르(선사 시대에 세운 거석 기념물—옮긴이)를 없애야 했다더군요. 누가 죽을 때마다 사람들이 전통에 따라 그 멘히르 주위를 돌아야 한다고 고집했기 때문이래요. 그렇게 오래된 야만스러운 의식이 아직도 남아 있는 것을 보면 참 대단하죠."

"작가 선생 말이 맞는 것 같습니다. 사람들은 교육을 받아야 해요. 내가 이곳에 아주 훌륭한 도서관을 기증했다고 말했나요? 원래는 낡은 장원이었는데 아주 땅값이 쌌지요……. 지금은 훌륭한 도서관이 되었지요."

루크는 단호하게 대화가 위필드 경이 원하는 쪽으로 흐르는 것을 막았다. 그는 진심으로 말했다.

"근사하군요. 장한 일을 하셨습니다. 옛날 사람들이 왜 그렇게 무지했는지 그 원인을 밝혀 내셨군요. 물론 제 입장에서는 그게 제가 바라는 거지만. 오래된 관습이나 할머니들의 이야기, 오래된 종교 의식의 단서 같은 것들 말입니다."

루크는 이런 경우를 대비해 미리 읽어 둔 책을 한 페이지 정도로 요약해서 이야기한 뒤 이렇게 말했다.

"그중에서도 죽음이 가장 가능성이 풍부한 분야입니다. 장례 문화와 관습은 항상 다른 어떤 의식보다 오래가죠. 게다가 왠지 시골 사람들은 죽음에 대한 이야기를 좋아하더군요."

"사람들은 장례 의식을 즐기죠."

창가에서 브리짓이 동의했다.

루크가 계속 말했다.

"이렇게 시작하는 것이 좋을 것 같아요. 최근에 교구에서 사망한 사람들의 명단을 얻어서 고인의 친지들을 찾아가 대화를 나누다 보면 제가 찾고 있는 것을 알아낼 수 있을 것 같은데 말이죠. 아무래도 그 명단을 얻으려면 교구 목사님을 찾아뵈어야겠죠?"

브리짓이 말했다.

"웨이크 씨가 흥미로워하시겠어요. 그분은 멋진 노신사이신데, 골동품 전문가세요. 많이 도와주실 겁니다."

루크는 순간 불안해져서 그 성직자가 골동품에 지나치게 정통해 자신의 평계를 눈치 채는 일이 없기를 빌었다.

그는 호기롭게 말했다.

"좋습니다. 작년에 어떤 분이 돌아가셨는지 혹시 아세요?"

브리짓이 중얼거렸다.

"어디 한번 볼까요. 카터가 있고……. 카터는 세븐 스타즈라고 강가에 있는 작고 지저분한 술집 주인이었어요."

위필드 경이 말했다.

"주정뱅이 놈팡이였지요. 사회주의자에다 입버릇이 사나운 놈이었는데 잘 죽었어요."

브리짓이 계속 말했다.

"그리고 세탁부였던 로즈 부인이 있었죠. 그리고 토미 피어스란 꼬맹이······. 말썽꾸러기 사내아이였죠. 아, 그리고 에이미······. 그 여자 이름이 뭐였죠?"

그 이름을 언급하는 그녀의 목소리가 조금 바뀌었다.

"에이미?"

루크가 물었다.

"그래요, 에이미 깁스. 여기 가정부로 일하다가 웨인플리트 부인에게 갔어요. 경찰에서 그녀의 죽음에 대해 조사했죠."

"왜죠?"

"바보 같은 계집애가 어두운 곳에서 약병을 혼동했어요."

위필드 경이 말했다.

"감기약인 줄 알고 먹었던 게 모자 염색약이었죠."

브리짓이 덧붙였다.

루크는 눈썹을 치켜올렸다.

"좀 비극적인 이야기군요."

"일부러 그랬을 거라는 이야기도 있어요. 젊은 남자랑 말다툼을 하고서."

그녀는 천천히 마지못해 하는 투로 말했다.

정적이 흘렀다. 루크는 본능적으로 말로 표현하지 못한 뭔가가 분위기를 억누르고 있다는 것을 느꼈다.

그는 생각했다.

'에이미 깁스? 그래, 핀커튼 부인이 언급했던 이름 중 하나야.'

그녀는 또 한 소년의 이름도 말했었다. 토미 뭐라고 했는데. 부인이 그 아이를 별로 좋아하지 않았다는 것은 분명해 보였다. (브리짓도 같은 생각인 것 같았다!) 그리고 카터의 이름도 나왔다는 것을 루크는 확신할 수 있었다.

일어서면서 그는 지나가는 투로 말했다.

"이런 화제는 좀 엽기적이죠. 마치 무덤가에 발을 들여놓은 것 같아요. 결혼 관습보다 흥미롭기는 하지만 대화에 슬쩍 집어넣기는 좀 어려운 화제죠."

"나도 그럴 거라고 생각했어요."

브리짓이 입술을 조금 씰룩거리며 말했다.

루크가 열성적으로 보이려고 애를 쓰면서 말을 계속했다.

"남을 저주한다든가 그냥 못 보고 지나치는 그런 화제가 하나 더 있죠. 이렇게 오래된 동네에서는 그런 말을 많이 들었을 텐데요. 그런 소문에 대해 아는 게 있습니까?"

위필드 경은 천천히 고개를 흔들었다. 브리짓 콘웨이가 말했다.

"그런 말은 들은 적이 없어요."

"그러시군요. 제가 원하는 정보를 얻으려면 아무래도 좀 더 낮은 계층을 찾아가 봐야겠습니다. 우선 교구 목사관으로 가서 이야기를 들어 봐야겠어요. 그 다음에는 세븐 스타즈라고 했나요? 그리고 그 버릇없는 아이는 어떤가요? 그 아이의 죽음을 슬퍼하는 친지가 있을까요?"

"피어스 부인이 하이 스트리트에서 담배와 종이 가게를 하고 있어요."
 루크가 말했다.
 "그렇군요. 그거야말로 신의 섭리군요. 자, 이제 나가 보겠습니다."
 재빠르고 우아하게 브리짓이 창가에서 물러섰다.
 "괜찮으시다면 같이 가겠어요."
 "물론 저야 좋죠."
 그는 진심인 척 말했지만 순간 그가 놀란 것을 그녀가 눈치 챘는지 궁금했다.
 아무래도 총명하고 지적인 여자가 옆에서 눈을 반짝이며 듣고 있는 것보다는 루크 혼자서 늙은 골동품 전문가 목사를 상대하는 편이 훨씬 쉬울 것이다.
 그는 혼자 생각했다.
 '아, 이런. 연기를 좀 더 설득력 있게 해야겠군.'
 브리짓이 말했다.
 "신발을 갈아 신고 올 동안 잠깐 기다릴래요, 루크?"
 브리짓이 그렇게 쉽게 루크라고 부르자 그는 기이하면서도 따뜻한 느낌을 받았다. 사실 그녀가 달리 뭐라고 부르겠는가? 루크를 브리짓의 사촌으로 가장한 지미의 계획에 그녀가 동의한 이상 피츠윌리엄 씨라고 부를 수는 없는 일이다. 그는 갑자기 거북한 생각이 들었다.
 '그녀는 이 일에 대해 어떻게 생각하는 걸까? 도대체 무슨 꿍꿍이가 있는 거지?'

전에는 이런 걱정을 전혀 하지 않았다는 것이 기묘했다. 지미의 사촌이란 그냥 편리하고 비현실적인 관념으로, 말하자면 마네킹과 같았다. 그는 그 사촌의 모습은 떠올리지도 않은 채 그냥 "브리짓은 괜찮을 거야."라는 지미의 말을 그대로 받아들였다.

그는 브리짓을 금발 머리의 체구가 작은 전형적인 비서로, 부유한 남자의 마음을 사로잡을 만큼 영악한 여자로 상상했다.

현실의 그녀는 기백이 있고 총명했으며 차가운 지성의 소유자였다. 그녀가 그에 대해 어떻게 생각하는지 루크는 전혀 알 길이 없었다. 쉽게 속일 수 있는 사람이 아니라고 그는 생각했다.

"이제 준비됐어요."

브리짓이 너무나 조용히 다가와서 루크는 그녀가 오는 소리를 듣지 못했다. 그녀는 머리에 모자도 그물 장식도 쓰지 않았다. 집에서 나오자 고성 같은 흉물스러운 건물의 모퉁이를 쓸고 오던 바람이 그녀의 길고 검은 머리를 잡아서 갑자기 미친 듯이 그녀의 얼굴을 후려쳤다.

브리짓은 살짝 미소를 지으며 말했다.

"길 안내로 제가 필요하시잖아요."

"정말 친절하시군요."

루크는 의례적으로 말했다.

그리고 그녀의 입술에 갑자기 빈정대는 미소가 스쳐 지나간 것을 자신이 실지로 본 건지 의아했다.

뒤에 있는 벽을 돌아보면서 그가 짜증스럽게 말했다.

"이 무슨 혐오스러운 짓이란 말입니까! 아무도 말리지 못했나요?"
브리짓이 대답했다.
"'영국인의 집은 그의 성이다.' 고든의 경우에는 글자 그대로죠! 그는 이곳을 숭배해요."
할 말이 아니라는 것을 알면서도 루크는 입을 다물 수 없었다.
"여긴 예전에 당신 집이었잖아요. 그렇지 않나요? 집이 이 지경이 된 걸 당신은 '숭배'합니까?"
그녀는 재미있다는 표정으로 그를 바라보았다.
"당신이 상상하는 극적인 그림을 망치기는 싫지만, 사실 난 세 살도 안 되었을 때 이 집을 떠나서 당신이 생각하는 그런 스토리는 내게 의미가 없어요. 난 이 집이 어땠는지 기억도 안 나요."
"당신 말이 옳아요. 신파조의 말을 하다니 용서해 줘요."
루크의 말에 그녀가 웃었다.
"현실은 전혀 낭만적이지 않죠."
그녀의 목소리에 갑작스럽게 쓰디쓴 조소가 어려 있어 루크는 깜짝 놀랐다. 그는 검게 그을린 얼굴을 붉게 물들였다가 문득 그 조소가 자신을 겨냥한 것이 아님을 깨달았다. 그것은 그녀 자신에 대한 조소였고 쓸쓸함이었다. 루크는 현명하게 침묵을 지켰다. 하지만 브리짓 콘웨이에 대해 많은 것이 궁금해졌다…….
5분 정도 지나 교회와 그 옆에 딸린 목사관에 도착했다. 목사는 서재에 있었다.
알프레드 웨이크는 작고 허리가 굽은 노인으로 온화한 푸른 눈에 멍해 보였지만 태도는 공손했다. 그는 두 사람의 갑작스러운 방문에 기뻐하면서도 조금 놀란 것 같았다.

브리짓이 말했다.

"피츠윌리엄 씨는 애쉬 마노르에서 머무르고 있어요. 지금 쓰고 있는 책에 관해 목사님께 여쭤 볼 것이 있답니다."

웨이크 씨가 온화하면서 호기심에 찬 눈길을 루크에게 돌려서 그는 부랴부랴 설명했다.

루크는 두 가지 이유로 긴장해 있었다. 우선 이 남자가 얼렁뚱땅 모은 책들을 벼락치기로 공부한 자신보다 민간전승과 미신과 관습에 대해 더 심오한 지식을 가지고 있을 게 분명해서였다. 두 번째 이유는 브리짓 콘웨이가 옆에서 듣고 있었기 때문이다.

루크는 웨이크의 관심 분야가 로마 유적지라는 것을 알고 안도했다. 웨이크 씨는 다정하게 중세의 민간전승과 마법에 대해서는 아는 바가 거의 없다고 고백했다. 그는 위치우드에 몇 가지 이야깃거리가 전해 내려온다고 하면서 악마의 연회가 열렸다고 전해지는 산의 한 장소에 루크를 데려다 주겠다고 제안했다. 하지만 그 외에는 특별히 알려 줄 정보가 없어서 유감이라고 말했다.

내심 크게 안도한 루크는 부러 조금 실망스러운 표정을 지으면서 임종에 얽힌 미신에 대한 질문을 했다.

웨이크 씨는 고개를 설레설레 내저었다.

"유감이지만 난 그런 일에는 정말 무지해요. 신도들이 정통이 아닌 일은 내게 숨기려고 조심을 해서요."

"물론 그렇겠죠."

"하지만 분명히 미신이 많이 남아 있을 겁니다. 이 마을은 시대에 뒤쳐진 곳이거든요."

루크는 대담한 질문을 던졌다.

"전 콘웨이 양에게 기억나는 대로 최근에 사망한 분들의 명단을 만들어 달라고 부탁했습니다. 그런 식으로 뭔가 알아낼 수 있지 않을까 해서요. 목사님께서 그 리스트를 만들어 주시면 그럴듯한 후보들을 고를 수 있을 텐데요."

"예, 그건 해 드릴 수 있죠. 우리 교회지기인 길스가 사람은 좋은데 애석하게도 귀가 좀 먹었죠. 그 친구가 도와드릴 수 있을 겁니다. 어디 한번 보죠. 꽤 많은 분이 돌아가셨죠. 힘든 겨울을 나고 나서 변덕스러운 봄날씨를 타다 보니. 그리고 사고도 꽤 있었고. 불운이 계속되었던 것 같아요."

"가끔 불운이 연이어 찾아왔다고 생각했던 일이 알고 보니 어떤 한 사람 때문인 경우도 있죠."

"아, 그렇죠. 요나(성서에 나오는 히브리의 예언자—옮긴이) 이야기도 있죠. 하지만 이곳에 이방인이 왔었다는 기억은 없는데요. 눈에 띄는 이방인도 없었고 그런 식으로 소문이 돌지도 않았어요. 이미 말했던 것처럼 내가 목사라서 그런 소문을 못 들었을 수도 있죠. 어디 볼까요. 최근에 험블비 박사가 사망했고, 불쌍한 라비니아 핀커튼 부인이 돌아가셨죠. 험블비 박사는 아주 좋은 분이셨어요."

브리짓이 끼어들었다.

"피츠윌리엄 씨는 험블비 박사의 친구분과 아는 사이시래요."

"그러셨어요? 정말 슬픈 일입니다. 박사님의 빈자리가 크게 느껴질 겁니다. 많은 분들이 박사님을 아꼈죠."

"하지만 물론 적도 있으셨죠."

루크는 다급하게 덧붙였다.

"전 그냥 제 친구가 했던 말을 했을 뿐입니다."

웨이크 씨는 한숨을 쉬었다.

"마음에 있는 말을 숨기지 못하는 분이라서요. 기교를 부려서 말하는 분이 아니었죠. 말하자면 그렇죠."

그는 머리를 내저었다.

"그래서 반감을 사기도 했죠. 하지만 가난한 사람들은 박사님을 흠모했습니다."

루크가 무심코 말했다.

"살아가면서 직시해야 하는 가장 불쾌한 진실 중 하나는 모든 죽음에는 그 죽음으로 인해 득을 보는 사람이 있다고 느낄 때입니다. 단순히 돈 문제만을 뜻하는 것은 아닙니다."

목사는 생각에 잠겨 고개를 끄덕였다.

"무슨 뜻인지 알겠어요. 맞아요. 부고를 보면 모두 고인을 그리워할 거라고 하지만 유감스럽게도 그 말이 사실일 경우는 극히 드물죠. 험블비 박사가 돌아가셔서 확실히 토머스 박사의 위상이 올라가겠죠."

"왜 그렇죠?"

"토머스는 아주 유능한 사람입니다. 험블비 박사가 항상 그렇게 말했지만 여기 사람들과 잘 지내지 못했어요. 내 생각에 카리스마가 강한 험블비 박사에 가려 빛을 보지 못했던 것 같아요. 토머스는 그에 비해서 개성이 없어 보였죠. 환자들에게 깊은 인상을 심어 주지 못했어요. 토머스도 그 점을 걱정해서 상황을 더 악화시켰던 것 같습니다. 긴장해서 말도 꼬이고 말이죠. 난 벌써 변화가 생긴 것을 눈치 챘어요. 토머스 박사는 더 침착해지고 개성도 강해졌어요. 내 생각에 토머스 박사는 이제 자신감을 찾은 것 같아요. 그와 험블비 박사가 모든 면에서 의견 일치를 본 것은 아니랍니다. 토머스 박사는 현대적인 치료법을 옹호했는데, 험블비 박사는 전통적인 치료법을 고집했지. 둘 사이에 몇 번 충돌이 있었어요. 그 문제뿐 아니라 가정 문제도 있고. 하지만 그건 내가 할 이야기가 아니긴 합니다."

브리짓이 부드러우면서도 명쾌하게 말했다.

"하지만 피츠윌리엄 씨는 목사님이 그런 이야기를 해 주시길 바랄 걸요!"

루크는 재빨리 그녀를 불안한 표정으로 바라보았다.

웨이크 씨는 미심쩍게 고개를 흔들고 나서 마땅치 않아 하는 표정으로 조금 미소를 지으면서 계속 말했다.

"유감스럽게도 사람들은 이웃 일에 지나친 관심을 보이는 것 같아요. 로즈 험블비는 아름다운 아가씨죠. 제프리 토머스 박사가 반한 것도 무리가 아니고요. 물론 험블비 박사의 입장도 이해해요. 그 아가씨는 아직 어린 데다 시골에만 살아서 다른 남자들을 볼 기회가 별로 없었으니까."

"박사님이 반대했나요?"

루크가 물었다.

"단호하게 반대했죠. 둘 다 너무 어리다고 했어요. 물론 젊은 사람들은 그런 말을 들으면 화가 나겠죠! 두 사람 사이에 냉랭한 기류가 흘렀죠. 하지만 동업자가 갑자기 사망해서 토머스 박사가 크게 상심했을 겁니다."

"패혈증이었다고 위필드 경이 말하던데요."

"그렇습니다. 조금 긁혔는데 감염이 되었죠. 의사들은 직업상 위험을 무릅쓰게 되지요, 피츠윌리엄 씨."

"그건 그렇죠."

웨이크 씨가 갑자기 깜짝 놀랐다.

"어느새 이야기가 옆길로 새어 버렸군요. 내가 남 이야기나 하는 노인네가 돼 버렸다니. 현재까지 전해지는 이교도의 죽음에 대한 관습과 최근에 돌아가신 분들에 대해 이야기하고 있었던가요. 라비니아 핀커튼이라고 우리 교회 일을 친절하게 돌봐 주던 분이 돌아가셨고. 그리고 불쌍한 에이미 깁스가 있죠. 그 아가씨를 조사하면 뭔가 나올지도 몰라요, 피츠윌리엄 씨. 아시겠지만 자살일지도 모른다는 의혹이 있었죠. 그리고 그런 종류의 죽음과 관련된 다소 무시무시한 의식도 있고. 그 아가씨 이모가 있는데 존경할 만한 사람도 아니고 조카딸이랑 별로 가깝지도 않았지만 입은 가볍죠."

"귀중한 정보군요."

"그리고 토미 피어스가 있죠. 한때 성가대에 있었는데 뛰어난 소프라노였어요. 유감스럽게도 목소리만 천사 같았죠. 결국 성가대에서 내보내야 했어요. 다른 아이들에게 나쁜 영향을 주었거든요. 불쌍한 그 아이는 사람들에게 사랑을 받지 못했어요. 전보배달부로 우체국에 일자리를 얻어 줬는데 해고되었어요. 한동안 애벗 씨 사무실에 있다가 얼마 못 가서 다시 해고당했죠. 중요한 문서에 손을 댔다고 했었지 아마. 그리고 한동안 애쉬 마노르에 있었는데. 그렇지 않나요, 콘웨이 양? 정원사 조수로. 그런데 너무 버릇이 없어서 위필드 경이 다시 내보냈죠. 그 어머니가 참 안됐어요. 점잖고 고생도 많이 한 사람인데. 웨인플리트 부인이 친절하게도 가끔 유리창 닦는 일을 시켰는데, 처음에는 위필드 경이 반대했지만 그러다 포기하셨죠. 차라리 끝까지 반대하시는 편이 나았는데."

"왜죠?"

"그 아이가 그것 때문에 죽었으니까요. 도서관 맨 위층 창문을 닦고 있다가······. 그 오래된 회관 있잖아요. ······바보 같은 짓을 하려고 했나 봐요. 창문턱에서 춤을 췄다든가 뭐 그랬겠죠. 그러다 균형을 잃었던지 아니면 현기증을 느껴서인지 떨어졌어요. 끔찍한 일이죠! 다시는 의식을 찾지 못하고 병원으로 옮긴 지 몇 시간 후에 죽었어요."

"그 소년이 떨어지는 걸 누가 보았나요?"

루크가 흥미를 보이며 물었다.

"아니요. 그 아이는 정원 쪽에 있었어요. 집 앞이 아니라. 발견되기 전에 그 상태로 30분 정도 누워 있었던 것으로 사람들이 추정하더군요."

"누가 그 아이를 발견했죠?"

"핀커튼 부인이요. 얼마 전에 길거리에서 불운한 사고를 당한 부인이 있다고 말했던 거 기억나죠? 그 불쌍한 부인이 대경실색했죠. 얼마나 끔찍했겠어요! 핀커튼 부인은 꽃을 꺾어도 좋다는 허락을 받고 정원에 왔다가 아이가 땅에 떨어진 것을 발견했죠."

"정말 끔찍한 충격이었겠군요."

루크가 생각에 잠겨서 말했다.

"목사님이 생각하시는 것보다 더 큰 충격이었을 겁니다."

"젊은 사람이 요절하는 것은 슬픈 일입니다. 토미는 너무 힘이 넘쳐서 그런 결점들이 생긴 거죠."

노인이 머리를 흔들며 말했다.

브리짓이 말했다.

"토미는 밉살스러운 골목대장이었어요. 그 아이가 어땠는지 아시잖아요, 웨이크 씨. 항상 길 잃은 고양이와 강아지들을 못살게 굴고 어린 꼬마 아이들을 꼬집었어요."

"알아요, 나도 알아요."

웨이크 씨는 서글프게 고개를 흔들었다.

"하지만 콘웨이 양, 사람들은 타고난 성정이 그래서가 아니라 아직 충분히 성숙하지 못해서 그렇게 잔혹한 짓을 할 때도 있어요. 어린아이 같은 사고방식을 가진 성인이 미치광이 같은 교활함과 야만

성을 보이지만 정작 본인은 그런 면모를 깨닫지 못하는 경우가 있잖아요. 현재 일어나는 모든 잔혹하고 어리석은 일의 근원에는 바로 그런 성숙 문제가 있다고 봐요. 그런 유치한 것들을 없애야죠."
그는 머리를 흔들면서 손을 폈다.
브리짓이 갑자기 쉰 목소리로 말했다.
"그래요, 목사님 말씀이 옳아요. 무슨 말씀을 하시는지 알아요. 어른인데 아이 같은 사람이 세상에서 가장 무섭죠……."
루크는 호기심을 가지고 그녀를 바라보았다. 그녀가 누군가 구체적으로 한 사람을 떠올리고 있다는 것은 분명했다. 위필드 경이 어떤 면에서 지독히 유치하기는 하지만 그녀가 생각하는 사람이 위필드 경이 아니라는 것은 확실했다. 위필드 경은 조금 우스꽝스럽기는 했지만 확실히 무서운 인물은 아니었다.
루크 피츠윌리엄은 브리짓이 누구를 생각하는지 몹시 궁금했다.

웨인플리트 부인을 방문하다

웨이크 씨는 혼잣말로 이름을 몇 개 더 말했다.
"어디 보자. 불쌍한 로즈 부인이 있고, 늙은 벤이랑 엘킨스와 해리 카터의 아이가 죽었고. 이 사람들은 제 교구민이 아니랍니다. 로즈 부인과 카터는 비국교도였어요. 그리고 3월에 몰아친 한파로 불쌍한 벤 스탠베리 노인이 결국 돌아가셨습니다. 아흔두 살이었죠."
"에이미 깁스는 4월에 죽었어요."
브리짓이 말했다.
"불쌍한 아가씨……. 그런 어처구니없는 실수를 하다니."
루크는 고개를 들다가 브리짓이 자신을 보고 있는 것을 발견했다. 그녀는 재빨리 눈을 내리깔았다. 그는 조금 성가셔 하며 생각했다.
'아직 내가 모르는 것이 있어. 에이미 깁스라는 아가씨와 관련된 것인데.'

목사관을 나와 밖으로 나왔을 때 그가 말했다.

"에이미 깁스는 도대체 누구고 어떤 사람이었습니까?"

브리짓은 뜸을 들이다가 대답했다. 루크는 그녀의 목소리에서 조심스러워하는 기미를 읽었다.

"에이미는 내가 아는 가장 형편없는 가정부 중 하나였어요."

"그래서 해고된 겁니까?"

"아니요. 늦게까지 밖에서 젊은 남자와 노닥거리곤 했죠. 고든은 매우 도덕적이고 보수적인 사람이에요. 그는 밤 11시 전까지는 괜찮지만 일단 11시가 지나면 죄악이 활개를 친다고 생각하죠. 그래서 주의를 주었는데 에이미는 콧방귀를 뀌었죠!"

"그 아가씨가 예쁘장했나 보죠?"

"아주 예뻤어요."

"모자 염색약을 감기약으로 착각해서 마셨다는 사람이 바로 그 하녀인가요?"

"예."

"바보 같은 실수였군요?"

루크가 대담하게 물어보았다.

"정말 어리석었죠."

"좀 모자란 편이었나요?"

"아니요, 꽤 영리한 아가씨였어요."

루크는 몰래 브리짓을 훔쳐보았다. 그는 혼란스러웠다. 그녀는 특별히 강조하거나 별다른 관심을 보이지 않으면서 차분한 어조로 말했다. 하지만 그녀가 말한 이면에 말로 표현하지 않은 뭔가가 있다고 그는 확신했다.

바로 그때 브리짓은 이야기를 멈추고 멈춰 서서 모자를 벗어 들고 쾌활하게 인사하는 키가 큰 남자에게 말을 걸었다.

브리짓은 그 남자와 한두 마디 나눈 후 루크를 소개했다.

"이쪽은 제 사촌인 피츠윌리엄 씨예요. 지금 마노르에 묵고 있어요. 여기에 책을 쓰러 왔죠. 이쪽은 애벗 씨예요."

루크는 흥미롭게 애벗을 바라보았다. 이 남자가 바로 토미 피어스를 고용했던 바로 그 변호사이다.

루크는 일반적으로 많은 정치가들이 변호사 출신이라는 점을 근거로 변호사들에 대해 다소 비합리적인 편견을 가지고 있었다. 그리고 좀체 속내를 드러내지 않는 이들의 조심스러운 습관도 루크를 짜증나게 했다. 하지만 애벗 씨는 그런 전형적인 변호사처럼 보이지 않았다. 빼빼 마르지도 않았고 그렇다고 말수가 적은 편도 아니었다. 큰 체격에 혈색이 좋았고 트위드 양복을 근사하게 차려입고 다감하고 명랑하게 거침없이 말을 했다. 입가에는 살짝 주름이 졌고, 언뜻 보아서는 알아차리기 힘든 명석한 눈이었다.

"책을 쓰신다면서요. 소설?"

"민간전승에 관한 책이에요."

브리짓이 말했다.

"그렇다면 제대로 찾아오셨네요. 여긴 아주 흥미로운 곳이죠."

변호사가 말했다.

"그렇다고 하더군요. 변호사님이 저를 도와주실 수 있을 것 같군요. 오래되고 기이한 행위나 아니면 지금까지 남아 있는 흥미로운 관습을 아실 만한 분 같은데요."

"글쎄요, 그 점에 대해선 저도 잘 모르겠어요. 어쩌면 그럴지도 모르고."

"이 마을에 유령이 있다는 것은 믿으시나요?"

루크가 물었다.

"그 문제에 대해서는 뭐라고 할 말이 없군요. 정말로 대답하지 못하겠어요."

"유령의 집 같은 건 없나요?"

"아니요. 그런 것에 대해서는 아는 게 없습니다."

"아이에 대한 미신도 있더군요. 비명에 죽은 남자 아이의 유령이 걸어 다닌다는데. 여자가 아니고 남자 아이 유령이라는 것이 흥미롭더군요."

"아주 흥미롭군요. 난 들어 본 적이 없는 이야기인데요."

애벗 씨가 말했다.

루크가 방금 만들어 낸 이야기였으니 놀랄 일도 아니다.

"이 마을에 남자 아이가 하나 있었다던데. 토미 뭐라더라? 한때 당신 사무실에 있었다죠. 사람들이 그 아이의 유령이 돌아다닌다고 생각하던데요."

애벗 씨의 붉은 얼굴이 약간 보라색으로 변했다.

"토미 피어스요? 그 아무짝에도 쓸모없이 호기심만 많은 귀찮은 꼬맹이 말인가요?"

"유령들은 원래 짓궂게 마련이죠. 선량한 시민들이라면 일단 이승을 떠나면 현 세계에 말썽을 부리지는 않겠죠."

"누가 그 아이를 보았다는 거죠? 도대체 무슨 이야기인가요?"

"원래 이런 이야기는 구체적으로 딱 집어서 말하기 힘들잖아요. 사람들은 내놓고 이런 말을 하지는 않죠. 이를테면 그냥 공기 중에 떠돌아다닌다고 할까요."

"그렇겠죠."

루크는 재치 있게 화제를 바꾸었다.

"아무래도 동네 의사 선생님을 찾아가 보는 것이 좋을 것 같아요. 의사들은 가난한 사람들을 진찰하면서 이야기를 많이 들을 테니까. 미신과 마법에 관한 이야기들 말이에요. 아마 사랑의 묘약 같은 이야기도 있겠죠."

"토머스 박사를 만나 보세요, 정말 좋은 친구입니다. 최신 의학에 정통했어요. 늙고 불쌍한 험블비 박사와는 다르죠."

"그분은 좀 보수적인 편이죠?"

"고집이 말도 못했죠. 최악의 옹고집쟁이였어요."

"상수도 문제로 변호사님과 격렬한 논쟁을 벌였다고 하던데요?"

브리짓이 물었다.

애벗의 얼굴이 다시 붉어졌다.

"험블비는 우리 마을의 발전을 막았어요."

그가 날카롭게 말했다.

"그 계획에 정면으로 반대했죠! 아주 무례한 말도 했고. 듣는 사람을 생각해서 말을 조심하는 사람이 아니었죠. 내게 퍼부었던 말 중 어떤 것은 소송감이었는데."

브리짓이 중얼거렸다.

"하지만 변호사들은 절대 법에 호소하지 않잖아요. 법을 너무 잘 아니까."

애벗은 지나치다 싶을 정도로 크게 웃었다. 그의 분노는 갑작스럽게 일어났다가 사그라졌다.

"대단해요, 브리짓 양! 틀린 말이 아니네요. 법조계에 몸담고 있는 우리 같은 사람들은 법에 대해 너무 많이 알고 있죠. 하하. 이제 가 봐야겠습니다. 어떤 식으로든 제가 도울 일이 있다면 전화를 주세요. 미스터……."

"피츠윌리엄. 감사합니다. 그러겠습니다."

루크가 말했다.

걸어가면서 브리짓이 말했다.

"당신은 먼저 말을 던져 보고 사람들의 반응을 떠보는 방법을 쓰시더군요."

"제 방법이 백프로 정직한 것은 아닙니다. 그걸 물어보신 거죠?"

"저도 눈치 챘어요."

조금 불편해진 루크는 무슨 말을 해야 할지 망설였다. 하지만 뭐라고 말하기 전에 그녀가 먼저 말했다.

"에이미 깁스에 대해 더 알고 싶으시다면 도와드릴 분에게로 모셔다 드릴 수 있어요."

"그 사람이 누구죠?"

"웨인플리트 부인이에요. 에이미가 마노르를 나온 후 그분 밑에서 일했죠. 죽었을 때 그 댁의 가정부였어요."

그는 조금 놀랐다.

"아, 그렇군요. 고마워요."

"웨인플리트 부인은 바로 저기 살아요."

그들은 마을 중심부에 있는 광장을 가로질렀다. 그 전날 루크가 눈여겨본 조지 왕조풍의 커다란 저택이 있는 쪽으로 머리를 기울이면서 그녀가 말했다.

"저긴 마을 회관이에요. 지금은 도서관이죠."

회관 옆으로 저택에 비교해서 인형의 집같이 작은 집이 한 채 있었다. 계단은 눈부신 흰색이었고 노커는 반짝거렸으며 창문에는 하얗고 깔끔한 커튼이 달려 있었다.

브리짓은 문을 열고 계단으로 올라갔다.

브리짓이 올라가자 앞문이 열리면서 한 노부인이 밖으로 나왔다.

루크는 그녀가 독신으로 혼자 사는 전형적인 시골 노부인 같다고 생각했다. 그녀는 여윈 몸에 단정하게 트위드 코트와 스커트를 차려입고 회색 실크 블라우스에는 연수정 브로치를 달았다. 펠트 천으로 공을 들여 만든 모자를 직각으로 튼 머리 위에 쓰고 있었는데 싹싹해 보이는 얼굴이었고 코안경 너머로 지적인 눈이 보였다.

그녀를 보니 루크는 그리스에서 한번 본 민첩하게 움직이던 흑염소가 생각났다. 그녀의 눈은 바로 그 흑염소의 눈처럼 온화하면서도 의문에 찬 놀란 눈이었다.

브리짓이 말했다.

"안녕하세요, 웨인플리트 부인. 이분은 피츠윌리엄 씨예요."

루크가 고개를 숙여 인사했다.

"루크는 죽음이나 마을의 관습같이 일반적으로 무시무시한 것을 소재로 책을 쓰고 있어요."

"어머나, 아주 흥미로운데요."

웨인플리트 부인이 말했다. 그녀는 그를 격려하듯이 밝게 미소를 지었다.

루크는 핀커튼 부인이 생각났다.

"제 생각엔……."

브리짓이 말했다. 그는 다시 한 번 그녀의 목소리에서 그 기이하게 차분한 어조를 느꼈다.

"루크에게 에이미에 대한 이야기를 해주실 수 있을 것 같아서요."

"아, 에이미에 대해서? 그래요, 에이미 깁스에 대해서……."

웨인플리트 부인이 말했다.

루크는 그녀의 표현에서 새로운 점을 알아냈다. 그녀는 생각에 잠겨 그를 재고 있는 것 같았다.

그러다 결정을 내린 것처럼 현관으로 들어갔다.

"들어오세요. 외출은 나중에 하죠."

루크가 미안해하자 그녀가 대답했다.

"아니에요, 됐어요. 정말 급한 일이 아니에요. 사소한 집안일로 쇼핑을 할 게 있었어요."

작은 응접실은 우아하고 깔끔했으며 희미하게 탄 라벤더 냄새가 났다. 맨틀피스(벽난로 앞면에 장식물을 올려놓는 곳—옮긴이) 위에 드레스덴풍의 자기로 만든 양치기 소년과 소녀들이 바보같이 달콤한 미소를 지으며 서 있었다. 벽에는 수채화 그림의 액자 두 개와 자수로 만든 그림이 세 점 걸려 있었다. 그리고 조카들로 보이는 아이들 사진이 몇 장 있었고, 치펜데일 책상과 새틴나무로 만든 작은 테이블과 다소 흉측하고 불편하게 보이는 빅토리아풍의 소파 등 훌륭한 가구들이 있었다.

웨인플리트 부인은 손님들에게 의자를 권하고 미안해하며 말했다.

"난 담배를 안 피우지만 좋아하신다면 피우세요."

루크는 사양했지만 브리짓은 재빨리 담배에 불을 붙였다.

팔걸이에 조각이 된 의자에 몸을 꼿꼿이 펴고 앉은 웨인플리트 부인은 한동안 손님들을 꼼꼼히 뜯어보다가 만족스러운 듯이 시선을 떨어뜨리고 말했다.

"그 불쌍한 에이미에 대해 알고 싶다고요? 아주 슬픈 일이어서 심란했어요. 너무 비극적인 실수였죠."

"자살일 거라는 의심은 없었나요?"

루크가 물었다.

웨인플리트 부인은 머리를 흔들었다.

"아니요, 아니에요. 그건 믿지 못하겠어요. 에이미는 그런 타입이 아니었어요."

루크는 단도직입적으로 물었다.

"그럼 어떤 타입이었나요? 그녀에 대한 이야기를 해 주셨으면 합니다."

웨인플리트 부인이 말했다.

"그게……. 결코 좋은 하녀는 아니었어요. 하지만 요즘엔 사람을 구할 수 있는 것만으로 고맙죠. 그 아이는 항상 일은 제대로 안 하고 밖으로 나갈 궁리만 했어요. 물론 젊기도 했고 요즘 처녀들이 다 그렇죠 뭐. 자기들이 주인에게 매인 몸이라는 걸 깨닫지 못하는 것 같더군요."

루크는 적절하게 공감하는 척했고 웨인플리트 부인은 말을 계속했다.

"그 아이는 내 맘에 드는 그런 처녀가 아니었어요. 좀 대담한 타입이었는데 지금 그 아이가 죽은 마당에 이러쿵저러쿵 뒷말을 하고 싶지는 않아요. 기독교인이 할 만한 행동이 아니잖아요. 그렇다고 해서 진실을 숨길 이유도 없지만."

루크는 고개를 끄덕였다. 그는 웨인플리트 부인이 논리적이고 생각도 더 치밀한 점에서 핀커튼 부인과는 다르다는 것을 깨달았다.

"그 아이는 누가 칭찬해 주는 걸 좋아했죠. 그리고 자신이 대단하다고 생각하고 있었죠. 엘스워시 씨……. 새 골동품 가게 주인인데 신사죠. 그 사람이 취미로 수채화를 그리면서 그 아이 얼굴을 한두 장 스케치했는데 내 생각에는 그걸로 그 아이가 딴 마음을 품은 것 같았어요. 짐 하비라고 약혼자인 젊은 총각이랑 자주 싸우는 것 같더군요. 그 젊은이는 정비소 수리공인데 그 아이를 좋아했어요."

웨인플리트 부인은 잠시 말을 멈추었다가 계속했다.

"난 그 끔찍한 밤을 결코 잊지 못할 거예요. 에이미는 몸이 안 좋았어요. 기침이 심했는데 그게 또 다른 증상으로 도지고……. 그 우스꽝스런 싸구려 실크 스타킹을 신고 구두 밑창이 종잇장같이 얇으니 처녀들이 감기에 걸리는 게 당연하죠. 그래서 그날 오후에 의사에게 갔었어요."

루크는 재빨리 물었다.

"험블비 박사요 아니면 토머스 박사요?"

"토머스 박사님요. 박사님이 그 아이에게 기침약이 든 병을 주셔서 가져왔더군요. 해롭지 않은 혼합약 같은 거였겠죠. 그날 밤 일찍 잠자리에 들었는데 새벽 한 시쯤에 그 소리가 들렸어요. 숨이 막힌 것 같은 끔찍한 소리였는데 일어나서 그 아이 방으로 갔더니 문이 안에서 잠겨 있더군요. 이름을 불러도 대답이 없었어요. 요리사가 나랑 같이 있었는데 우린 둘 다 기겁했죠. 그러다 앞문으로 나갔는데 다행히 리드가 순찰을 돌면서 지나가기에 불렀어요. 리드는 우리 동네 경찰관이죠. 리드가 집 뒤로 돌아가서 별채 지붕을 타고 간신히 올라갔는데 마침 그 애 방 창문이 열려 있어 쉽게 들어가서 문을 열었죠. 딱한 것. 엉망이었어요. 그 애를 위해 해줄 수 있는 게 아무것도 없었고, 몇 시간 뒤에 병원에서 죽었죠."

"그럼 그게 모자 염색약 때문이었나요?"

"그래요. 수산 중독이라고 하더군요. 그 염색 약병이 기침 시럽 약과 같은 크기였어요. 그 시럽 약은 세면대 위에 있었고, 모자 염색약은 침대 옆에 있었어요. 아마 그 아이가 착각해서 몸이 안 좋아지면 곧장 어두운 데서도 먹을 수 있게 엉뚱한 병을 옆에 두었나 봐요. 수사 이론은 그래요."

웨인플리트 부인은 말을 멈추었다. 그녀의 영리한 염소 같은 눈이 루크를 바라보았고, 그는 그 눈빛 속에 뭔가 의미심장한 것이 숨어 있다는 것을 알았다. 그는 그녀가 이야기에서 빠뜨린 부분이 있다는 느낌을 받았다. 그리고 어떤 이유에서인지 그가 그 사실을 알아 주기를 바란다는 인상을 강하게 받았다.

길고 다소 껄끄러운 침묵이 흘렀다. 루크는 자신이 해야 할 대사나 몸짓을 까먹은 배우 같은 기분이 들었다. 그는 조금 무기력하게 말했다.

"그럼 부인은 자살이 아니라고 생각하시는 거죠?"

웨인플리트 부인이 재빨리 대답했다.

"물론 아니죠. 만약 그 아이가 자살하기로 결심했다면 다른 뭔가를 샀을 거예요. 염색약은 그 아이가 몇 년째 가지고 있었을걸요. 어쨌든 아까 말했지만 그런 짓을 할 사람이 아니에요."

"그럼 뭐라고 생각하시는 거죠?"

루크는 노골적으로 물었다.

"아주 불행한 일이라고 생각해요."

그녀는 입을 다물고 진지하게 그를 바라보았다.

루크는 뭔가 그녀가 기대하고 있는 말을 하기 위해 필사적으로 노력해야 한다는 인상을 받았다. 그때 주의가 딴 곳으로 쏠리는 일이 일어났다. 무엇인가 문을 긁으면서 구슬프게 야옹거리는 소리가 났다.

웨인플리트 부인이 벌떡 일어나서 문을 열자, 탐스러운 오렌지색 페르시안 고양이가 들어왔다. 그 고양이는 잠깐 멈춰 서서 손님을 못마땅한 듯이 쳐다보더니 웨인플리트 부인의 의자 팔걸이로 펄쩍 뛰어올랐다.

웨인플리트 부인은 다정하게 고양이의 이름을 불렀다.
"윙키 푸, 아가, 아침 내내 어디 있었니?"

그 이름은 어디선가 들은 기억이 났다. 윙키 푸라는 페르시아 고양이 이름을 그가 어디서 들었을까?

"아주 잘생긴 고양이네요. 오래 키우셨어요?"

웨인플리트 부인은 고개를 살래살래 저었다.

"아니요. 이 고양이는 내 오랜 친구인 핀커튼 부인의 고양이였어요. 그 친구가 무시무시한 자동차에 치여 죽었는데 애를 낯선 사람에게 보낼 수가 없었어요. 라비니아가 슬퍼했을 거예요. 이 고양이를 애지중지했거든요. 그리고 아주 예쁘잖아요, 그죠?"

루크는 근엄하게 그 고양이를 칭찬해 주었다.

웨인플리트 부인이 말했다.
"귀를 조심하세요. 요즘 좀 아프답니다."

루크는 고양이를 조심스럽게 쓰다듬었다.

브리짓이 일어섰다.

"이제 가 봐야 해요."

웨인플리트 부인은 루크와 악수를 했다.

"아마 머지않아 곧 다시 뵙게 되겠죠."

루크는 유쾌하게 말했다.

"물론 그랬으면 좋겠습니다."

그는 웨인플리트 부인이 당황하면서 조금 실망한 것처럼 보인다고 생각했다. 그녀의 시선이 브리짓에게로 향했다. 그 재빠른 시선에는 추궁하는 기색이 담겨 있었다. 루크는 두 여인이 모종의 의견 일치를 보았다는 느낌이 들었다. 그는 짜증이 났지만 곧 진상을 밝히자고 다짐했다.

웨인플리트 부인은 그들과 함께 나왔다. 루크는 층계 위에 서서 손상되지 않은 마을 광장과 오리가 있는 연못의 깔끔한 경치를 바라보았다.

"이곳은 경탄할 정도로 훼손되지 않았군요."

웨인플리트 부인의 얼굴이 밝아졌다.

"정말 그렇죠. 이곳은 내가 아이였을 때 기억하는 모습 그대로예요. 아시겠지만 우린 이 회관에서 살았어요. 그런데 오빠가 이곳을 물려받았을 때 여기서 살고 싶어 하지 않았죠. 사실 그럴 여유도 없어서 팔려고 내놓았어요. 개발업자가 사겠다는 제안을 하면서 이 땅을 개발하겠다고 하더군요. 다행히 위필드 경이 중간에 개입해 이곳을 구해 주었죠. 이 집을 도서관과 박물관으로 개조하면서 사실상 손 하나 대지 않았죠. 난 여기서 일주일에 두 번 도서관 사서 일을 해요. 물론 무보수로. 옛 집이 이대로 남아 있을 거라는 것을 알면서 일하니 얼마나 기쁜지 모르겠어요. 이곳은 정말 완벽한 곳이에요. 박물관을 한번 찾아 주세요, 피츠윌리엄 씨. 이 지방 특유의 흥미로운 전시품이 몇 점 있답니다."

"반드시 그렇게 하겠습니다, 부인."

"위필드 경은 위치우드의 관대한 후원자세요. 배은망덕한 사람들이 있다는 게 저로선 참 슬퍼요."

그녀는 입을 꼭 다물었다. 루크는 신중하게 아무 질문도 하지 않았다. 그는 다시 작별 인사를 했다.

문밖에 섰을 때 브리짓이 말했다.

"조사를 더 하고 싶으세요, 아니면 강을 따라 집으로 돌아갈까요? 거긴 산책하기 좋은 곳이에요."

"강으로 돌아가죠."

루크는 재빨리 대답했다. 그는 브리짓이 옆에서 듣고 있는 상태에서 조사를 계속할 마음이 없었다.

그들은 하이 스트리트를 걸었다. 거리 끝에 있는 집들 중 하나에 골동품이란 글씨를 낡은 금박으로 장식한 간판이 달려 있었다. 루크는 잠깐 멈춰 서서 창문으로 실내를 슬쩍 살펴보았다.

"저기 멋진 접시가 있군요. 이모에게 선물하고 싶은데 얼마나 할까요?"

"안에 들어가서 볼까요?"

"그래도 괜찮겠어요? 난 골동품 구경을 좋아해요. 가끔 좋은 물건을 싸게 살 수도 있고……."

브리짓이 냉담하게 말했다.

"여기선 어려울걸요. 엘스워시 씨는 자기가 파는 물건의 가치를 꽤 정확하게 알고 있다는 말을 해야겠군요."

문은 열려 있었다. 홀에는 등받이가 긴 의자들과 도자기와 백랍 제품을 위에 올려놓은 경대들이 있었다. 그리고 물건으로 꽉 찬 방 두 개가 양쪽으로 연결되어 있었다.

루크는 왼쪽 방으로 들어가서 슬립웨어(도자기 기법—옮긴이) 접시를 집었다. 그러자 방 뒤쪽의 퀸앤(영국의 유명한 은세공 식기 회사—옮긴이) 호두나무 책상에 앉아 있던 희미하게 보이던 사람이 앞으로 다가왔다.

"아, 콘웨이 양이시군요. 반갑습니다."

"안녕하세요, 엘스워시 씨."

엘스워시는 세련된 젊은이로 황갈색과 갈색이 배합된 옷을 입고 있었다. 길고 창백한 얼굴에 여자 같은 입과 예술가처럼 검은 머리를 길게 기른 그는 점잔빼며 천천히 걸었다.

브리짓이 루크를 소개하자 엘스워시는 재빨리 그에게 관심을 보였다.

"오래된 영국 슬립웨어 진품이죠. 근사하지 않습니까? 저는 제가 파는 물건을 사랑하죠. 아시겠지만 팔기 싫을 정도랍니다. 전 항상 시골에 작은 가게를 하는 게 꿈이었어요. 위치우드는 환상적인 곳이죠. 이곳은 분위기가 있어요. 제 말이 무슨 뜻인지 짐작하시겠죠."
"주인이 예술가적인 기질이 있어서겠죠."
브리짓이 중얼거렸다.
엘스워시는 길고 하얀 손으로 그녀를 살며시 쳤다.
"그런 끔찍한 말은 하지 마세요, 콘웨이 양. 부탁합니다. 예술가적인 기질이 있지만 현실적으로는 무능하다는 그런 말은 참을 수가 없어요. 아시다시피 전 손으로 짠 트위드라든가 낡은 백랍 제품 같은 것은 가게에 놓지 않아요. 난 장사꾼이죠. 그게 다예요. 순수한 장사꾼."
"하지만 사실은 예술가시잖아요. 그렇죠? 수채화를 그리신다던데."
루크가 말했다.
"허, 누가 선생님에게 그런 말을 했습니까?"
엘스워시는 소리치면서 두 손을 잡았다.
"이곳은 정말 놀랍다니까요. 도대체 비밀이 없어요! 그래서 맘에 들어요. 난 내 일에나 신경 쓸 테니 당신은 당신 일에나 신경 쓰시오 하는 몰인정한 도시와는 참 다르단 말이죠! 남의 뒷말을 하고 악의를 품은 추문이 돌기도 하지만 잘만 받아들이면 참 재미있는 동네랍니다!"
루크는 엘스워시의 첫 번째 질문에 대답하는 것으로 만족하면서 나중 말은 신경 쓰지 않았다.
"웨인플리트 부인이 당신이 그 에이미 깁스라는 아가씨를 몇 장 그랬다고 그러시던데요."

"아, 에이미."

엘스워시는 한 발자국 뒤로 물러서면서 맥주 잔을 건드려 흔들리게 했다. 그는 조심스럽게 잔을 바로잡았다.

"내가 그랬나? 아, 그랬군요. 그런 것 같아요."

그는 조금 허둥대는 것처럼 보였다.

"예쁜 아가씨였죠."

브리짓이 말했다.

엘스워시는 평정을 되찾았다.

"그렇게 생각해요? 난 항상 아주 평범한 여자라고 생각했는데. 슬립웨어에 관심이 있으시다면……."

그가 루크에게 계속 이야기했다.

"제게 슬립웨어 새가 한 쌍 있는데 아주 멋져요."

루크는 그 새에 관심을 보이는 둥 마는 둥 하다가 그 접시의 가격을 물었다.

엘스워시가 가격을 불렀다.

"고마워요. 하지만 당신에게서 그걸 뺏어 갈 생각은 들지 않는군요."

"아시겠지만 난 항상 안도하죠."

엘스워시가 말했다.

"물건을 팔지 않게 되었을 때요. 바보 같죠? 있죠, 제가 1기니 깎아드리죠. 그 물건이 마음에 드시죠? 척 보면 압니다. 그게 중요하죠. 그리고 무엇보다 이곳은 가게니까요!"
"아니요, 됐습니다."
루크가 말했다.
엘스워시는 문까지 배웅하면서 손을 흔들었다. 아주 불쾌한 손이라고 루크는 생각했다. 살결이 약간 초록색으로 보였다.
"역겨운 사람인데요."
엘스워시가 들을 수 없는 거리만큼 왔을 때 루크가 말했다.
"정신 상태도 역겹고 취향도 역겨운 사람이죠."
브리짓이 말했다.
"왜 이런 곳에 왔을까요?"
"마법에 취미가 있는 것 같아요. 악마의 미사는 아니지만 뭐 그런 종류죠. 이 동네가 그런 쪽으로 유명하니까."
루크는 조금 어색하게 말했다.
"이런, 그 남자야말로 내게 필요한 사람이었군요. 언제 이야기를 좀 해 봐야겠군요."
"그렇게 생각해요? 그 사람은 전문가인데요."
루크는 조금 불쾌하게 대답했다.
"다음에 찾아가 보죠."
브리짓은 대답하지 않았다. 이제 마을을 빠져나왔다. 그녀는 옆으로 돌아서 보도를 따라 걸어가다가 강가로 들어섰다.
거기서 그들은 뻣뻣한 수염과 튀어나온 눈의 작은 남자를 만났다. 그는 세 마리의 불독을 데리고 있었는데 그 개들에게 쉰 목소리로 고함을 질러 대고 있었다.

"네로, 이리 와, 이놈아. 넬리, 그거 놔둬. 내려놔. 내가 말했지. 오거스터스, 오거스터스, 내가 말했잖아."

그는 고함을 그치고 모자를 들어 브리짓에게 인사를 하면서 호기심이 어린 눈길로 루크를 쳐다보다가 다시 걸어가면서 개들에게 훈계를 해댔다.

그가 저만큼 멀어지자 루크가 말했다.

"호튼 소령과 불독들인가요?"

"맞아요."

"오늘 아침 위치우드의 명사들은 사실상 다 만나지 않았나요?"

"그런 셈이죠."

"내가 너무 눈에 띄는 것 같아요. 시골 마을에서 이방인은 어쩔 수 없이 눈에 띄는 존재인가 봐요."

그는 지미 로리머의 말을 떠올리면서 처량하게 말했다.

"호튼 소령은 호기심을 잘 숨기지 못해요. 당신을 뚫어져라 쳐다보더군요."

"그 사람은 어딜 가든 군인이라는 걸 숨기지 못하더군요."

루크가 조금 심술궂게 말했다.

브리짓이 불쑥 말했다.

"강둑에 잠깐 앉았다 갈까요? 시간도 많은데."

그들은 쓰러진 나무 위에 편하게 자리를 잡고 앉았다.

브리짓이 계속 말했다.

"호튼 소령은 군인답죠. 군기가 바짝 들어 있다고 할까요. 일 년 전만 해도 엄처시하에 시달리던 사람이라곤 믿지 못하겠어요."
"뭐라고요? 저 남자가!"
"예, 저분은 내가 본 중 가장 비위에 거슬리는 여자를 부인으로 뒀답니다. 그 여자는 돈도 좀 있었고 자신이 부자라는 걸 거리낌 없이 과시하곤 했죠."
"불쌍한 양반. 내 말은 호튼 말입니다."
"저분은 그 여자에게 아주 친절하게 대했어요. 항상 비서역할을 도맡아 한 신사였죠. 저는 개인적으로 부인과 싸움을 한 적이 없는지 궁금해요."
"그 부인은 인기가 별로 없었나 봐요."
"모두 그 여자를 싫어했어요. 그 여자는 고든은 상대도 하지 않았고 내겐 선심 쓰는 척하면서 손에 쥐고 흔들려고 했어요. 어딜 가든 항상 불쾌한 존재였죠."
"하지만 신의 자비로운 섭리가 그녀를 데려갔군요."
"예, 일 년 전이에요. 급성 위염이었어요. 남편과 토머스 박사와 간호사 두 명을 달달 볶다가 결국엔 죽었죠. 개들도 대번에 표정이 밝아지더군요."
"영리한 놈들이군요!"
침묵이 흘렀다. 브리짓은 한가하게 긴 풀을 잡아 뜯고 있었다. 루크는 반대편 강둑을 향해 멍하니 얼굴을 찡그렸다. 다시 한 번 자신의 비현실적인 사명이 그를 사로잡았다. 어디까지가 사실이고 어디까지가 상상일까? 만나는 사람마다 잠재적인 살인자로 뜯어보는 것은 정말 나쁘지 않은가. 그런 식의 사고방식은 어딘가 비열했다.

'제기랄. 경찰 짓을 너무 오래 했어!'

그는 멍하니 생각에 빠져 있다가 소스라쳐 정신을 차렸다. 브리짓이 차갑고 분명한 목소리로 물었다.

"피츠윌리엄 씨, 당신은 왜 여기 오셨죠?"

모자 염색약

루크는 담배에 불을 붙이고 있던 중이었다. 예기치 않은 그녀의 발언에 그의 손이 잠시 마비되었다. 1, 2초 가량 그가 움직이지 않는 사이 성냥이 타들어 가면서 그의 손가락을 태웠다.
"제기랄!"
루크가 성냥을 떨어뜨리고 소리를 지르면서 손을 미친 듯이 흔들어 댔다.
"미안해요. 당신이 날 깜짝 놀라게 했어요."
그는 처량하게 미소를 지었다.
"제가 그랬나요?"
그가 한숨을 쉬었다.
"예, 똑똑한 사람이라면 내 정체를 파악하게 될 거라고 생각하긴 했지만, 민간전승에 대해 책을 쓴다는 이야기를 당신은 믿지 않았군요!"

"당신을 보고 나서 그랬죠."

"그때까지는 믿었나요?"

"그래요."

"어쨌든 별로 설득력 있는 이야기는 아니었어요. 내 말은 누구든 책을 쓰고 싶어 하겠지만 여기 내려와서 굳이 당신 사촌 행세를 한다는 부분이 좀……. 그래서 당신이 수상하다고 생각했겠군요."

브리짓은 고개를 흔들었다.

"아니요. 그 문제에 대해선 제 나름대로 짐작한 게 있었어요. 난 당신이 돈에 쪼들리는 분이라고 생각했죠. 저와 지미 친구들 중에 그런 사람이 많으니까. 그리고 지미가 사촌 행세를 하자고 해서 그렇게 하면 당신 체면도 살 것이고."

"하지만 내가 도착했을 때 차림새를 보니 돈깨나 있어 보여서 그 짐작이 틀렸다고 생각했겠군요."

그녀의 입이 꼬부라지면서 천천히 미소가 떠올랐다.

"그건 아니었어요. 그냥 당신은 그런 타입이 아니었어요."

"책을 쓸 만큼 똑똑해 보이지 않아서요? 내 기분 생각할 것 없어요. 나도 알고 있는 거니까."

"당신도 책을 쓰시겠죠. 하지만 그런 책은 아니에요. 오래된 미신이라든가 과거를 파헤친다든가 하는 그런 종류는 아니에요! 당신은 과거나 미래에 의미를 두는 분이 아니에요. 현재에만 신경을 쓰는 분이죠."

"흠, 알겠어요."

그는 얼굴을 찡그렸다.

"제기랄. 여기 온 이후로 당신은 항상 날 불안하게 만들었어요. 당신은 지독히 영리했죠."

"미안해요. 뭘 기대했어요?"

브리짓은 냉담하게 말했다.

"그 점에 대해선 생각해 보지 않았어요."

하지만 그녀가 침착하게 말했다.

"성격도 애매하고 시시한 사람인데 기회를 잘 잡아서 보스와 결혼할 만한 머리는 있는 여자로 본 건가요?"

루크는 혼란스러운 신음 소리를 냈다. 그녀는 냉정하면서도 즐기는 시선으로 그를 보았다.

"이해해요. 괜찮아요, 불쾌하지 않아요."

루크는 뻔뻔스럽게 나가기로 했다.

"그런 비슷한 생각을 하기는 했죠. 하지만 별로 많이 생각하지는 않았어요."

그녀가 천천히 말했다.

"그래요. 그러지 않았겠죠. 당신은 문제가 생기기 전까지는 걱정하지 않는 그런 사람이죠."

루크는 낙담했다.

"확실히 내 연기가 너무 서툴렀어요! 위필드 경도 내 정체를 파악했나요?"

"아니요. 당신이 이곳에 물방개의 습성을 연구하러 와서 논문을 쓴다고 해도 고든은 괜찮다고 했을걸요. 그는 사람을 믿는 선량한 심성을 가지고 있어요."

"어쨌든 내 연기가 엉망이었잖아요. 이렇게 들켜 버렸으니."

브리짓이 말했다.

"내가 옆에 있는 것만으로도 당신에게 방해가 되었죠? 다 보이더군요. 유감스럽게도 나는 재미있었지만."

"그랬겠죠! 영리한 여자들은 대개 피도 눈물도 없이 잔인하더군요."

"할 수 있는 한 삶을 즐기며 살아야죠."

브리짓은 잠깐 멈추었다가 다시 말을 이었다.

"왜 여기 내려온 거죠, 피츠윌리엄 씨?"

그들은 한 바퀴 빙 돌아서 다시 원점으로 왔다. 이렇게 되리란 걸 루크도 알고 있었다. 몇 초 동안 그는 결단을 내리려고 노력했다. 그는 고개를 들어서 그녀의 눈을 보았다. 영리하고 호기심이 가득한 눈이 흔들림 없이 침착하게 그와 마주쳤다. 그 눈에는 그가 예상치 않았던 진지함이 서려 있었다.

그는 심사숙고하듯이 말했다.

"내 생각엔 그게 낫겠죠. 거짓말은 그만하는 것이."

"훨씬 낫죠."

"하지만 진실은 거북한 겁니다……. 당신은 달리 생각한 게 있겠죠. 내 말은 내가 여기 있는 이유에 대해 뭔가 짐작한 게 있나요?"

그녀는 생각에 잠겨 천천히 고개를 끄덕였다.

"그 처녀, 에이미 깁스의 죽음에 관련된 일로 당신이 여기 왔다는 생각을 했어요."

"그거예요, 그거! 바로 그게 내가 본 거예요. 느낌이 오더군요. 그 여자의 이름이 나올 때마다 뭔가 있다는 걸 알았어요. 당신은 내가 그 일로 왔다고 생각했군요?"

"그렇지 않나요?"

"어떤 면에선 그래요."

그는 아무 말도 하지 않은 채 얼굴을 찡그렸다. 그녀 역시 그의 생각을 방해하지 않으려고 아무 말 없이 옆에 앉아 있었다.

그는 결심했다.

"난 뜬구름을 잡으러 여기 왔어요. 환상적이고 비합리적이고 멜로드라마 같은 상상에 의지해서 말이죠. 에이미 깁스는 그 일의 일부예요. 난 정확히 그녀가 어떻게 죽었는지 밝혀 내는 데 관심이 있어요."

"나도 그렇게 생각했어요."

"다른 건 다 차치하고 당신은 왜 그렇게 생각했죠? 그녀의 죽음의 어떤 점이 당신의 관심을 불러일으켰죠?"

브리짓이 말했다.

"난 처음부터 뭔가 이상하다고 생각했어요. 그래서 웨인플리트 부인을 만나게 하려고 당신을 데려갔죠."

"왜죠?"

"그녀도 그렇게 생각하니까요."

"아!"

루크는 재빠르게 회상했다. 그는 이제 그 총명한 노부인의 태도가 암시하던 바를 이해했다.

"그 부인도 당신처럼 생각했나요? 뭔가 이상한 점이 있다고?"

브리짓은 고개를 끄덕였다.

"왜 그렇죠?"

"우선 모자 염색약요."

"무슨 말이죠? 모자 염색약이라니!"

"20년 전에는 사람들이 모자를 염색했죠. 핑크색 밀짚모자가 있으면 다음 철에는 염색약 한 병으로 진한 푸른색으로 물들였다가 다시 검은 모자로 짠! 하지만 요즘엔 모자가 싸서 유행이 지난 값싼 물건은 그냥 버리죠."

"에이미 깁스 같은 계층의 아가씨들도 그러나요?"

"그 아가씨보다는 차라리 내가 염색할 만한 사람일걸요! 절약의 시대는 갔어요. 그리고 한 가지 더 있어요. 그건 빨간 염색약이었어요."

"그래서요?"

"에이미 깁스의 머리가 빨간색이었어요. 당근 색요!"

"어울리지 않다는 뜻인가요?"

브리짓은 고개를 끄덕였다.

"당근 색 머리카락에 주홍색 모자를 쓰는 사람은 없어요. 남자들은 그런 걸 잘 모르지만, 그러나……."

루크는 진지하게 그녀의 말에 끼어들었다.

"그렇죠. 남자들은 알아차리지 못하겠죠. 다 들어맞아요. 모든 게 착착 들어맞고 있어요."

"지미에겐 런던 경시청에 근무하는 오래된 친구들이 몇 있는데 당신은 그 경찰……."

루크는 재빨리 말했다.

"난 당국에서 나온 형사는 아닙니다. 그리고 베이커 스트리트에 살고 있는 유명한 사립 탐정도 아니죠. 난 지미가 당신에게 소개한 그대로입니다. 동양에서 경찰로 근무하다 은퇴한 사람일 뿐이에요. 내가 이 일에 끼어든 이유는 런던행 기차에서 일어난 기이한 일 때문입니다."

그는 핀커튼 부인과 나눈 대화와 위치우드로 그를 오게 한 일련의 사건들을 요약해서 들려주었다.

"그래서 당신도 보다시피 꿈같은 일이죠! 난 연쇄 살인범인 한 남자, 여기 위치우드에서 아마 잘 알려지고 존경받는 남자를 찾고 있는 겁니다. 핀커튼 부인이 옳았고 당신이 옳고 그 노부인의 말이 옳다면, 그 남자가 에이미 깁스를 죽인 겁니다."

"알겠어요."

"외부인의 소행일 수도 있다고 짐작이 가는데요?"

"예, 나도 그렇게 생각해요."

브리짓은 천천히 말했다.

"리드 경찰관이 별채를 통해서 에이미 방의 창문으로 기어 올라갔어요. 창문이 열려 있었죠. 좀 힘들게 기어오르긴 했지만 웬만큼 힘을 쓰는 남자라면 쉽게 올라갔을걸요."
"그렇게 방에 들어가서 뭘 했죠?"
"기침약과 염색 약병을 바꿔치기 했겠죠."
"그녀가 하려던 대로 하기를 바라면서 그랬겠죠. 잠에서 깨어 그걸 마시면 사람들은 모두 에이미가 실수했거나 자살했다고 말할 거라고?"
"예."
"조사할 때 사람들이 '살인'일 거라고 의심하지는 않았나요?"
"예."
"다시 말하면 그 모자 염색약 문제는 질문 선상에 오르지 않았겠군요?"
"예."
"하지만 당신은 그 생각을 했죠?"
"예."
"그리고 웨인플리트 부인도요? 둘이서 함께 그 문제를 의논해 본 적이 있나요?"
브리짓은 희미하게 미소를 띠었다.
"아니요. 당신이 생각하는 그런 의미에선 하지 않았어요. 내 말은 우리는 어떤 것도 직접 입 밖에 꺼낸 적은 없어요. 난 그 노부인이 어느 정도 짐작하고 있는지 사실 잘 몰라요. 내 짐작에 처음에는 걱정만 하다 나중에 의심을 품게 된 것 같아요. 당신도 보았지만 그녀는 똑똑한 여자예요. 젊었을 때 상당히 진보적인 여성이었죠. 이곳에 사는 대부분의 흐리멍덩한 사람들과는 달라요."

"내가 보기엔 핀커튼 부인이 좀 멍했죠. 그래서 처음에는 그녀의 이야기에 뭔가 중요한 점이 있으리라고는 상상도 하지 않았어요."

"난 핀커튼 부인이 꽤 날카롭다고 항상 생각했어요."

브리짓이 말했다.

"여기 사는 수다스러운 노부인들은 어떤 면에서는 아주 날카로운 통찰력을 지니고 있거든요. 핀커튼 부인이 다른 이름도 말했다고 했죠?"

루크는 고개를 끄덕였다.

"그래요. 한 남자 아이……. 토미 피어스라는 이름을 듣자마자 기억이 났어요. 그리고 카터란 남자도 언급했어요."

"카터, 토미 피어스, 에이미 깁스, 험블비 박사……."

브리짓이 생각에 잠겨서 말했다.

"당신이 말한 것처럼 실제로 일어난 일이라고 하기엔 너무 황당해요! 도대체 누가 이 사람들을 죽이고 싶어 하겠어요? 공통점이라고는 하나도 없는데!"

루크가 말했다.

"누가 왜 에이미 깁스를 없애고 싶어 하는지에 대해 뭐 좀 생각나는 게 있나요?"

브리짓은 고개를 저었다.

"난 상상도 못하겠어요."

"그럼 카터란 남자는 어때요? 그 남자는 어떻게 죽었죠?"

"강에 떨어져서 익사했어요. 집에 가던 길이었는데 안개가 자욱했고 술에 취해 있었죠. 다리 한쪽에만 난간이 있었어요. 당연히 발을 헛디뎌 떨어졌을 거라고 생각했죠."

"하지만 누군가 그를 밀었을 수도 있겠군요?"

"아, 그렇죠."

"그리고 토미가 유리창을 닦고 있을 때도 누군가 쉽게 밀었을 수도 있겠죠?"

"그것도 그렇죠."

"그럼 세 명은 누구의 의심도 받지 않고 쉽게 제거할 수 있다는 결론이 나오는군요."

"핀커튼 부인은 의심했죠."

브리짓이 지적했다.

"그랬죠. 그녀에게 축복이 있기를. 그녀는 드라마 같은 이야기라거나 터무니없는 상상을 한다는 비난에 개의치 않았죠."

"핀커튼 부인은 저에게 종종 세상이 아주 사악한 곳이라고 말하곤 했죠."

"그리고 당신은 너그러운 미소를 지었겠군요?"

"거드름을 피우면서 그랬죠!"

"아침식사를 먹기 전에 여섯 가지의 불가사의한 일을 믿을 수 있는 사람이 이 게임에서 쉽게 이기겠군요."

브리짓이 고개를 끄덕였다.

루크가 말했다.

"당신에게 어떤 예감이 있었는지 묻는 건 쓸데없는 짓이겠죠? 위치우드에 있는 사람 중 특별히 소름이 끼친다거나 이상한 눈동자를 가지고 있다거나 기이하고 정신병자 같은 웃음을 흘리고 다니는 사람은 없겠죠."

"위치우드에서 내가 만난 사람들은 모두 정상이고 존경받을 만하고 완전히 평범해 보이던데요."

"그런 대답이 나올까 봐 두려웠는데."

"당신은 그 남자가 완전히 미쳤다고 생각하는군요?"

브리짓이 말했다.

"그렇게 말해야겠죠. 미치광이이긴 하지만 아주 교활한 놈입니다. 당신이 결코 의심하지 않을 사람, 아마 은행 지점장같이 사회의 기둥이 되는 그런 사람일 겁니다."

"존스 씨요? 그 사람이 연쇄 살인을 하고 다닌다고는 상상할 수 없는데요."

"그렇다면 그 사람이 아마 우리가 찾는 사람일 겁니다."

브리짓이 말했다.

"누구든 범인일 수 있죠. 푸줏간 주인, 제빵업자, 야채 가게 주인, 농장 일꾼, 도로 보수원, 우유배달부일 수도 있고요."

"그럴 수도 있지만 그보다는 범위가 좁을 겁니다."

"왜죠?"

"핀커튼 부인이 그 사람이 다음 번 희생자를 신중히 고르고 있을 때 그 눈에 떠오른 표정에 대해 말했어요. 그녀가 말한 태도에서 제가 받은 인상은……. 그냥 인상일 뿐이지만……. 핀커튼 부인이 말하는 그 남자가 최소한 그녀와 같은 사회적 지위에 있는 사람이라는 거죠. 물론 내가 틀렸을 수도 있지만."

"당신 말이 맞는 것 같아요! 그런 뉘앙스는 꼭 집어서 말할 수는 없지만 절대 틀리지 않는 그런 거죠."

루크가 말했다.

"당신이 그런 점을 모두 알고 있다니 마음이 한결 놓이네요."

"제가 당신을 방해했다는 걸 알아요. 이제는 저도 당신을 도울 수 있을 거예요."

"도와주면 좋죠. 정말 끝까지 파헤쳐 보겠어요?"

"물론이죠."

루크는 갑자기 조금 당황해서 말했다.

"그럼 위필드 경은 어쩌죠? 당신 생각엔……."

"고든에게는 아무 말도 하지 않는 게 자연스럽죠!"

"그가 믿지 않을 거란 말인가요?"

"아, 믿을 거예요. 고든은 뭐든 믿을걸요! 아마 신이 나서 부하 직원 중에 젊고 똑똑한 젊은이들을 데리고 와서 동네를 휘저어 놓을걸요! 좋아서 정신도 못 차릴 거예요!"

"그렇다면 빼도록 하죠."

루크가 동의했다.

"예, 고든에게 그런 재미를 보게 할 수는 없죠. 유감스럽게도."
루크는 그녀를 바라보았다. 그는 뭔가 말하려다 마음을 바꾸었다. 대신 시계를 보았다.
브리짓이 말했다.
"예, 이제 집에 가야겠죠."
그녀는 일어섰다. 루크가 입 밖에 내놓지 않았던 말이 공기 중에 불편하게 떠도는 것처럼 둘 사이가 갑자기 어색해졌다.
둘 다 아무 말도 하지 않은 채 집까지 걸었다.

가능성들

루크는 침실에 앉아 있었다. 점심시간에 그는 말레이 해협에 있는 그의 정원에 어떤 꽃을 심었는지 물어보는 앤스트루더 여사의 심문을 견뎌 냈다. 그 다음엔 어떤 꽃이 그곳에서 잘 자랐을 거란 이야기를 들었다. 그는 또 위필드 경이 떠드는 '젊은 남자들에게 들려주는 위필드 경에 대한' 이야기를 들어야 했다. 그리고 고맙게도 이제 혼자가 되었다.

그는 종이 한 장을 꺼내서 이름을 죽 적었다. 이런 이름이었다.

토머스 박사
애벗 씨
호튼 소령
엘스워시 씨

웨이크 씨

존스 씨

에이미의 젊은 남자

푸줏간 주인, 제빵업자, 촛대 제조업자 등등

그는 종이를 한 장 더 꺼내서 희생자들이라고 제목을 달았다. 제목 밑에 이렇게 썼다.

에이미 깁스 독살

토미 피어스 창문에서 밀려 떨어짐

해리 카터 다리에서 밀려 떨어짐.(취해서? 약을 먹어서?)

험블비 박사 패혈증

핀커튼 부인 차에 치임

그는 덧붙였다.

로즈 부인?

늙은 벤?

그리고 좀 있다 썼다.

호튼 부인?

그는 명단을 보면서 한동안 담배를 피우다가 다시 연필을 꺼냈다.

토머스 박사: 사건 혐의자

험블비 박사의 경우 동기가 확실함. 험블비 박사가 사망한 방법이 들어맞음. 이를테면 세균을 써서 과학적으로 독살했을 가능성이 있음. 에이미 깁스가 죽던 날 오후에 토머스 박사를 방문함. (둘 사이에 무슨 일이 있었을까? 협박?)

토미 피어스? 알려진 관계 없음. (토미가 그와 에이미 깁스 사이에 모종의 관계가 있었다는 걸 알았을까?)

해리 카터. 알려진 관계 없음.

토머스 박사. 핀커튼 부인이 런던에 갔던 날 위치우드에 있었을까?

루크는 한숨을 쉬고 나서 새 제목으로 글을 쓰기 시작했다.

애벗 씨: 사건 혐의자

(변호사가 분명 의심스럽지만 내 편견일 수 있음.) 혈색도 좋고 싹싹한 성격의 인물은 책에 나오는 이야기라면 항상 의심을 산다. 책에서는 항상 솔직하고 싹싹한 사람이 의심받음. 이의: 이것은 소설이 아니라 실제로 일어난 일임.

험블비 박사의 살해 동기. 분명 둘은 사이가 나빴다. 험블비 박사는 공공연히 애벗 씨를 무시했다. 애벗 씨가 미쳤다면 이것도 충분한 동기가 된다. 핀커튼 부인도 둘의 험악한 관계를 쉽게 눈치 챘을 수 있다.

토미 피어스? 토미는 애벗의 서류를 몰래 기웃거리고 다녔다. 알아서는 안 될 내용을 발견한 건 아닐까?

해리 카터? 분명한 관계는 없음.

에이미 깁스? 알려진 관계 없음. 애벗의 심리 상태라면 충분히 모자 염색약을 쓸 수 있음. 사고방식이 구식임. 애벗은 핀커튼 부인이 살해되던 날 마을에 있었을까?

호튼 소령: 사건 혐의자

에이미 깁스, 토미 피어스나 카터와 알려진 관계는 없음.

호튼 부인은 어떨까? 이야기를 들어서는 사망 원인이 비소 중독인 것 같다. 그렇다면 협박으로 인한 살인일까? 주의: 토머스가 주치의였다. (토머스가 또 의심스럽다.)

엘스워시 씨: 사건 혐의자

마법에 취미를 가진 역겨운 인간이다. 피에 굶주린 살인자의 기질을 가졌을 수 있다. 에이미 깁스와 관련이 있다. 카터? 아무것도 알려진 것은 없다. 험블비? 우연히 엘스워시의 정신 상태를 발견했을 수 있다. 핀커튼 부인? 엘스워시는 핀커튼 부인이 살해되던 날 마을에 있었을까?

웨이크 씨: 사건 혐의자

가능성이 거의 없음. 종교에 미친 사람일 가능성은? 살인에 대한 사명을 띠고? 책에서라면 성자 같은 늙은 성직자가 사건을 시작하는 인물로 훌륭했겠지만 이건 실제 상황이다.

주의 사항. 카터, 토미, 에이미 모두 불쾌한 인물들이다. 신성한 신의 섭리에 의해 제거되는 게 나았을까?

존스 씨.
정보 없음.
에이미의 젊은 남자.
에이미를 살해할 동기는 많지만 일반적으로 보아 그럴 가능성은 없어 보인다.
기타 등등?
상상하지 말자.

그는 써 놓은 것을 읽어 보았다.
그러다 머리를 설레설레 흔들었다.
그는 부드럽게 중얼거렸다.
"이건 불합리해! 유클리드가 참 잘도 표현했지!"
그는 명단을 찢어서 불태웠다.
그리고 혼잣말을 했다.
"이 일도 쉽지는 않겠어."

토머스 박사

 토머스 박사는 의자에 기대어 앉아 숱이 많은 금발 머리를 길고 섬세한 손으로 쓸어 넘겼다. 그는 사람들이 쉽게 착각할 수 있는 외모의 남자였다. 서른이 넘었지만 언뜻 보면 10대 후반은 아니라도 20대 초반으로 보였다. 조금 흐트러진 금발 머리와 살짝 놀란 표정 그리고 피부가 깨끗해서 잘생긴 남학생 같았다. 동안이기는 했지만 그가 루크의 무릎에 류머티즘성이라고 내린 진단은 일주일 전 할리 스트리트의 저명한 전문의가 진단한 것과 거의 정확하게 일치했다.
 루크가 말했다.
 "고맙습니다. 흠, 전기 치료를 하면 효과가 있을 거라고 보신다니 안심이 되는군요. 이 나이에 불구가 되기는 싫은데 말입니다."
 토머스 박사는 순진한 미소를 지었다.
 "제 생각엔 그럴 위험은 없습니다, 피츠윌리엄 씨."

"박사님 덕분에 마음이 놓여요. 전문의에게 찾아가 볼까 생각 중이었는데 이제 그럴 필요가 없어졌군요."

토머스 박사는 다시 미소 지었다.

"그래서 마음이 편해지신다면 찾아가 보세요. 어쨌든 전문가의 의견을 듣는 것은 좋은 일이죠."

"아니에요. 전 박사님을 완전히 신뢰합니다."

"솔직히 말해서 복잡할 건 하나도 없어요. 제 충고를 받아들이시면 더 고생하실 일은 없을 겁니다."

"제 마음을 끝없이 안심시켜 주시는군요, 박사님. 난 관절염에 걸려서 곧 옴짝달싹 못할 줄 알았어요."

토머스 박사는 순한 미소를 지으며 고개를 내저었다.

루크는 재빨리 말했다.

"환자들은 이런 식으로 깜짝깜짝 놀라잖아요. 박사님도 아실 텐데요? 난 종종 의사들은 '주술사'……. 자신이 맡은 환자들에게는 마법사처럼 느낄 거라 생각하곤 해요."

"환자의 신뢰가 중요하기는 하죠."

"그렇죠. '의사 선생님이 그렇게 말씀하셨어요.'라는 말에는 환자의 존경이 담겨 있잖아요."

토머스 박사는 어깨를 으쓱했다.

"제 환자들이 그걸 안다면 얼마나 좋을까요!"

그는 익살맞게 중얼거렸다. 그가 이어서 물었다.

"마법에 대한 책을 쓰고 계시죠, 피츠윌리엄 씨?"

"이런, 그건 도대체 어떻게 아십니까?"

루크는 조금 과장되게 놀란 척하면서 외쳤다.

토머스는 즐거워 보였다.

"아, 선생님. 이런 곳에서는 뉴스가 아주 빨리 퍼진답니다. 이야깃거리가 별로 없거든요."

"아마 과장된 이야기겠죠. 곧 내가 동네 유령들을 불러내고 엔도르의 마녀를 흉내 낸다는 소문을 듣게 되겠네요."

"그런 말씀을 하시다니 좀 기묘한데요."

"왜요?"

"그게……. 선생님이 토미 피어스의 유령을 불러냈다는 소문이 돌고 있어요."

"피어스? 창문에서 떨어졌다는 그 남자 아이 말인가요?"

"그렇습니다."

"어떻게 그런 소문이 돌게 되었는지 궁금하네요. 물론 그 변호사 분에게 그런 이야기를 하기는 했지만. 그분 성함이 뭐였더라, 애벗이었죠."

"그렇습니다. 애벗 씨 입에서 그 이야기가 나왔죠."

"제가 현실적인 변호사 분을 유령을 믿는 사람으로 개심시켰단 말은 하지 마세요."

"그렇다면 선생님은 유령을 믿으신단 말인가요?"

"의사 선생님의 말투는 유령을 믿지 않으신단 말 같군요. 아니요, 난 실제로 유령을 믿는다고 말하진 않겠어요, 직설적으로 말하자면 그렇죠. 하지만 갑작스럽거나 자연사가 아닌 죽음일 경우에는 신기한 현상이 일어난다는 건 알고 있어요. 그리고 난 자연사가 아닌 죽음에 관계된 미신에 더 관심이 많습니다. 예를 들면 살해된 사람은 무덤에서도 편히 쉬지 못하죠. 그리고 살인자가 살해한 사람의 시체를 만지면 피가 흘러나온다는 것도 흥미로운 믿음이죠. 그런 이야기가 어떻게 생겨났는지 궁금해요."

"정말 신기하군요. 하지만 요즘엔 그런 이야기를 기억하는 사람이 많지는 않을 겁니다."

"박사님이 생각하는 것보다는 많을걸요. 물론 이 동네에는 살인이 많이 일어나지는 않겠죠. 그래서 판단하기 힘들지만……."

루크는 미소를 띠고 말하면서 상대방의 얼굴을 무심한 척 훑어보았다. 그러나 토머스 박사는 침착해 보였고, 루크에게 화답하는 미소를 지었다.

"아니요, 우리 마을엔 아주 오랫동안……. 분명히 내가 있는 동안에는 살인이 한 건도 없었습니다."

"그렇죠. 여긴 아주 평화로운 곳이죠. 살인을 조장할 만한 곳은 아닙니다. 누군가 그 꼬맹이 토미 머시기를 창문에서 밀지 않았다면 말이죠."

루크는 웃었다. 다시 토머스 박사가 그에 화답해서 미소를 지었다. 소년같이 장난기가 담뿍 담긴 자연스러운 미소였다.

"그 아이의 목을 비틀고 싶어 한 사람은 많았을 겁니다. 하지만 실제로 창문에서 던져 버리는 수위까진 이르지 않았다고 생각해요."

"그 아인 정말 말썽꾸러기였던 것 같은데 그 아이를 없애는 게 공공의 의무로 생각되었을 수도 있죠."

"유감스럽게도 사람들은 그런 이론을 자주 실천하지는 않는답니다."

"난 항상 사람을 몇 명 없애는 것은 지역사회에 이로울 것이란 생각을 했답니다."

루크가 말했다.

"예를 들면 클럽을 지루하게 만드는 사람은 독을 넣은 리큐어(식물성 향료를 가미한 강한 알코올 음료—옮긴이) 브랜디로 끝내 버리죠. 그리고 하염없이 수다를 떨면서 친한 친구들을 입으로 발기발기 찢는 여자들이 있죠. 남을 험담하는 노부인들 있잖습니까. 진보를 반대하는 완강한 보수주의자들도 있고. 만약 이 사람들이 힘 안 들이고 제거된다면 이 사회가 얼마나 달라지겠습니까!"

토머스 박사는 미소를 짓다가 이를 드러내고 싱긋 웃었다.

"사실상 대대적인 범죄를 옹호하시는 겁니까?"

"적절한 판단에 따른 제거죠. 그게 사회에 이로울 거라고 생각하지 않으십니까?"

"아, 물론 그렇죠."

"하지만 박사님은 진지하지 않으시군요? 난 진지한데. 난 보통 영국인들이 가지는 생명 중시 사상 같은 건 없습니다. 진보에 방해가 되는 사람은 반드시 제거되어야 합니다. 난 그렇게 봅니다."

짧은 금발 머리를 손으로 쓸어내리면서 토머스 박사가 말했다.

"예, 하지만 그 사람이 방해가 되는지 아닌지는 누가 판단하죠?"
"그게 문제란 말입니다."
"가톨릭 신자들은 공산주의 선동자들이 죽어 마땅하다고 생각할 것이고, 공산주의자들은 미신을 퍼뜨리는 사람으로 신부에게 사형 선고를 내릴 것이고, 의사는 병약한 자를 제거할 것이고, 평화주의자는 군인을 비난할 것이고……. 끝이 없죠."
"과학적인 사람을 판관으로 삼아야죠. 편견이 없으면서 고도로 전문적인 지성을 가지고 있는 사람. 예를 들면 의사가 그렇겠죠. 그렇게 생각해 보니 박사님이 꽤 훌륭한 판관이 될 것 같아요."
"살기에 적합하지 않다는 판단을 내리는 데요?"
"그렇죠."
토머스 박사는 고개를 흔들었다.
"내 일은 살기에 적합하지 않은 사람을 적합하게 만드는 겁니다. 대부분 힘들다는 건 인정하지만."
"그냥 말이 나왔으니까 그런데, 사망한 해리 카터 같은 남자를 예로 들면……."
토머스 박사가 날카롭게 말했다.
"카터? 세븐 스타즈의 주인 말인가요?"
"예, 바로 그 남자요. 난 모르지만 내 사촌인 콘웨이 양이 그 남자에 대해 말하더군요. 그는 정말로 철저한 불한당 같던데."
"술주정뱅이였죠. 부인에게 못되게 굴고 딸아이를 괴롭혔어요. 사람들에게 걸핏하면 싸움을 걸고 입도 사나워 가게에 온 손님들과도 싸움을 벌였죠."

"사실 그 남자가 없어서 세상이 더 좋은 곳이 되었죠?"

"그렇게 말할 수도 있겠죠. 동의해요."

"그가 친절하게 스스로 떨어지기로 선택한 대신 누군가 그를 밀어서 강에 떨어뜨렸다면 그 사람은 공공의 이익을 위해 그렇게 한 거잖아요?"

토머스 박사가 냉담하게 말했다.

"당신이 옹호하는 그런 방법들은 말레이 해협에서 직접 행동에 옮기신 건가요?"

루크는 웃었다.

"아니요, 난 그냥 이론을 말한 거지 실천한 것은 아닙니다."

"그렇죠. 전 선생님이 살인자가 될 재목은 아니라고 봅니다."

"왜 아니죠? 난 내 의견을 솔직하게 밝혔는데."

"바로 그거죠. 너무 솔직했어요."

"박사님의 말은 내가 정말로 법의 힘을 빌리지 않고 임의로 제재를 가하는 그런 사람이라면, 그렇게 내 생각을 떠들고 다녀서는 안 된다는 거죠?"

"그런 뜻이었습니다."

"하지만 그건 제게 있어서 일종의 복음서와 같아요. 이런 주제에 대해선 전 광신도라는 거죠."

"그렇다고 하더라도 자기 방어 감각은 강할 겁니다."

"사실 살인자를 찾을 땐 파리 한 마리 못 죽일 선량한 신사를 찾아야겠죠."

"조금 과장되기는 했지만 별로 틀린 말은 아닙니다."

루크가 불쑥 말했다.

"말해 주세요. 제가 관심이 있어서 그러는데, 살인자일지도 모른다고 믿었던 사람을 만나 본 적이 있나요?"

토머스 박사는 날카롭게 말했다.

"정말 특이한 질문이군요!"

"그런가요? 의사는 기묘한 사람들을 많이 만나잖아요. 예를 들어 의사는 다른 사람들이 알아차리기 전에 살인광의 징후를 초기에 더 잘 분간할 수 있을 텐데요."

박사는 다소 짜증스러운 듯이 말했다.

"선생님은 살인광에 대해 일반 사람들과 같은 견해를 가지고 계시군요. 입에 거품을 물고 피에 굶주려 칼을 휘두르는 사람이라고 말이죠. 사실 살인광은 지상에서 가장 찾기 힘든 존재일지도 모른다는 말씀을 드려야겠습니다. 다른 사람들에게 그는 아주 평범한 사람처럼 보일 겁니다. 적이 있어서 겁난다고 당신에게 고백하는 그런 소심한 사람 말입니다. 분명 아주 조용하고 순한 사람일 겁니다."

"정말 그런가요?"

"그렇습니다. 살인광은 종종 (자기 생각에) 자신을 지키기 위해 살인합니다. 하지만 많은 살인자들이 선생님과 저같이 평범하고 정상적인 사람들입니다."

"박사님, 저를 놀라게 하시는군요! 제가 조용하고 깔끔하게 대여섯 건의 살인을 해치웠다는 걸 나중에 알게 될 경우를 한번 상상해 보세요."

토머스 박사는 미소 지었다.

"별로 그럴 가능성은 없다고 봅니다, 피츠윌리엄 씨."

"정말 그렇게 생각하지 않으세요? 저도 그 답례를 해드릴게요. 저도 박사님이 대여섯 건의 살인을 할 분이라고는 생각지 않습니다."

토머스 박사는 유쾌하게 말했다.

"제가 진료하다 죽인 사람들은 계산에 넣지 않으셨군요."

두 남자는 함께 웃었다.

"제가 박사님의 시간을 너무 뺏은 것 같군요."

루크는 미안해하는 듯이 말했다.

"아, 전 바쁘지 않아요. 위치우드는 꽤 건강한 마을입니다. 바깥세상에서 오신 분과 이야기를 나누어서 즐거웠습니다."

"궁금한 게 있는데······."

루크가 머뭇거렸다.

"예?"

"콘웨이 양이 박사님을 추천하면서 박사님은 일류라고 하더군요. 박사님이 이런 초야에 묻혀 사는 게 아닌가 하는 궁금증이 드네요? 재능을 발휘할 기회도 많지 않고."

"이런, 저는 일반 개업의로 시작하는 것이 좋습니다. 소중한 경험이죠."

"하지만 평생 이런 곳에서 틀에 박힌 생활을 하면서 만족하진 않으시겠죠? 박사님의 파트너였던 돌아가신 험블비 박사님은 야심이 없는 분이라고 들었습니다. 이곳에서 진료를 보는 데 만족하셨다더군요. 그 박사님은 이곳에 오래 계셨다죠?"

"사실상 평생 계셨죠."

"제가 듣기론 좀 구식이셨던 것 같던데."

"가끔은 좀 힘든 분이셨죠……. 현대적인 의학 혁신에 의심이 많으셨어요. 하지만 내과의 전통적인 학파의 훌륭한 모범이셨어요."

"아주 예쁜 따님을 남기셨다고 들었어요."

루크가 익살맞게 말했다. 그는 토머스 박사의 창백한 안색이 붉어지는 것을 보며 속으로 쾌재를 불렀다.

"아, 그렇죠."

그가 말했다.

루크는 그를 친절하게 바라보았다. 혐의자 명단에서 토머스 박사를 지워도 될 것 같아 기뻤다.

토머스 박사는 정상적인 안색으로 돌아와 갑작스럽게 말했다.

"선생님이 관심을 가지고 계신 범죄에 대한 주제라 좋은 책을 빌려드릴 수 있습니다! 독일어를 번역한 것인데 열등감과 범죄에 대한 책입니다."

"감사합니다."

토머스 박사는 책꽂이를 손가락으로 죽 훑다가 문제의 그 책을 꺼냈다.

"여기 있군요. 이 책의 이론 중 일부는 아주 놀라워요. 물론 어디까지나 이론이기는 하지만 그래도 흥미롭습니다. 예를 들어 사람들이 '프랑크푸르트 백정'이라고 불렀던 멘젤드의 초기의 삶과 아이들을 살인한 것으로 유명한 보모인 아나 헬름에 대한 부분은 아주 흥미로워요."

"그 여자는 당국에서 발견하기 전에 자신이 돌보았던 아이들을 여섯 명이나 죽인 것으로 아는데요."

루크의 말에 토머스 박사는 고개를 끄덕였다.

"그렇습니다. 그 여자는 인정 많고 아이들에게 헌신적인 데다가 아이들이 죽을 때마다 진심으로 상심한 것처럼 보였죠. 정말 놀라운 심리가 아닐 수 없어요."

"어떻게 이런 사람들이 무사히 빠져나가는지 놀랍다니까요."

루크가 말했다.

그는 이제 현관문 밖에 있었다. 토머스 박사가 배웅을 나왔다.

토머스 박사가 말했다.

"사실 그렇게 놀랍지는 않습니다. 꽤 쉬워요."

"뭐가요?"

"무사히 빠져나가는 거 말입니다."

그는 다시 매력적이고 소년 같은 미소를 띠었다.

"조심한다면 말이죠. 조심하기만 하면 됩니다! 영리한 사람은 실수하지 않기 위해 극도로 조심하죠. 그게 바로 비결입니다."

그는 미소를 짓더니 집 안으로 들어갔다.

루크는 서서 계단을 올려다보고 있었다.

그 의사의 미소에는 짐짓 겸손한 체하는 분위기가 있었다. 대화를 나누는 내내 루크는 자신을 성숙한 어른으로, 토머스 박사는 젊고 순진한 젊은이로 보고 있었다.

한순간 그는 그 역할이 바뀌었다는 것을 느꼈다. 의사의 그 미소는 어른이 똑똑한 아이에게 보이는 그런 미소였다.

피어스 부인 말하다

하이 스트리트에 있는 작은 가게에서 루크는 담배 한 갑과 위필드 경의 주 수입원인 진취적인 주간지 《갈채》를 한 부 샀다. 축구 시합 기사가 나온 면을 펼친 루크는 신음 소리를 내면서 120파운드를 잃었다고 귀띔했다. 피어스 부인은 즉각 동정하면서 남편도 루크처럼 실망했다는 이야기를 했다. 그렇게 말문을 트면서 루크는 쉽게 대화를 이어 갈 수 있었다.

피어스 부인이 말했다.

"제 남편은 축구에 관심이 아주 많답니다. 신문을 받으면 축구 기사부터 먼저 보죠. 그리고 아까 말한 것처럼 무척 실망하죠. 하지만 모든 사람이 다 이길 수는 없잖아요. 난 그렇게 말하죠. 그리고 운을 거스를 수도 없다는 말도 해요."

루크는 그런 생각에 한바탕 맞장구를 치고 나서 불행은 결코 홀로 오지 않는다는 보다 심오한 말로 부드럽게 화제를 바꿨다.

피어스 부인이 한숨을 쉬었다.

"정말이에요, 선생님. 저도 그걸 잘 알죠. 남편과 자식이 여덟이나 있는 여자는 그걸 잘 안답니다. 여섯은 살아 있고 둘을 묻었으니, 선생님이 말씀하시는 불행이란 게 어떤 건지 잘 알죠."

"아, 그러시겠군요. 부인은 둘을 묻었다고 말씀하셨나요?"

"하나는 한 달도 안 됐어요."

피어스 부인이 조금 구슬프면서도 즐기는 어조로 말했다.

"저런, 마음이 아프시겠어요."

"아픈 정도가 아니랍니다, 선생님. 충격이었어요. 정말 충격이었죠! 사람들이 그 소식을 전했을 때 전 이상하게 행동했죠. 토미에게 그런 일이 일어날 거라곤 결코 예상하지 않았거든요. 선생님도 아시겠지만 골칫거리 자식이 있을 땐 그 자식이 명이 짧을 거란 생각은 떠오르지 않는 법이거든요. 내 사랑스러운 꼬맹이인 엠마 제인은 달랐지만요. 이 아이는 결코 키우지 못할 거라고 사람들이 말하더군요. 너무 천사 같은 아이라 살 수가 없다고요. 그 말은 사실이었어요, 선생님. 하느님도 자신의 아이는 알아보시는 거죠."

루크는 그 의견에 공감을 하고 나서 천사 같은 엠마 제인에서 천사 같지 않은 토미에게로 화제를 돌리려고 노력했다.

"아드님이 최근에 죽었나 봐요? 사고로?"

"사고였죠, 선생님. 낡은 회관 창문을 닦다가……. 지금 도서관 있잖아요. 아마 균형을 잃고 떨어졌나 봐요. 제일 높은 창문에서요. 사고였죠."

피어스 부인은 그 사고의 세세한 점까지 장황하게 설명했다.

루크는 무심하게 말했다.

"그런 이야기는 없었나요? 아이가 창턱에서 춤을 추고 있었다는 그런 이야기요."

피어스 부인은 사내애들은 어쩔 수 없이 사내애들이라면서 소령이 괜히 호들갑 떠는 양반이라는 이야기를 꺼냈다.

"호튼 소령 말인가요?"

"예, 선생님, 개들을 데리고 다니는 신사 있잖아요. 사고 후에 그 사람이 토미가 무모하게 행동하는 것을 우연히 보았다는 말을 하더군요. 뭔가 그 아이를 갑자기 놀라게 해서 떨어진 것일 수도 있다는 말이잖아요. 너무 혈기왕성했던 게 토미의 문제였어요, 선생님. 제 마음을 많이 아프게 했지만 아이들이 다 그런 것처럼 너무 혈기왕성한 거 그거 하나가 문제였죠. 남에게 해를 끼치는 아이는 아니었답니다."

"그렇죠. 그럴 리 없다고 확신하지만 가끔……. 아시잖습니까, 피어스 부인. 점잖은 체하는 나이 든 분들이 자신도 한때는 아이였다는 점을 잊어버리잖아요."

피어스 부인이 한숨을 쉬었다.

"그 말씀은 정말 맞습니다, 선생님. 이름은 말할 수 없는 신사 몇 분이 우리 아이가 혈기왕성하다는 이유만으로 심하게 대한 것을 반성했으면 하고 바랄 때가 있답니다."

"그 아이가 고용주들에게 몇 번 장난을 친 적이 있었나봐요?"

루크가 순한 미소를 지으며 물었다.

피어스 부인은 냉큼 대답했다.

"그건 그냥 장난 친 거죠, 선생님. 그게 다였어요. 토미는 항상 사람들 흉내를 잘 냈죠. 골동품 가게 주인 엘스워시의 점잔빼는 걸음걸이를 흉내 내거나 영국 국교회 교구 위원인 늙은 홉스 씨 흉내를 낼 때면 모두 배꼽을 잡고 웃었죠. 한번은 마노르의 정원사 조수 두 명 앞에서 위필드 경 흉내를 내고 있는데 그때 위필드 경이 슬그머니 다가와서 보시고는 그 자리에서 토미를 해고하셨죠. 물론 그렇게 하는 게 당연하고 옳은 처사였지만 그 뒤엔 화를 푸시고 다른 일자리를 찾게 도와주셨어요."

"하지만 다른 사람들은 그렇게 관대하지 않았죠, 그렇죠?"

"다른 사람들은 안 그랬죠, 선생님. 이름은 차마 밝힐 수 없지만 매너도 좋고 항상 친절한 말이나 농담을 곧잘 하시는 애벗 씨가 그런 분일 거라곤 선생님은 생각하지 않으시겠죠."

"토미가 애벗 씨와 말썽이 생겼나요?"

"아니에요. 난 알아요. 우리 아들이 결코 못된 짓을 하려고 한 게 아니었다는 걸⋯⋯. 그리고 어쨌든 그렇게 개인적이고 남들이 보아서는 안 될 서류였다면 테이블에 늘어놓지 말았어야죠. 난 그렇게 생각해요."

"그렇죠. 변호사 사무실에 있는 서류는 금고에 보관해야죠."

"맞아요, 선생님. 저도 그렇게 생각해요. 그리고 제 남편도 그렇게 생각하구요. 토미가 그렇게 많이 읽은 것도 아니고요."

"그게 뭐였죠? 유언장?"

루크가 물었다.

그는 문제의 서류가 뭐였는지에 대해 질문하면 피어스 부인이 주춤할 거라는 판단을 했다. 하지만 이 노골적인 질문에 그녀는 곧장 대답했다.

"아니요, 선생님. 그런 서류는 아니었어요. 정말 사소한 거였죠. 그냥 어떤 숙녀에게서 온 사적인 편지였고, 토미는 심지어 그 숙녀가 누구인지도 못 봤대요. 별것도 아닌 걸로 소란을 피운 거라고 봐요."

"애벗 씨는 쉽게 성을 내는 사람인가 보군요."

"그래 보이죠. 그렇지 않나요, 선생님? 애벗 씨가 재미있는 대화 상대이기는 해요. 항상 농담이나 명랑한 말을 하긴 하지만 상대하기 힘든 사람이라는 말을 들었어요. 사람들 말처럼 험블비 박사님과 반목도 심했고, 그 불쌍한 박사님이 돌아가시기 직전에 말이죠. 그것도 애벗 씨에게 별로 유쾌한 생각이 아니었겠죠. 사람이 죽었는데 그 당사자에게 이제 와서 돌이킬 수도 없는 험한 말을 했던 걸 누가 다시 생각하고 싶겠어요."

루크는 엄숙하게 고개를 젓고 나서 중얼거렸다.

"그렇죠. 지당한 말입니다."

그는 계속 말했다.

"우연의 일치이긴 하군요, 그게. 험블비 박사와 험한 말이 오고간

후에 험블비 박사가 죽고, 토미에게 심하게 대하고 나서 그 아이가 죽었잖아요! 그런 일을 두 번씩이나 당하면 애벗 씨도 앞으로 입조심을 하겠죠."

"해리 카터도 그랬어요. 저 밑에 있는 세븐 스타즈 주인 말이에요. 카터가 와서 두 사람이 심한 말을 주고받더니 일주일 지나서 카터가 물에 빠져 죽었어요. 하지만 그걸로 애벗 씨를 비난할 수는 없죠. 카터가 일방적으로 애벗 씨를 모욕했으니까. 술이 잔뜩 취해 가지고 애벗 씨 집에 찾아가서 온갖 험한 소리를 다 했으니. 불쌍한 카터 부인은 참 많이 참았는데 부인으로 봐선 고맙죠. 남편에게서 풀려난 셈이잖아요."

"카터에겐 딸도 있었죠?"

"아, 난 남의 험담은 하지 않아요."

이 말은 예상치 못한 말이었지만 희망스러운 조짐이 보였다. 루크는 귀를 쫑긋 세우고 기다렸다.

"별로 말할 만한 이야깃거리도 없어요. 루시는 예쁘장한 아가씨이고, 둘 사이에 신분의 차이가 없었다면 눈치 챌 만한 것도 없었을 테죠. 하지만 소문이 돌았고 그걸 부인할 수도 없죠. 특히 카터가 애벗 씨 집에 찾아가 소리를 지르고 욕을 해대니."

루크는 조금은 혼란스러운 이 말이 암시하는 바를 헤아렸다.

"애벗 씨는 예쁜 아가씨들을 좋아하는 것 같더군요."

그가 말했다.

"신사분들은 다 그러시죠. 뭘 어떻게 하겠다는 건 아니고 그냥 지나가면서 한두 마디 던지지만, 상류사회 사람들이라 결과적으로 사람들이 주목하게 되고 말아요. 이런 조용한 동네에서 그 정도는 각오해야죠."
"이곳은 아주 매력적인 곳입니다. 개발에 훼손되지도 않았고."
"예술가들은 항상 그렇게 말하지만 제 생각엔 우리 마을이 시대에 뒤처져 있는 것 같아요. 내세울 만한 건물도 없잖아요. 저기 애시베일만 하더라도 멋진 새집이 많은데. 어떤 집들은 초록색 지붕에 창문에는 스테인드글라스 유리를 했더군요."
루크는 살며시 진저리를 쳤다.
"이 마을엔 웅장한 새 회관도 있던데요."
"사람들은 근사한 건물이라고 하더군요."
피어스 부인이 심드렁하게 대꾸했다.
"물론 위필드 경은 이곳을 위해 좋은 일을 많이 하셨죠. 좋은 의도로 그러신다는 것은 우리 모두 알아요."
"하지만 위필드 경의 노력이 성공했다고 보진 않는군요."
루크는 재미있어 하며 말했다.
"위필드 경이 사실 귀족은 아니잖아요. 예를 들면 웨인플리트 부인이나 콘웨이 양 같은 귀족은 아니라는 거죠. 위필드 경의 아버지는 여기서 몇 집 떨어진 곳에서 구두 가게를 하셨어요. 저희 어머니는 고든 랙이 그 가게에서 일하던 것을 기억하세요. 생생하게 기억하신답니다. 물론 지금은 귀족이 되었고 부유한 분이지만 그렇다고 해서 정통 귀족은 아니잖아요. 그렇죠, 선생님?"

"분명히 그렇죠."

"이런 말 하는 것을 선생님은 너그러이 봐주시겠죠."

피어스 부인이 말했다.

"선생님이 지금 마노르에 묵으시면서 책을 쓰시고 있다는 것은 알고 있어요. 선생님은 브리짓 양의 사촌이시고. 저도 알아요. 그건 또 다르잖아요. 브리짓 양을 애쉬 마노르의 안주인으로 다시 만나게 되어 우린 모두 기뻤답니다."

"그렇고말고요. 틀림없이 모두 그러셨을 겁니다."

루크는 갑자기 담배와 신문 값을 치렀다.

그는 혼자 생각했다.

'사적인 감정을 사건에 개입시키지 말아야지. 난 지금 여기에 살인자를 찾으러 온 거야. 그 검은 머리의 마녀가 누구랑 결혼을 하건 말건 무슨 상관이야? 그녀는 이 일에 개입할······.'

그는 천천히 거리를 따라 걸었다. 그는 열심히 노력해서 브리짓을 마음 한구석으로 밀어 버릴 수 있었다.

그는 혼잣말을 했다.

"이젠 애벗이군. 난 혐의자로 그를 세 명의 희생자와 연결시켰어. 그는 험블비 박사와 논쟁을 벌였고, 카터와 한바탕 했고, 토미 피어스와 말썽이 있었어. 그리고 그 세 명 모두 죽었어. 에이미 깁스란 여자는 뭐에 관련된 걸까? 사내아이가 본 개인적인 편지란 뭘까? 그 꼬맹이는 편지가 누구에게서 온 것인지 알고 있었을까, 아니면 몰랐을까? 그 아이가 엄마에게 말을 하지 않았을 수도 있어. 하지만 했다고 치자. 애벗이 그 꼬맹이의 입을 다물게 해야겠다고 생각했다 치자고. 그럴 수 있어! 그게 내가 생각할 수 있는 전부야. 그럴 수 있어! 하지만 그걸론 충분하지 않아!"

루크는 빠르게 걷다가 갑자기 격분해서 주위를 둘러보았다.

"이 빌어먹을 마을이 내 신경을 건드리고 있군. 이런 평화롭고 한적한 곳에서 광기에 찬 연쇄 살인이 일어나고 있다니. 아니면 내가 미친놈인가. 라비니아 핀커튼이 미쳤을까? 어쨌든 이 모든 일이 우연일 수도 있잖아. 그래. 험블비 박사의 죽음과 이 모든 것이……."

그는 하이 스트리트를 굽어보다가 비현실적인 감정이 강하게 엄습하는 것을 느꼈다.

그는 중얼거렸다.

"그런 일들은 일어나지 않았어……."

그러다 눈을 들어서 애쉬 릿지의 길고 가파른 윤곽을 보자 대번에 그 비현실적인 느낌이 사라졌다. 애쉬 릿지는 실재했고 마법과 잔혹함과 피에 대한 욕망과 사악한 의식과 같은 기이한 것들을 알고 있었다.

그는 다시 출발했다. 두 사람이 산등성이 가장자리를 따라 걷고 있었다. 그 둘은 쉽게 알아볼 수 있었다. 브리짓과 엘스워시였다. 젊은 남자는 기이하고 불쾌한 손으로 열심히 손짓을 하고 있었다. 그의 얼굴은 브리짓을 향해 있었다. 그들은 꿈속에서 보는 모습 같았다. 둘이 고양이처럼 여기저기 걸어 다니는 동안 아무 소리도 나지 않았다는 인상을 받았다. 그는 브리짓의 검은 머리가 바람에 날리는 것을 보았다. 다시 한 번 그녀의 기묘한 모습이 그를 사로잡았다.
"마법에 걸린 거야. 난 마법에 걸렸어."
그는 꼼짝 않고 서 있었다. 기이하게도 마비된 것 같은 느낌이 온몸으로 퍼져 갔다.
그는 처량하게 중얼거렸다.
"누가 이 주문을 풀어 줄까? 아무도 없구나."

로즈 험블비

 뒤에서 부드러운 목소리가 들려 루크는 홱 몸을 돌렸다. 귀 옆으로 컬이 진 갈색 머리에 소심해 보이는 짙은 파란색 눈동자를 가진 아름다운 소녀가 서 있었다. 그녀는 당황해서 살짝 얼굴을 붉히며 말했다.
 "피츠윌리엄 씨죠?"
 "예, 제가……."
 "전 로즈 험블비라고 해요. 브리짓이 그러는데 선생님이 아버지랑 친하셨던 분들을 잘 아신다고 해서."
 루크에게도 그을린 얼굴이 붉어질 만한 양심은 있었다.
 그는 어색하게 말했다.
 "아주 오래전 일이죠. 그 사람들이……. 부친이 젊었을 때……. 결혼하시기 전에 부친을 알았답니다."

"아, 그렇군요."

로즈 험블비는 조금 풀이 죽은 것처럼 보였다. 그러나 그녀는 계속 말했다.

"선생님은 책을 쓰시죠?"

"예, 말하자면 책을 쓰기 위해 자료를 모으고 있는 중이죠. 지방에 전해 오는 미신이나 뭐 그런 것들에 대해서요."

"예, 아주 흥미롭게 들리는데요."

"도랑물만큼이나 흐리멍덩한 이야기일걸요."

루크가 단호하게 말했다.

"어머, 아니에요. 분명히 그렇지 않을 거예요."

'토머스 박사는 행운아군!'

루크는 미소를 지었다.

"그런 사람들 있잖아요. 흥미진진한 주제도 참을 수 없을 정도로 지겹게 만들어 버리는 사람들. 유감스럽게도 제가 그런 편이죠."

"어머, 왜 선생님이 그런 분이시겠어요?"

"나도 모르죠. 하지만 그런 확신이 점점 커지고 있답니다."

로즈 험블비가 말했다.

"선생님이야말로 지루한 주제를 매우 흥미롭게 만들 분이신 것 같은데요!"

"그거야말로 친절하신 말씀입니다. 그렇게 말해 주셔서 감사해요."

로즈 험블비도 답례로 그에게 미소를 지어 보였다.

"선생님은 미신 같은 걸 믿으세요?"

"그건 좀 어려운 질문이군요. 아시겠지만 그건 다른 이야기죠. 어떤 것을 믿지 않으면서도 관심을 가질 수 있어요."

"예, 저도 그렇게 생각해요."

소녀는 망설이듯이 말했다.

"아가씨는 미신을 믿나요?"

"아니요, 아닌 것 같아요. 하지만 어떤 일들은 파도처럼 한꺼번에 밀려온다는 생각은 들어요."

"파도요?"

"행운과 불운의 파도요. 제 말은 최근에 위치우드가 통째로 불운이라는 저주에 걸려 있는 것같이 느꼈다는 거죠. 아버지가 돌아가시고, 핀커튼 부인이 차에 치이고, 그 남자 아이가 창문에서 떨어졌잖아요. 전…… 이곳을 증오할 것 같은 기분이 들기 시작했어요. 도망쳐야 할 것 같은 절박한 기분이라고 해야 할지!"

그녀의 숨이 조금 가빠졌다. 루크는 그녀를 생각에 잠겨 바라보았다.

"그렇게 느낀단 말이죠?"

"어머! 저도 제가 어리석다는 것을 알아요. 아버지가 갑자기 돌아가셔서 그런가 봐요. 정말 끔찍할 정도로 느닷없는 일이었거든요."

그녀는 살짝 진저리를 쳤다.

"그리고 핀커튼 부인이 말하기를……."

소녀는 입을 다물었다.

"그분이 뭐라고 했죠? 그분은 아주 선량한 노부인이라는 생각이

들었어요. 제 이모 같은 느낌도 받고."

로즈의 얼굴이 밝아졌다.

"어머, 그분을 아세요? 전 그분을 아주 좋아했어요. 그분은 아버지에게 헌신적이셨죠. 하지만 가끔 전 그분이 스코틀랜드 사람들이 말하는 '신기'가 있는 분이 아닐까 궁금해하곤 했어요."

"왜죠?"

"이상하게 그분은 아버지에게 무슨 일이 일어날 거라고 두려워하셨어요. 경고 비슷한 말씀을 제게 하셨죠. 특히 사고에 대해서요. 그러다 그날……. 그분이 시내에 가기 바로 전날 행동이 너무 이상하셨어요. 안절부절 못하셨죠. 피츠윌리엄 씨, 전 정말로 그분에게 예지 능력이 있다고 생각해요. 제 생각에 그분은 자신에게 무슨 일이 일어날 거라는 것을 알고 계셨어요. 무서운 일이 일어날 걸!"

그녀는 그에게 한 발자국 다가섰다.

루크가 말했다.

"사람은 미래를 예견할 수 있는 때가 있죠. 이제 다 끝났다는 걸 기억하세요. 과거를 돌아보는 건 아무 소용 없어요. 우린 미래를 보면서 살아야 해요."

"저도 알아요. 하지만 아직 말하지 않은 게 있어요. 있죠……."

로즈는 망설였다.

"선생님 사촌과 관계된 이야기예요."

"내 사촌? 브리짓?"

"예, 핀커튼 부인은 어떤 면에서 브리짓을 걱정했던 것 같아요. 항상 제게 묻곤 했어요……. 제 생각에 핀커튼 부인은 브리짓과 관련된 뭔가를 두려워했던 것 같아요."

루크는 홱 몸을 돌려서 산허리를 훑어보았다. 까닭 모를 공포가 느껴졌다. 브리짓이 병적인 색깔의 손을 가진 그 남자와 혼자 있다. 아니야, 이 모든 건 상상이야! 엘스워시는 남에게 해를 끼치지 않는 딜레탕트(예술이나 학문을 취미 삼아 하는 사람—옮긴이)로 가게 주인 놀이를 하고 있는 것뿐이다.

마치 그의 생각을 읽은 것처럼 로즈가 말했다.

"엘스워시 씨를 좋아하세요?"

"전혀 아닙니다."

"제프리……. 토머스 박사님도 그를 좋아하지 않아요."

"당신은요?"

"아, 싫어요. 그 사람은 소름끼쳐요."

그녀는 그에게 조금 더 가까이 다가왔다.

"그 사람에 대해 말이 많아요. 그 사람이 마녀의 초원에서 이상한 의식을 벌인다는 이야기를 들었어요. 런던에서 무섭고 기괴하게 생긴 친구들이 많이 찾아왔어요. 토미 피어스는 그 사람의 조수였고."

"토미 피어스?"

루크가 날카롭게 말했다.

"예, 토미에겐 중백의(의식 때 성직자나 성가대원들이 입는 옷—옮긴이)와 붉은 성직복이 있었어요."

"그때가 언제였죠?"

"아, 얼마 전이었어요. 3월이었을걸요."

"토미 피어스는 이 마을에서 일어나는 모든 일에 관련된 것처럼 보이는군요."

로즈가 말했다.

"그 아이는 호기심이 많았어요. 항상 무슨 일이 일어나는지 알아야 했죠."

"결국엔 너무 많은 것을 알았겠죠."

루크가 우울하게 말했다.

로즈는 그 말을 있는 그대로 받아들였다.

"그 아이는 밉살스러운 사내애였죠. 말벌을 찢어발기고 개를 못살게 굴면서 좋아했어요."

"죽었다고 해도 사람들이 크게 상심하지 않을 아이군요."

"그렇죠, 전 그렇게 생각해요. 그 애 어머니에겐 끔찍한 일이었겠지만."

"그 부인에겐 위로해 줄 자식이 다섯이나 있잖아요. 그 여자분은 말을 참 잘하더군요."

"좀 수다스럽죠?"

"그 부인에게 담배 몇 개비 사고 나니까 이 마을에 있는 모든 사람들의 역사를 알아 버린 것 같아요."

로즈는 서글프게 말했다.

"그게 바로 이 마을의 나쁜 점이죠. 서로에 대해 모르는 게 없어요."

"아, 아니에요."

루크의 말에 그녀는 캐묻는 눈초리로 그를 바라보았다. 루크는 의미심장하게 말했다.

"어떤 사람도 타인에 대해 완벽하게 알지는 못해요."

로즈의 얼굴이 진지해졌다. 그녀는 무의식중에 조금 몸을 떨었다. 그녀가 천천히 말했다.

"선생님 말이 맞아요."

"가장 가깝고 가장 소중한 사람이라도……."

루크가 말했다.

"심지어는……."

그녀는 말을 멈추었다.

"선생님이 옳으시겠죠. 하지만 그런 무서운 말씀은 하지 않으셨으면 좋겠어요, 피츠윌리엄 씨."

"그 말이 무서웠나요?"

그녀는 천천히 고개를 끄덕였다. 그러고는 갑자기 고개를 홱 돌렸다.

"이제 가 봐야겠어요. 만약……. 할 일이 없으시다면……. 제 말은 그러실 수 있다면 저희 집에 와 주세요. 어머니가 선생님을 보시면 좋아하실 거예요. 선생님이 아버지를 예전에 알았던 분들의 친구니까."

그녀는 천천히 걸어서 사라졌다. 걱정과 혼란스러움으로 인해 머리가 무거운 것처럼 그녀는 머리를 살짝 기울이고 걸었다.

루크는 멍하니 서서 그녀를 보고 있었다. 갑자기 걱정이 밀려왔다. 그는 소녀를 감싸고 보호하고 싶은 열망을 느꼈다.

무엇으로부터? 그 질문을 자신에게 던지면서 그는 잠시 스스로가 가증스러웠다. 로즈 험블비가 최근에 아버지를 여읜 것은 사실이지만 그녀에겐 어머니가 있고 그녀를 보호해 주는 젊고 매력적인 약혼자도 있다. 그런데 왜 루크 피츠윌리엄이 보호 심리라는 콤플렉스에 휘말려야 하는가?

케케묵은 정서가 다시 드러난 거라고 루크는 생각했다. 여자를 위험으로부터 지키는 남성! 빅토리아 여왕 시대에 활발했고 에드워드 왕 시대에도 여전히 위세를 떨쳤으며 우리의 친애하는 위필드 경이 바쁘고 긴장되는 현대생활이라고 부를 만한 이 시대에도 이 보호 심리는 여전히 살아 있다는 징후를 보이고 있다.

"그래도······."

그는 흐릿하게 보이는 거대한 애쉬 릿지를 향해 걸으면서 혼잣말을 했다.

"난 그 소녀가 좋아. 그녀는 토머스 박사같이 냉정하고 잘난 체하는 자에게는 과분한 상대야."

현관에서 본 박사의 마지막 미소가 다시 떠올랐다. 확실히 잘난 체하는 미소였다. 자만에 빠진!

루크는 조금 불쾌한 생각에 빠져 있다가 앞에서 들려오는 발자국 소리에 정신을 차렸다. 고개를 들자 젊은 엘스워시가 산허리에서 내려오는 것이 보였다. 그는 땅바닥을 보면서 혼자 미소를 짓고 있었다. 그 표정은 루크의 비위에 거슬렸다. 엘스워시는 활기차게 걷는다기보다 머릿속에서 악마가 춤을 추는 것처럼 천천히 걷고 있었다. 은밀하게 입술을 살짝 일그러뜨린 기이한 미소를 띤 채. 확실히 보는 사람을 불쾌하게 만드는 교활한 미소였다.

루크는 걸음을 멈추었다. 엘스워시가 마침내 고개를 들었을 때는 루크를 막 지나치려던 참이었다. 그는 심술궂고 야릇한 눈으로 루크를 쳐다보다가 비로소 알아보는 표정이 떠올랐다. 갑자기 그 남자의 표정이 싹 바뀌었다. 1분 전만 해도 춤추는 사티로스를 떠올리게 하던 남자가 지금은 다소 여성스럽고 건방진 젊은 남자로 변했다.

"아, 피츠윌리엄 씨, 안녕하세요?"

"안녕하세요. 자연의 아름다움에 경탄하고 있었나요?"

루크가 말했다.

엘스워시의 길고 창백한 손이 루크를 책망하는 것처럼 허공을 휘저었다.

"오, 아니요. 전 자연을 혐오해요. 천하고 상상력이라고는 전혀 없는 촌색시 같잖아요. 난 항상 자연이 분수를 지키도록 해야만 우리가 인생을 즐길 수 있다고 주장했어요."

"그건 어떻게 해야 하는 겁니까?"

"방법이 있죠! 이런 시골에서는 그럴듯한 취향만 있다면 유쾌하게 놀 수 있죠. 난 삶을 즐겨요, 피츠윌리엄 씨."

"저도 마찬가지입니다."

"'건전한 육체에 건전한 정신이 깃든다.' 당신에겐 확실히 잘 맞는 말이겠군요."

엘스워시가 말했다. 미묘하게 비꼬는 말투였다.

"더 나쁜 일들도 있어요."

루크가 말했다.

"친애하는 벗이여! 정상이라는 건 믿을 수 없을 정도로 따분한 겁니다. 딱 재미있을 만큼만 살짝 미쳐서 비딱하게 행동하면서 조금 틀어 보면 삶을 새롭고 황홀한 각도에서 보게 됩니다."

"문둥이의 사시."

루크가 넌지시 말했다.

"아, 대단해요. 아주 대단해요. 재치가 넘치시는군요! 하지만 그 안에 중요한 의미가 있다는 건 아시겠죠. 흥미로운 시각입니다. 하지만 더 이상 선생님의 시간을 뺏으면 안 되겠죠. 지금 운동하고 계시는 거잖아요. 사람이라면 반드시 운동을 해야죠. 사립학교 출신 부자들은 그런 걸 한다죠."

"좋으실 대로."

루크는 짧게 고개를 숙여 보이고 계속 걸어갔다.

'내 상상력이 아무래도 도를 넘어선 것 같아. 저 사내는 그냥 얼간이일 뿐이야. 그게 다야.'

하지만 막연한 불안감 때문에 그의 발걸음이 더 빨라졌다. 엘스워시의 얼굴에 떠오른 그 기괴하고 교활하고 의기양양한 미소는 루크의 상상에 지나지 않았을까? 그리고 루크를 본 순간 스펀지로 닦아 낸 것처럼 표정이 달라졌다는 인상을 받았는데 그것은 도대체 무엇이었나?

그는 불안감이 커지는 것을 느꼈다.

'브리짓은 괜찮을까? 둘이 같이 있었는데 그놈만 돌아왔잖아.'

그는 서둘러 갔다. 그가 로즈 험블비와 이야기하고 있는 동안 나왔던 해가 지금은 다시 사라졌다. 하늘은 흐리고 위협적이었으며 바람이 갑자기 변덕스럽게 불었다. 마치 일상적이고 평범한 삶에서 나와 위치우드에 온 이래 계속 그를 둘러싸고 있던 마법의 세계로 들어온 것 같았다.

그는 모퉁이를 돌아서 마녀의 초원이란 이름으로 알려진 초록색 잔디가 깔린 평평한 산등성이로 올라갔다. 이곳이 바로 전설에 따르면 마녀들이 발푸르기스의 전야제(5월 초하루 전날 밤. 독일에서는 이날 밤 마녀들이 브로켄 산에서 마왕과 주연을 가진다 함—옮긴이)와 핼러윈의 주연을 벌인 곳이다.

그러다 루크는 이내 안도했다. 브리짓이 거기 있었다. 그녀는 산허리에 있는 바위에 등을 기대고 앉아 있었다. 양손으로 머리를 감싸 쥐고 고개를 푹 수그린 채.

그는 그녀에게 빠르게 걸어갔다. 사랑스럽게 싹이 튼 잔디가 기이할 정도로 싱싱했다.

"브리짓?"

천천히 그녀는 얼굴을 들었다. 그녀의 얼굴을 보자 루크는 심란해졌다. 그녀는 마치 멀리 떨어진 세계에서 돌아와 현실에 적응하는 데 어려움을 겪고 있는 것처럼 보였다.

루크는 조금 엉뚱한 말을 했다.

"음, 당신은 괜찮군요. 그렇죠?"

그녀를 잡고 있는 먼 세계에서 아직 돌아오지 않은 것처럼 그녀가 대답하기까지 1~2분이 걸렸다. 루크는 그의 말이 먼 길을 돌아 그녀에게 전달된 것처럼 느껴졌다.

그때 그녀가 말했다.

"물론 괜찮죠. 안 괜찮을 이유라도 있나요?"

그녀의 목소리는 날카롭고 적대적이었다.

루크는 씩 웃었다.

"내가 어찌 그 이유를 알겠어요. 갑자기 당신 때문에 놀랐어요."

"왜죠?"

"크게는 내가 지금 처한 환상적인 분위기 때문이죠. 그 때문에 난 모든 걸 터무니없이 과장해서 보고 있어요. 당신을 한두 시간 못 보면 난 자연스럽게 당신의 피투성이 시체를 도랑에서 찾아봐야 하나 생각하게 되죠. 연극이나 책에서는 보통 그렇잖아요."

"여주인공은 결코 죽지 않아요."

"그렇죠. 하지만······."

루크는 입을 다물었다.

"무슨 말을 하려고 했죠?"

"아무것도 아니에요."

다행히 그는 제때에 입을 다물었다. 아름답고 젊은 아가씨에게 "하지만 당신은 여주인공이 아닌데요."라고 말할 수는 없는 노릇 아닌가.

브리짓이 계속 말했다.

"여주인공들은 납치당하고, 감금당하고, 가스를 맡고 죽거나 지하실에서 익사하도록 버림을 받죠. 이들은 항상 위험에 처하지만 죽지는 않아요."

"심지어 그냥 사라지지도 않죠."

그가 계속 말했다.

"이곳이 마녀의 초원인가요?"

"예."

그는 그녀를 내려다보았다.

"빗자루만 하나 있으면 되겠군요."

그가 친절하게 말했다.

"고맙습니다. 엘스워시 씨도 그런 말을 하더군요."

"방금 그 사람을 만났죠."

"이야기했어요?"

"예, 내 성질을 돋우려고 노력하는 게 보이더군요."

"성공했나요?"

"방법이 조금 유치했어요."

그는 말을 멈추었다가 갑자기 다시 말을 이었다.

"그 사람은 좀 이상한 친구더군요. 어찌 보면 칠칠치 못한 자라는 생각이 들다가 갑자기 뭔가 꿍꿍이가 있는 게 아닌가 하고 궁금해지기도 하고."

브리짓이 그를 올려다보았다.

"당신도 그걸 느꼈나요?"

"그렇다면 동의하는 건가요?"

"예."

루크는 기다렸다.

브리짓이 말했다.

"그 사람에겐 뭔가 묘한 구석이 있어요. 난 당신이 알고 있는지 궁금하고 있었죠……. 간밤에 머리를 쥐어짜느라 내내 깨어 있었어요. 이 일을 전체적으로 생각해 보았죠. 만약 살인자가 돌아다닌다면 그 사람이 누구인지 알아야 할 것 같았어요! 내 말은 나도 여기 사는 사람이니까. 계속 생각에 생각을 거듭하니 이런 결론이 나오더군요. 만약 살인자가 있다면 그 사람은 반드시 정신병자다."

토머스 박사가 말한 것을 생각하면서 루크가 물었다.

"당신은 살인자는 당신이나 나처럼 정상일 수 없다고 생각하는 건가요?"

"이런 종류의 살인자는 아니죠. 내가 보는 바로는 이 살인자는 분명히 미쳤을 거예요. 그러다 보니 대번에 엘스워시가 생각나더군요. 여기 사람들 중에서 그 사람이 유일하게 기이한 사람이잖아요. 그가 기이하다는 점은 당신도 반박할 수 없겠죠!"

루크는 미심쩍게 말했다.

"그 친구처럼 딜레탕트에 젠체하는 사람은 많아요. 보통 별로 해가 없는 치들이죠."

"하지만 내 생각에 뭔가가 더 있는 것 같아요. 그 사람 손은 정말 불쾌해요."

"당신도 그걸 봤어요? 우습군요. 나도 그랬는데!"

"그냥 하얗기만 한 게 아니라 초록색이잖아요."

"그런 빛이 나기는 하죠. 어쨌든 피부 색깔 때문에 그 사람을 살인자로 몰 수는 없어요."

"그렇죠. 우린 증거가 필요해요."

"증거! 절대적으로 부족한 단 한 가지군요. 그 남자는 너무 조심스러워요. 정말 신중한 살인자죠! 신중한 미치광이고!"

루크가 으르렁거렸다.

"내가 좀 도우려고 했죠."

브리짓이 말했다.

"엘스워시 말인가요?"

"예, 난 당신보다 엘스워시를 더 잘 공략할 수 있을 거라고 생각했죠. 그래서 착수했어요."

"말해 봐요."

"흠, 그에겐 패거리가 있어요. 불쾌한 친구들과 몰려다니죠. 그 친구들이 가끔 여기 내려와서 축제를 벌이죠."

"당신 말인즉슨 입에 담을 수도 없는 난리를 피운다는 건가요?"

"입에 담을 수 없는 부분에 대해서는 잘 모르겠지만 확실히 야단법석이긴 해요. 사실 이 모든 게 아주 어리석고 유치하게 생각돼요."

"그 사람들은 악마를 숭상하고 음란한 춤을 추겠군요."

"그런 거죠. 그런 짓을 즐기면서 하겠죠."

루크가 말했다.

"나도 하나 알아낸 게 있어요. 토미 피어스가 그들의 의식에 한번 참가했어요. 조수로. 붉은 성직복도 있었대요."

"그래서 그 애도 그걸 알고 있었을까요?"

"그렇죠. 그것이 살해 동기일지도 몰라요."

"당신 말은 그 아이가 그 일에 대해 떠벌렸다는 건가요?"

"예……. 아니면 조용히 협박을 하려고 시도했는지도 모르죠."

브리짓이 생각에 잠겨 말했다.

"나도 이 모든 게 터무니없다는 걸 알지만, 다른 사람과 달리 엘스워시에겐 그렇게 터무니없어 보이지도 않아요."

"그래요. 나도 동감해요. 우스꽝스럽고 비현실적인 일이 그럴싸하게 변해 버리죠."

브리짓이 말했다.

"우린 두 명의 희생자를 그자와 연결시켰어요. 토미 피어스와 에이미 깁스."

"선술집 주인과 험블비 박사는 어떻게 관련이 되는 거죠?"

"지금으로선 아무 관계가 없어요."

"선술집 주인은 아니에요. 하지만 험블비 박사에 대해서는 동기를 짐작할 수 있어요. 그는 의사니까 엘스워시의 비정상적인 정신 상태를 알아차렸을지도 몰라요."

"그것도 그럴싸하네요."

그러다 브리짓은 웃었다.

"난 오늘 아침 내가 맡은 역을 잘 해냈어요. 내게도 신기가 보이고, 우리 증조 할머니 중 한 분이 화형당할 뻔했다고 말하니까 엘스워시가 나를 달리 보더군요. 그때가 언제든 다음번에 벌어지는 악마적인 주연에 참석해 달라는 초대를 받을 것 같은데요."

"제발 브리짓, 조심해요."

그녀는 놀라서 루크를 쳐다보았다. 그는 일어섰다.

"방금 험블비 박사의 따님을 만났어요. 핀커튼 부인에 대해 이야기를 나누었죠. 그 험블비 박사의 따님이 그러는데 핀커튼 부인이 당신 걱정을 하더랍니다."

일어서던 브리짓이 얼어붙은 것처럼 우뚝 멈추었다.

"뭐라고요? 핀커튼 부인이…… 나에 대해…… 걱정을 해요?"

"로즈 험블비 양이 그렇게 말하더군요."

"로즈 험블비가 그렇게 말했어요?"

"그래요."

"또 뭐라고 말하던가요?"

"더 이상은 없었어요."

"확실해요?"

"그래요."

침묵이 흐르다가 브리짓이 말했다.

"알겠어요."

"핀커튼 부인은 험블비 박사에 대해 걱정했는데 그가 죽었어요.

그런데 그녀가 당신을 걱정했다는 말을 들으니…….〃

브리짓은 웃었다. 그녀는 일어서서 머리를 흔들어 길고 검은 머리카락을 얼굴 주위로 날렸다. 그녀가 말했다.

"걱정 말아요. 악마도 자기 자식은 돌보는 법이거든요."

호튼 소령의 가정 생활

　루크는 은행 지점장이 앉아 있는 테이블 맞은편 의자에 기대어 앉았다.
　"흠, 그거 괜찮아 보이네요. 제가 지점장님의 시간을 너무 뺏은 것 같습니다만."
　존스는 손사래를 쳤다. 그의 작고 검은 통통한 얼굴에 기쁜 표정이 떠올랐다.
　"정말 아니에요, 피츠윌리엄 씨. 아시다시피 여긴 조용한 곳이잖아요. 항상 새로운 사람을 만나게 되면 기뻐요."
　"여긴 아주 매력적인 곳입니다. 미신으로 가득 차 있죠."
　존스 씨는 한숨을 쉬고 나서 사람들이 믿는 미신을 없애려고 제대로 교육하자면 시간이 많이 걸린다고 말했다. 루크는 요즘 교육이 너무 높이 평가된 것 같다고 말했고, 존스 씨는 그 말에 조금 충격을 받았다.

"위필드 경은 이곳의 인심 좋은 후원자이십니다. 자신이 어렸을 때 불우한 환경에서 자라 지금 젊은이들은 더 나은 교육을 받게 하자고 결심하셨죠."

"초년에 불우했어도 큰돈을 버는 데 지장 없었잖아요."

"그렇죠. 능력이 있으셨을 테죠. 그것도 대단한 능력이."

"아니면 운이 좋았거나."

존스 씨는 또다시 충격을 받은 것처럼 보였다.

"운이야말로 중요한 거죠."

루크가 말했다.

"살인자를 예로 들어 보죠. 왜 살인자들이 벌을 받지 않고 무사히 빠져나갈까요? 그 살인자의 능력인가요, 아니면 그냥 운일까요?"

존스 씨는 아마 운일 거라고 인정했다.

루크는 계속 말했다.

"이 동네 술집 주인 중 하나인 카터란 사람을 예로 들죠. 이 사람은 아마 일주일에 엿새는 술에 절어 있겠죠. 하지만 어느 날 밤 밖에 나갔다가 다리에서 강으로 몸을 던졌단 말이에요. 이것도 운인 거죠."

"어떤 사람들에겐 행운이죠."

은행 지점장이 말했다.

"무슨 말씀이신지?"

"그 사람의 부인과 딸에게요."

"아, 그렇죠. 물론입니다."

그때 직원 하나가 문을 노크하더니 서류를 가지고 들어왔다. 루크는 두 개의 서류에 서명을 하고 수표를 받았다. 그는 일어섰다.

"다 처리되어 기쁘군요. 올해는 더비 경마에서 재미를 좀 봤거든요. 지점장님은 어떠세요?"

존스 씨는 미소를 지으며 자신은 도박을 하지 않는다고 말했다. 부인이 경마에 대해 강경한 태도를 취한다고 그는 덧붙였다.

"그럼 더비 경마에는 가시지 않았겠군요?"

"그렇죠."

"이곳에서 경마를 보러 가신 분이 있나요?"

"호튼 소령이 가셨죠. 그분이 경마를 꽤 좋아하세요. 그리고 애벗 씨가 그런 날은 보통 하루 쉬죠. 이기는 말을 찍는 재주는 없지만."

"그런 사람은 별로 없겠죠."

루크가 말했다. 그는 인사를 나눈 후 은행을 나왔다.

그는 담뱃불을 붙였다. '가장 그럴싸하지 않은 사람'이란 이론을 제외하고는 존스 씨를 혐의자 명단에 계속 놔둘 이유가 없어 보였다. 지점장은 루크가 시험 삼아 던진 질문에 무덤덤하게 반응했다. 그를 살인자로 보기는 불가능한 것 같았다. 게다가 그는 더비 경마가 있던 날 자리를 비우지 않았다. 하지만 루크의 방문은 헛되지 않아 우연히 두 개의 작은 정보를 얻었다. 호튼 소령과 변호사인 애벗 씨 둘 다 더비 경마가 있던 날 위치우드에 없었다. 따라서 둘 중 하나는 핀커튼 부인이 차에 치였을 때 런던에 있었을 수도 있다.

지금은 토머스 박사를 의심하지 않지만 박사가 그날 진료를 보면서 위치우드에 있었다는 사실을 확인하면 더 흡족할 것 같은 기분이 들었다. 그는 그 점을 확인할 것을 명심했다.

그리고 엘스워시가 있었다. 그는 더비 경마가 열리던 날 위치우드에 있었을까? 그랬다면 그가 살인자라는 가정도 따라서 힘을 잃게 된다. 핀커튼 부인의 죽음이 당연히 그래야 하는 것처럼 단순한 사고일 가능성도 루크는 유념했다. 하지만 그는 그 생각을 부인했다. 그녀의 죽음은 너무 시의적절했다.

루크는 인도와 차도 사이에 세워 놓은 차에 올라타고 하이 스트리트의 끝자락에 있는 핍스웰의 정비소로 갔다.

차의 작동 문제로 물어볼 소소한 것들이 여럿 있었다. 주근깨가 있는 잘생긴 젊은 정비공이 루크의 설명을 들었다. 두 남자는 자동차의 보닛을 열고 기술적인 토론을 하느라 여념이 없었다.

그때 누군가 그를 불렀다.

"짐, 여기 잠깐 와 봐."

주근깨가 난 정비공이 그 말에 따랐다.

짐 하비. 에이미 깁스의 남자 친구. 그는 곧 돌아와서 사과를 하고 다시 기술적인 대화를 시작했다. 루크는 차를 정비소에 두고 가기로 합의했다.

막 떠나려고 하면서 그는 지나가는 말로 물었다.

"올해 더비에서 재미 좀 봤나?"

"아니요, 선생님. 전 클레리골드에게 걸었어요."

"주주베 2세에게 돈을 건 사람은 많지 않을걸?"

"정말 그래요, 선생님. 그놈이 우승할 확률이 없다고 떠벌린 신문들은 이제 못 믿겠어요."

루크는 고개를 흔들었다.

"경마는 불확실한 게임이지. 더비 경마를 본 적 있나?"

"아니요. 보고 싶긴 했는데……. 올해는 하루 쉬게 해 달라고 사장님께 부탁을 드렸는데. 시내까지 갔다 엡섬으로 돌아오는 싼 표가 있었거든요. 하지만 사장님은 제 말을 들으려고도 하지 않으시더군요. 사실 일손이 부족하기도 했고, 그날 일이 많았어요."

루크는 고개를 끄덕이고 정비소를 나왔다.

짐 하비는 명단에서 지웠다. 그 잘생기고 싹싹한 젊은이는 연쇄 살인범이 아니었고 라비니아 핀커튼을 차로 친 사람도 아니었다.

그는 강둑으로 돌아서 집으로 걸어갔다. 여기서 전에 그랬던 것처럼 그는 호튼 소령과 개들을 만났다. 소령은 여전히 흥분한 목소리로 개들에게 소리를 질러 대고 있었다.

"오거스터스, 넬리, 넬리, 내가 말하잖아. 네로, 네로, 네로야."

그 튀어나온 눈으로 그는 다시 루크를 뚫어져라 쳐다보았다. 하지만 이번에는 눈길만 준 게 아니었다. 호튼 소령이 말을 걸었다.

"실례합니다. 피츠윌리엄 씨 아닌가요?"

"맞습니다."

"전 호튼 소령이라고 합니다. 내일 마노르에서 뵙는 걸로 알고 있습니다만. 테니스 파티를 연다더군요. 콘웨이 양이 친절하게 초대를 해 주셨어요. 콘웨이 양은 선생님의 사촌이시죠?"

"그렇습니다."

"그럴 거라고 생각했어요. 여기선 낯선 사람은 금방 눈에 띄거든요. 아시겠지만."

세 마리의 불독이 특징이 없는 하얀 잡종 개에게 덤벼들면서 잠깐 다른 곳으로 관심이 쏠렸다.

"오거스터스, 네로. 이리 와, 이놈아. 이리 오라고 말하잖아."

오거스터스와 네로가 마침내 어쩔 수 없이 그 명령을 들었을 때 호튼 소령은 다시 대화를 시작했다. 루크는 다정하게 그를 쳐다보고 있는 넬리를 다독거리고 있었다.

"그놈, 잘생겼죠. 그렇지 않습니까?"

소령이 말했다.

"난 불독이 좋아요. 항상 이것만 키웠죠. 다른 종보다 불독이 훨씬 뛰어나요. 우리 집이 바로 저기인데 가서 한잔하시죠."

루크가 그 초대를 받아들여서 함께 걸어가는 동안 호튼 소령은 개들과 그가 좋아하는 종에 비교해 다른 모든 종들의 열등한 점에 대해 계속 떠들어 댔다.

루크는 넬리가 받은 상들에 대한 이야기를 들었고, 악독한 심판이 오거스터스에게 추천할 만하다는 인색한 평만 내렸다는 이야기며 품평회에서 네로가 거둔 쾌거에 대해 들었다.

그때 호튼 소령의 집 문 앞에 도착했다. 그는 앞문을 열었는데 잠겨 있지 않았다. 두 남자는 집 안으로 들어갔다. 책장으로 꽉 찬 희미하게 개 냄새가 나는 작은 방에서 호튼 소령은 음료수를 준비하느라 부산을 떨었다. 루크는 주위를 둘러보았다. 방에는 개들을 찍은 사진과 초원과 전원 생활이라는 이름의 잡지들과 낡은 한 쌍의 안락의자가 있었다. 은 찻잔들이 책장 주위에 정리되어 있었고, 맨틀피스 위에 유화 한 점이 있었다.

소령이 탄산수 병을 따다가 루크의 시선이 향한 곳을 보고 말했다.

"제 처입니다. 비범한 여성이죠. 얼굴에서 다양한 성격을 엿볼 수 있죠, 그렇지 않습니까?"

"정말 그렇군요."

루크는 죽은 호튼 부인을 바라보았다.

그림 속의 그녀는 핑크색 새틴 드레스를 입고, 계곡에서 딴 백합 한 다발을 들고 있었다. 가운데 가르마를 한 갈색 머리에 입술은 우울하게 다문 채 차가운 회색 눈으로 심술궂게 그림을 보는 사람을 내려다보고 있었다.

"비범한 여성입니다."

소령이 잔을 루크에게 내밀면서 말했다.

"일 년 전에 죽었어요. 그 이후로 전 사람이 영 딴판이 돼 버렸죠."

"그래요?"

루크는 무슨 말을 해야 좋을지 몰라 약간 당황해서 대답했다.

"앉으세요."

소령이 가죽 의자 하나를 향해 손을 흔들어 보였다. 그는 다른 의자에 앉아 위스키와 소다를 홀짝 마셔 가면서 계속 말했다.

"예, 사람이 변해 버렸죠."

"부인을 많이 그리워하시나 봅니다."

루크가 어색하게 말했다.

호튼 소령은 음울하게 고개를 저었다.

"남자에겐 제대로 사람 구실을 할 수 있게 해 주는 아내가 있어야 합니다. 그렇지 않으면 게을러지죠. 맞아요, 게을러져요. 그냥 대충 살게 되죠."

"하지만……."

"이런, 제가 무슨 말을 하는지 압니다. 결혼 생활이라는 게 쉬울 거란 말을 하는 게 아닙니다. 물론 힘들죠. 남자들은 이러죠. '이런 제기랄, 완전히 마누라에게 꽉 잡혔잖아!' 하지만 그러다 길이 들게 됩니다. 다 훈련 문제입니다."

루크는 호튼 소령의 결혼 생활이 가정 생활의 행복을 노래하는 전원시라기보다는 군사 작전에 가까웠을 거라는 생각을 했다.

"여자들은 참 이상해요. 가끔 비위 맞추는 게 불가능해 보일 때도 있어요. 하지만 남자들을 사람으로 만들어 주는 건 여자들이죠."

루크는 예의바르게 침묵을 지켰다.

"선생님은 결혼하셨습니까?"

소령이 물었다.

"아니요."

"아, 이런. 곧 결혼하시게 될 겁니다. 결혼보다 더 좋은 건 없어요."

루크가 말했다.

"그게, 행복한 결혼 이야기를 들으면 기분이 항상 좋아지더군요. 특히 요즘같이 이혼을 쉽게 하는 때는 더 그렇죠."

"하! 젊은 사람들은 역겨워요. 정력도 없고 끈기도 없고, 도대체가 참을성이 없어요. 불굴의 의지도 없고!"

루크는 왜 그런 특별한 불굴의 의지가 필요한지 묻고 싶어 안달이 났지만 참았다.

소령이 말했다.

"그래요. 리디아는 천에 하나 있을까 말까한 여자였죠! 여기 사람들은 모두 그녀를 존경하고 우러러봤어요."

"그래요?"

"리디아는 허튼 짓은 그냥 보아 넘기지를 못했어요. 매섭게 노려보곤 했죠. 리디아가 노려보면 그 사람은 풀이 죽곤 했어요. 요즘 하녀라고 나불대는 풋내기들 있잖아요. 그 아가씨들은 대충 게으름을 피워도 주인들이 참을 거라고 생각하죠. 리디아가 그런 여자들에게 본때를 보여 주었죠! 우리 집에서 한 해에 요리사와 손님을 접대하는 하녀들을 열다섯 명이나 갈아치웠던 걸 아세요? 열다섯 명이나!"

루크는 이 말은 호튼 부인의 살림 솜씨를 칭찬하는 말 같지 않다고 느꼈지만 그렇게 말하면 주인의 뜻을 거스르게 될 것 같아 애매하게 말을 흐렸다.

"일을 잘 못하면 가차 없이 내보냈죠."

"항상 그런 식이었나요?"

루크가 물었다.

"흠, 여럿 나갔죠. 잘 내보낸 거였습니다. 리디아가 그렇게 말하곤 했지요!"

"긍정적인 사고방식이군요. 하지만 가끔 불편하지 않으셨어요?"

"아! 난 집안일을 거드는 걸 마다하지 않아요. 난 요리도 제법 하고 다른 일도 썩 잘해요. 설거지하는 건 지겨웠지만 해야 하는 일이니까. 냅다 뺄 수 없잖아요."

루크는 그 점에 동감했다. 그는 호튼 소령이 집안일을 잘 하는지 물었다.

"난 아내에게 남편 시중을 들게 하는 그런 사람이 아닙니다. 그리고 어쨌든 리디아는 집안일을 하기에는 너무 가냘팠어요."

"부인이 몸이 약했나 봐요?"

호튼 소령은 고개를 흔들었다.

"리디아는 꿋꿋했어요. 결코 포기하지 않았죠. 하지만 극심한 고통을 겪었어요! 그리고 의사들의 동정도 받지 못했죠. 의사들은 냉담한 족속들이에요. 순전히 육체적인 고통만 이해하죠. 증상이 좀 이상하면 아예 이해를 하지 못하더군요. 사람들은 험블비 박사를 유능하다고 보았지만……."

"당신은 그렇게 생각하지 않으시는군요."

"그는 완전히 무식한 사람이었어요. 현대 의학의 발전에 대해서는 도대체가 아는 게 없었죠. 신경증이란 말을 들어 보기나 했는지 의심스러워요! 박사는 홍역이라든가 유행성 이하선염과 부러진 뼈 같은 건 잘 봤겠죠. 하지만 그 외에는 꽝이에요. 결국 그 사람과 막

판에 한바탕 했어요. 리디아의 병은 전혀 보질 못하더군요. 내가 솔직하게 그 이야기를 했더니 기분 나빠 했어요. 불끈 화를 내더니 그대로 가 버리더군요. 난 내 마음에 드는 의사를 부르겠다고 했죠. 그러고는 토머스 박사를 불렀죠."

"토머스 박사가 더 마음에 들었나요?"

"전체적으로 훨씬 더 영리한 사내였죠. 리디아의 병을 낫게 할 사람이 있었다면 토머스가 바로 그런 의사였겠죠. 사실 리디아는 병세가 호전되다가 갑자기 악화되었어요."

"고통스러워했나요?"

"그렇죠. 위염이란 게 통증도 심하고 메스꺼워하고, 병이란 게 다 그렇죠. 그 불쌍한 여자가 고생을 얼마나 했던지! 리디아는 순교자 같았어요. 그런데 집에서 리디아를 돌봤던 두 명의 간호사들은 리디아에게 말도 못하게 냉정하게 굴었죠! '이 환자는', '저 환자는' 항상 그런 식이었죠."

소령은 머리를 흔들면서 잔을 비웠다.

"병원 간호사들은 참을 수가 없어요! 얼마나 거드름을 피우는지. 리디아는 간호사들이 자기가 먹는 음식에 독을 넣었다고 주장했어요. 물론 사실은 아니죠. 환자들은 종종 그런 병적인 상상을 한다고 토머스 박사가 말하더군요. 하지만 그게 아주 거짓말은 아니었어요. 그 간호사들은 리디아를 싫어했어요. 그게 바로 여자들의 단점이죠. 항상 같은 여자들을 적으로 삼죠."

"제 생각엔……."

루크는 자신의 표현이 서투르다는 것을 느꼈지만 달리 어떻게 말해야 할지 몰라 주저하면서 말했다.

"여기 위치우드에 호튼 부인에게 헌신적인 친구들이 많았겠군요?"

"사람들은 친절했어요."

그는 마지못해 대답했다.

"위필드 경은 자신의 온실에서 키운 포도와 복숭아를 보내셨죠. 그리고 나이 지긋한 노부인들이 리디아를 보러 오곤 했어요. 오노리아 웨인플리트와 라비니아 핀커튼 같은 분들 말이죠."

"핀커튼 부인이 자주 왔죠?"

"예, 정기적으로 왔었죠. 친절했어요! 리디아 걱정을 많이 했죠. 리디아가 먹는 음식과 약에 대해 꼬치꼬치 캐묻곤 했어요. 물론 다 리디아를 위한 마음에서겠지만 좀 귀찮았어요."

루크는 이해하는 척하면서 고개를 끄덕였다.

"여자들이 호들갑 떠는 건 못 참겠어요. 이 마을에는 여자들이 너무 많아요. 골프 한번 제대로 치기도 어려워요."

"골동품 가게에 있는 그 젊은 친구는 어때요?"

소령이 콧방귀를 뀌었다.

"그 친구는 골프를 안 쳐요. 너무 계집애 같아서."

"그 사람은 위치우드에 오래 있었나요?"

"한 2년 되었죠. 불쾌한 친구죠. 그렇게 머리를 길게 기르고 그르렁거리는 목소리로 말하는 자식들은 영 밥맛이에요. 어이없게도 리디아는 그 자식을 좋아했죠. 여자들이 남자를 보는 눈이란 정말 형편없어요. 여자들은 놀랄 만큼 천박한 사람들에게도 호감을 가지죠. 심지어는 그 자식이 파는 엉터리 약을 먹겠다고 고집을 피우더군요. 별자리가 사방에 그려진 보라색 유리병에 들어 있는 약이었는데 보름달이 떴을 때 캔 약초라나요. 너절한 것이었는데 여자들은 정말로 그런 걸 먹더군요. 세상에나!"

"변호사인 애벗은 어떤 사람인가요? 법에 훤한 사람이겠죠? 법률적으로 조언을 구해야 할 일이 있어서 찾아가 볼까 하는데……."

루크는 자신이 갑작스럽게 화제를 바꾼다는 감이 들었지만 소령이 그 사실을 알아차리지 못할 것이라고 판단했다.

"사람들 말로는 상당히 유능하다고 하더군요. 하지만 난 잘 모르겠어요. 사실 그 사람과 한바탕 했죠. 리디아가 죽기 직전에 유언장을 작성하러 우리 집에 온 이후로 만난 적이 없어요. 내가 보기엔 그 작자는 바람둥이예요. 하지만 뭐 그런 것과 변호사로서의 능력은 상관이 없겠죠."

"물론 그렇겠죠. 그런데 그 사람은 걸핏하면 싸우는 사람 같더군요. 내가 듣기로 다툰 사람들이 많다던데요."

"그 친구는 성격이 지나치게 예민해요. 자신은 전지전능한 신이고 누구든 자신을 거스르는 자는 불경죄를 짓는다고 생각하는 것 같아요. 그 친구가 험블비 박사랑 싸운 이야기는 들었어요?"

"그랬다면서요. 사실인가요?"

"정말 무시무시한 싸움이었죠. 그렇다 해도 놀랄 일도 아니죠. 험블비는 완고한 사내였어요! 좋은 말도 아닌데 말해 버렸네요."

"비통한 죽음이었죠."

"험블비 박사의 죽음요? 예, 그랬죠. 일상적인 관리를 게을리 했어요. 패혈증은 아주 위험한 겁니다. 항상 상처에는 요오드를 발라야죠. 난 그렇게 해요. 간단하게 예방이 되죠. 험블비는 의사란 사람이 그런 건 하나도 하지 않아요. 그것만 봐도 알 수 있죠."

루크는 도대체 뭘 알 수 있다는 것인지 몰랐지만 그냥 지나치기로 했다. 시계를 보고 그는 일어섰다.

호튼 소령이 말했다.

"점심시간에 맞춰 가시는 건가요? 그렇군요. 이렇게 이야기를 나누게 돼서 기뻐요. 경험이 풍부하신 분과 이야기를 하니 좋군요. 다음엔 우리의 모험담을 나눠 보죠. 선생님은 어디 계셨나요? 말레이 해협? 거긴 한 번도 가본 적이 없는데. 책을 쓰신다고 들었어요. 미신과 뭐 그런 종류에 대해서."

"예, 난……."

하지만 호튼 소령은 거침없이 계속 자기 이야기만 했다.

"제가 선생님에게 아주 흥미로운 일을 몇 가지 이야기해 드릴 수 있는데. 제가 인도에 있을 때는……. 그게 참……."

루크는 은퇴한 인도 주둔 영국 장교에게는 소중한 추억인 탁발승들과 코브라 묘기와 망고를 사용한 속임수 같은 흔한 이야기들을 10분 정도 참고 듣다가 도망치듯 나왔다.

밖으로 나와서 소령이 네로에게 고함치는 목소리를 들으면서 루크는 결혼 생활의 기적에 감탄했다. 호튼 소령은 진실로 아내를 그리워하는 것처럼 보였다. 그의 아내란 사람은 소령의 이야기까지 포함해서 다른 사람들에게 들은 바에 의하면 사람 잡아먹는 호랑이와 다를 바 없는 사람 같은데 말이다.

아니면 그것은……. 루크는 갑자기 이런 의문이 생겼다. 그건 놀랄 정도로 뛰어난 연기가 아니었을까?

불화의 시대

그날 오후의 테니스 파티는 다행스럽게도 즐거웠다. 위필드 경은 기분이 좋아서 싹싹하게 주인 역할을 했다. 그는 자주 자신의 비천한 출생에 대한 이야기를 했다. 모두 여덟 명이 테니스를 쳤다. 위필드 경, 애벗 씨, 토머스 박사, 호튼 소령, 그리고 은행 지점장의 딸인 생글거리는 아가씨 헤티 존스가 손님으로 왔다.

오후에 친 두 번째 세트에서 루크는 브리짓과 한편을 이루어 위필드 경과 로즈 험블비를 상대로 쳤다. 로즈는 포핸드 드라이브가 강한 훌륭한 선수였고 군 대항 시합에도 출전했었다. 그녀가 테니스 실력이 약한 위필드 경을 보강해 주었고, 브리짓과 루크는 둘 중 어느 하나 특별히 뛰어난 점이 없어서 막상막하의 게임을 치렀다. 모두 해서 세 게임을 하다가 루크가 갑자기 경기의 흐름을 주도하면서 그와 브리짓이 5대 3으로 앞서 가기 시작했다. 그때 루크는 위필드 경의 기분이 상했다는 것을 알아차렸다. 그는 볼이 라인을 넘어갔다고 주장하면서 로즈가 말리는데도 불구하고 서브 아웃이라고 선언하며 애처럼 투정을 부렸다. 세트의 승패를 결정하는 서브를 브리짓이 하면서 네트를 향해 받아치기 쉽게 공을 쳤고 그 후로 연속해서 서브를 실패했다. 동점이었다. 다음번 공은 중간 라인에 들어왔고 루크가 그 공을 쳐내려고 하다가 브리짓과 부딪혔다. 그러다 브리짓이 다시 연속으로 서브를 실패하면서 루크와 브리짓이 지게 되었다.

브리짓이 사과했다.

"미안해요. 피곤해서 엉망진창이 됐어요."

그녀의 말은 사실인 것 같아 보였다. 브리짓은 거칠게 공을 쳐냈고 한 동작도 제대로 하지 못했다. 그 세트는 위필드 경과 그의 파트너가 8대 6으로 승리를 거두었다.

다음 세트에는 팀을 어떻게 짤 것인지 모두 잠깐 의논했다. 결국 로즈가 다시 경기에 참여해서 애벗 씨와 한편이 되고, 토머스 박사와 존스 양이 한편이 되어 시합을 하기로 했다.

위필드 경은 앉아서 손으로 이마를 닦으면서 다시 기분이 좋아져 만족스러운 미소를 띠고 있었다. 그는 호튼 소령에게 현재 그의 신문에 시리즈로 연재되고 있는 과학 기사에 대한 이야기를 시작했다.

루크가 브리짓에게 말했다.

"채소밭을 보여 줘요."

"갑자기 웬 채소밭요?"

"양배추를 보고 싶어요."

"완두콩으론 안 되겠어요?"

"완두콩도 좋죠."

그들은 테니스 코트를 걸어 나와 벽으로 둘러싸인 채소밭으로 들어왔다.

"여기 당신이 그리워하는 콩이 있어요."

브리짓이 말했다.

루크는 콩에는 눈길도 주지 않고 말했다.

"왜 그 세트를 내준 거죠?"

브리짓의 눈썹이 조금 치켜 올라갔다.

"미안해요. 내가 망쳤어요. 내 테니스 실력이 고른 편이 아니라서요."

"그렇게 들쭉날쭉하진 않잖아요! 연속으로 두 번이나 서브를 실패한 건 아이라도 속일 수 없다고요. 그리고 그 엉터리 샷이라니. 모두 500미터는 넘게 날아갔잖아요!"

브리짓은 침착하게 말했다.

"그건 내 실력이 형편없어서죠. 좀 더 잘 쳤더라면 연기를 더 잘할 수 있었을 텐데! 공이 살짝 라인 밖으로 넘어가게 치려고 하면 바로 라인 안으로 떨어져서 뛰어다녀야 하는 건 마찬가지였죠."

"하, 그럼 당신이 속였다는 걸 인정하는군요?"

"당연하죠. 나의 친해하는 명탐정님."

"이유가 뭐죠?"

"그것도 당연하죠. 나라면 금방 알았을 텐데. 고든은 지는 걸 좋아하지 않아요."
"그럼 난 어쩌고? 나도 이기는 걸 좋아한다면?"
"미안하지만 루크, 그건 그렇게 중요하지 않아요."
"좀 더 분명하게 설명해 주겠습니까?"
"원한다면 그렇게 해 드리죠. 사람은 밥벌이를 해 주는 사람과 싸워서는 안 되는 법이에요. 고든은 내 밥벌이예요. 당신은 아니고."
루크는 심호흡을 했다. 그러다 폭발했다.
"도대체 그 바보 같은 난쟁이 자식과 결혼해서 뭘 어쩌자는 거죠? 왜 결혼을 하려고 하는 거예요?"
"내가 그 사람의 비서라면 일주일에 6파운드를 받겠지만 부인이 되면 10만 달러를 보수로 받을 거고 진주와 다이아몬드가 꽉 찬 보석함에 용돈도 넉넉하게 받을 거고 유부녀로서 온갖 부수입이 생기겠죠!"
"하지만 업무는 달라지겠죠!"
브리짓이 냉정하게 말했다.
"매사를 그렇게 봐야 하나요? 고든을 아내를 끔찍하게 위하는 타입의 남편으로 상상했다면 그런 건 잊어버려요! 당신도 알아차렸겠지만 고든은 아직 덜 자란 아이에 불과해요. 고든에게 필요한 건 부인이 아니라 엄마예요. 불행하게도 고든이 네 살 때 어머니가 돌아가셨죠. 그가 원하는 건 언제고 자랑을 들어 주고 끊임없이 자신감을 불어넣어 주고 자신에 대해 끝없이 늘어놓는 이야기를 들어 줄 준비가 된 사람이에요."

"당신은 정말 신랄하게 말하는군요?"

브리짓은 날카롭게 반박했다.

"난 동화를 믿지 않아요! 난 적당히 똑똑하고 수수한 용모에 가난뱅이예요. 난 정직하게 돈을 벌고 싶어요. 고든의 아내로 해야 할 일은 비서로서 하는 일과 별반 차이가 없어요. 일 년 후엔 고든이 내게 잘 자라고 키스를 하는 것도 잊어먹지 않을까 하는 생각이 들어요. 달라진 건 월급 액수뿐이겠죠."

그들은 서로를 마주 보았다. 둘 다 화가 나서 얼굴이 창백했다. 브리짓이 조롱하듯이 말했다.

"계속해 봐요. 당신은 상당히 구식이잖아요? 그렇죠, 피츠윌리엄 씨? 왜 그 진부한 말은 하지 않나요. 돈에 몸을 팔았다고. 이런 상황에 잘 맞는 말이잖아요. 난 그렇게 생각하는데!"

"당신은 냉정하기 이를 데 없는 악마로군요."

"혈기왕성한 바보보다는 그 편이 낫겠죠."

"그런가?"

"예, 난 알아요."

루크가 비웃었다.

"당신이 도대체 뭘 안다는 거죠?"

"남자를 사랑한다는 게 어떤 건지 잘 알죠! 조니 코니시란 남자를 만나 본 적이 있나요? 난 그 사람과 3년 동안 약혼했었죠. 그 남자는 여자들이 홀딱 반할 남자였어요. 난 미친 듯이 그를 사랑했죠. 너무 사랑해서 마음이 아플 정도로! 그런데 그 남자는 나를 차 버리고 일 년에 3만 파운드의 수입이 들어오고 턱이 세 겹에 북부지방 억양을 쓰는 뚱뚱한 과부와 결혼해 버리더군요. 그런 일을 겪고 나니 연애라는 질병이 치유가 되더군요. 그렇게 생각하지 않아요?"

루크는 신음 소리를 내며 몸을 돌렸다.

"그럴 수도 있겠군요."

"난 그랬어요……."

둘 다 아무 말도 하지 않았다. 무거운 침묵이 흘렀다. 결국 브리짓이 입을 열었다. 그녀는 넌지시 말했다.

"당신은 내게 그런 말을 할 현실적인 권리가 없다는 것을 알아 주었으면 해요. 고든 집에서 신세를 지면서 그런 말을 하다니요."

루크는 다시 침착해졌다. 그는 공손하게 물었다.

"그런 것도 진부한 말 아닙니까?"

브리짓이 얼굴을 붉혔다.

"어쨌든 사실이잖아요!"

"그렇지 않아요. 내겐 그럴 권리가 있다고요."

"어이없는 소리예요!"

루크는 그녀를 바라보았다. 그의 얼굴은 실제로 몸이 아픈 사람처럼 창백해져 있었다.

"내겐 권리가 있어요. 당신을 좋아할 권리가 있다고요. 방금 뭐라고 했죠? 너무 사랑해서 마음이 아프다고 했죠!"

그녀는 한 발짝 뒤로 물러섰다.

"당신은······."
"그래요. 웃기죠? 당신을 깔깔거리고 웃게 만들 말이잖아요. 난 여기에 일하러 왔는데 당신이 집 모퉁이를 돌아 나와서······. 이걸 어떻게 말해야 하지······. 내게 주문을 걸었어요! 그런 기분이 느껴졌어요. 당신은 방금 동화라고 말했죠. 난 그런 동화 속으로 들어왔습니다! 당신은 내게 마법을 걸었어요. 당신이 나를 손가락으로 가리키면서 '개구리로 변해.'라고 말한다면 난 눈을 튀어나오게 하고 폴짝폴짝 뛰어다닐 것 같다고요."

그는 그녀 쪽으로 한 발짝 다가섰다.

"난 당신을 사랑하고 있어요, 브리짓 콘웨이. 그리고 당신을 너무나 사랑하기 때문에 배가 불룩 튀어나오고 거만한데다 테니스에서 이기지 못하면 성질 부리는 난쟁이 자식과 당신이 결혼하는 꼴을 기쁘게 봐줄 수 없겠는데요."

"그럼 나더러 어떡하라는 거죠?"

"나랑 결혼하자고 말하고 싶습니다! 하지만 그런 말 해 봤자 당신은 통쾌하게 웃기만 할 테죠."

"웃음소리가 무척 크겠죠."

"그러겠네요. 이젠 서로의 생각을 알았으니까 다시 테니스 코트로 돌아가겠습니까? 이번에는 승부 근성이 있는 파트너를 당신이 찾아주겠지!"

"그러죠."

브리짓이 다정하게 덧붙였다.

"내가 보기엔 당신도 고든만큼이나 지는 걸 싫어하는군요!"
루크는 갑자기 그녀의 어깨를 잡았다.
"정말 악마 같은 혀를 가지고 있군요. 그렇지 않아요, 브리짓?"
"유감이지만 당신이 절 많이 좋아하지 않았으면 좋겠어요, 루크. 나에 대한 당신의 마음이 아무리 간절하더라도! 난 당신을 전혀 좋아하는 것 같지 않거든요."
브리짓이 그를 보면서 말했다.
"당신은 고국에 돌아와 결혼해서 정착하려고 했죠?"
"그래요."
"하지만 나 같은 사람은 아니었겠죠?"
"당신 같은 사람은 생각도 하지 않았죠."
"그렇죠. 그러지 않았겠죠. 난 당신의 타입을 알아요. 정확히 알고 있죠."
"당신은 아주 똑똑하니까."
"착한 아가씨를 바랐겠죠. 철저하게 영국적이고 시골을 좋아하고 개랑 잘 놀고……. 아마 당신은 트위드 스커트를 입고 신발 끝으로 장작불을 휘젓는 그녀의 모습을 상상했겠죠."
"정말 매력적인 아가씨 같군요."
"그러시겠죠. 다시 코트로 돌아갈까요? 당신은 로즈 험블비와 경기하면 돼요. 로즈는 아주 잘하니까 분명히 이길 수 있을걸요."
"난 구식이라 당신에게 결정권을 드리겠습니다."
다시 침묵이 흘렀다. 루크는 천천히 그녀의 어깨에서 손을 내렸다. 그들은 뭔가 아직 둘 사이에 남은 것이 있는 것처럼 어색하게 서 있었다.

그러다 갑자기 브리짓이 몸을 돌리더니 먼저 걸어갔다. 다음 세트가 막 끝나고 있었다. 로즈는 다시 치라는 말에 항의했다.

"난 연속 두 세트나 뛰었는걸요."

하지만 브리짓은 계속 고집을 피웠다.

"난 피곤해요. 하고 싶지 않아. 로즈 양과 피츠윌리엄 씨가 존스 양과 호튼 소령을 상대로 한 게임 치세요."

하지만 로즈는 계속 거부했고 결국 남자들 넷이서 시합을 하기로 했다. 그러고 나서 차를 마셨다.

위필드 경은 토머스 박사와 이야기를 나누면서 최근에 방문한 웰러맨 크레이츠 연구소에 대한 이야기를 장황하게 늘어놓고 있었다.

"난 최근의 과학 발전 경향을 직접 이해하고 싶었어요."

그가 진지하게 설명했다.

"난 우리 신문에 실린 기사에 대해 책임을 져야 합니다. 그 점을 통렬하게 느끼고 있어요. 지금은 과학의 시대죠. 대중이 과학에 쉽게 동화될 수 있어야 해요."

"과학을 조금 아는 것은 위험한 일이 될 수도 있어요."

토머스 박사가 어깨를 으쓱해 보이며 말했다.

"보통 사람도 과학을 알 수 있게 하는 것. 그게 바로 우리가 목표로 삼아야 할 것이죠. 보통 사람들도 과학적으로 사고할 수 있도록 하는 거지……."

"시험관도 알고."

브리짓이 심각하게 말했다.

"난 감동 받았어요. 웰러맨 씨가 직접 연구소 구경을 시켜 주시더군요. 부하 직원에게 안내를 받겠다고 했지만 고집을 부리더군요."

"당연히 그렇겠죠."

루크가 말했다.

위필드 경은 만족스러워 보였다.

"그분이 모든 것을 아주 분명하게 설명해 주더군요. 세균 배양이라든가 혈청의 전체적인 원리에 대해서요. 직접 연재 시리즈의 첫 기사를 써주기로 하셨어요."

앤스트루더 여사가 중얼거렸다.

"그 사람들이 실험에 모르모트를 쓰는 걸로 알고 있는데 아주 잔인한 짓이에요. 물론 개나 고양이를 쓰는 것만큼 나쁜 짓은 아니지만."

"실험에 개를 쓰는 사람들은 총알 맛을 봐야 해."

호튼 소령이 쉰 목소리로 말했다.

"내가 보기에 당신은 사람보다 개의 생명을 더 높게 치는 것 같아요."

애벗 씨가 말했다.

"선택해야 한다면 언제든지 난 개를 고르겠습니다! 개는 인간처럼 다른 사람을 배신하지 않죠. 고약한 말을 하지도 않고."

"그 고약한 이빨로 다리를 무는 게 고작이겠지. 그렇죠, 호튼."

애벗 씨가 말했다.

"개들이 원래 사람을 잘 보지요."

호튼 소령이 말했다.

"당신이 키우는 짐승 중 하나가 지난 주에 내 다리를 물 뻔했는데요. 그건 뭐라고 하겠습니까, 호튼?"

"방금 했던 말을 또 해 드리지!"

브리짓이 재치 있게 끼어들었다.

"테니스를 좀 더 치는 게 어떨까요?"

두 세트를 더 경기했다. 그리고 로즈 험블비가 작별 인사를 하자 루크가 그녀 옆으로 다가갔다.

"제가 바래다 드리죠. 테니스 라켓도 갖다드리고. 차는 안 가지고 왔죠?"

"예, 하지만 먼 곳도 아닌걸요."

"저도 좀 걷고 싶어요."

그는 더 이상 말하지 않고 그녀의 라켓과 테니스화를 뺏었다. 그들은 아무 말도 하지 않은 채 강둑을 걸어서 내려왔다. 그러다 로즈가 한두 가지 시시한 문제에 대해 말을 꺼냈다. 루크는 무뚝뚝하게 대답했지만 그녀는 신경 쓰지 않는 것처럼 보였다.

로즈의 집 문 앞에 도착하자 루크의 얼굴이 밝아졌다.

"지금은 기분이 한결 낫군요."

그가 말했다.

"좀 전에는 기분이 안 좋으셨어요?"

"모른 척해 주다니 착한 분이군요. 하지만 당신이 내 기분을 풀어 주었어요. 우습네요. 먹구름을 지나서 햇빛이 비치는 곳으로 나온 것 같군요."
"그러셨군요. 우리가 마노르를 나왔을 때는 흐렸는데 지금은 활짝 개었어요."
"비유적으로만 그런 게 아니라 실지로도 그렇군요. 어쨌든 세상은 좋은 곳인가 봐요."
"물론 그렇죠."
"험블비 양, 제가 좀 주제넘은 말을 해도 될까요?"
"선생님은 그럴 수 없는 분이세요."
"너무 확신하지 말아요. 난 토머스 박사가 행운아란 말을 하고 싶었어요."
로즈가 얼굴을 붉히더니 미소를 지었다.
"이야기를 들으셨군요?"
"비밀로 해야 했나요? 미안해요."
"어머! 이곳에서 비밀이란 없어요."
로즈가 서글프게 말했다.
"그럼 사실이군요. 당신과 박사가 약혼했다는 말이?"
로즈는 고개를 끄덕였다.
"아직 공식적으로 발표하지는 않았어요. 아시겠지만, 아버지가 그 결혼에 반대하셨는데 돌아가시자마자 공개적으로 발표하는 건 아버지에 대한 예의가 아니라는 생각이 들어서."
"아버님이 반대하셨나요?"

"정확히 말해서 반대를 하신 건 아니죠. 아, 사실 반대라고 해야 겠군요."

루크가 부드럽게 말했다.

"박사님은 당신이 아직 어리다고 생각하셨나요?"

"그렇게 말씀하셨죠."

루크가 예리하게 말했다.

"하지만 그보다 더 중요한 이유가 있다고 당신은 생각했군요?"

로즈는 마지못해 천천히 머리를 수그렸다.

"예, 유감스럽게도 아버지는 제프리를 좋아하지 않으신 것 같아요."

"두 사람이 사이가 나빴나요?"

"가끔은 그렇게도 보였고……. 아빠는 나이 든 분 특유의 편견도 있었고."

"부친께서 아마 아가씨를 너무 예뻐하셔서 시집보내고 싶지 않으셨나 보군요?"

로즈는 동의했지만 아직 뭔가 마음에 두고 있는 것처럼 보였다.

"그보다 더 심각한 이유였나요? 부친이 진심으로 완강하게 반대하신 건가요?"

루크가 물었다.

"예, 그게……. 아버지와 제프리는 정말 달랐어요. 그리고 가끔 충돌하기도 했죠. 제프리는 참을성 있고 예의바르게 처신했지만 아버지가 자신을 싫어하는 걸 아니까 더 말수도 줄어들고 아버지를 어려워해서 사실 아버지는 제프리의 진면모를 알지 못하셨어요."

"편견을 없애기란 아주 힘들답니다."

"편견은 비합리적이에요!"

"부친이 구체적으로 어떤 이유를 말씀하시지는 않았어요?"

"아니요, 그럴 수가 없었죠! 아버지가 제프리를 싫어하는 것 빼고는 그에 대해 반대할 게 없었거든요."

"난 당신이 싫어요, 펠 박사. 그 이유는 말할 수 없지만."

"바로 그거죠."

"확실한 말은 하지 않으셨나요? 내 말은 당신의 제프리가 술을 마신다거나 경마를 한다거나 하는 거 말이죠."

"아니요, 아니에요. 제프리는 더비 경마에서 어떤 말이 이겼는지도 모를걸요."

"그건 이상한데요. 더비 경마가 있던 날 엡섬에서 토머스 박사를 보았다는 걸 맹세할 수 있어요."

순간 그는 경마가 있던 날 자신이 영국에 도착했다는 것을 이미 로즈에게 말한 게 아닌지 걱정했다. 하지만 로즈는 별다른 의심을 품지 않고 대번에 대답했다.

"더비 경마에서 제프리를 보셨다고요? 아, 아니에요. 그는 외출을 할 수 없었어요. 그날 애쉬울드에서 힘든 분만을 돕느라 하루 종일 매달렸는걸요."

"기억력이 대단하군요!"

로즈가 웃었다.

"그날 태어난 갓난아기를 주주베라고 별명을 지어 줬다고 제프리가 이야기해 줘서 기억해요."

루크는 멍하니 고개를 끄덕였다.

"어쨌든 제프리는 경마 모임에 가지 않아요. 지겨워서 죽으려고 하죠."

그녀는 달라진 목소리로 덧붙였다.

"잠깐 들어오시지 않겠어요? 어머니가 선생님을 보시면 좋아하실 텐데."

"그럴까요?"

로즈는 여명이 스산하게 바치는 방으로 루크를 데려갔다. 한 여자가 안락의자에 잔뜩 몸을 웅크린 자세로 앉아 있었다.

"엄마, 이분이 피츠윌리엄 씨세요."

험블비 부인은 깜짝 놀라면서 악수를 했다. 로즈는 조용히 방을 나갔다.

"만나서 반갑습니다, 피츠윌리엄 씨. 선생님 친구분 중 몇 분이 제 남편을 오래전에 알았다고 로즈가 말해 주더군요."

"예, 험블비 부인."

그는 남편을 잃은 부인에게 새삼스럽게 거짓말을 하기는 싫었지만 빠져나올 길이 없었다.

험블비 부인이 말했다.

"선생님이 그이를 만날 수 있었더라면 좋았을 텐데. 그는 좋은 사람이었고 유능한 의사였어요. 다른 의사들이 가망 없다고 포기한 환자들을 순전히 그의 의지 하나만으로 낫게 한 적도 많아요."

루크는 다정하게 말했다.

"여기 온 이후로 박사님에 대한 말씀을 많이 들었습니다. 사람들이 박사님을 얼마나 존경하고 있는지 알게 되었습니다."

그는 험블비 부인의 얼굴을 뚜렷하게 볼 수 없었다. 그녀의 목소리는 다소 단조로웠지만 메마른 목소리에서 그녀가 애써 감정을 억누르고 있다는 것을 느낄 수 있었다.

그녀가 갑자기 예상치 못한 말을 했다.

"세상은 아주 사악한 곳이죠, 피츠윌리엄 씨. 그거 아세요?"

루크는 조금 놀랐다.

"예, 아마 그럴지도 모르죠."

그녀는 고집했다.

"하지만 선생님은 아세요? 그게 중요해요. 아주 많은 사악함이……. 우린 싸울 준비를 해야 해요. 그는 알고 있었어요. 그의 판단이 옳았어요."

루크가 다정하게 말했다.

"박사님은 그러셨겠죠."

"그는 이 마을에 사악함이 있다는 걸 알고 있었어요. 그는……. 알고 있었어요."

그녀는 갑자기 울음을 터트렸다.

루크는 웅얼거렸다.

"죄송해요……."

그녀는 갑자기 자제력을 잃었던 것처럼 그렇게 갑자기 냉정을 되찾았다.

"부디 용서해 주세요."

그녀가 말했다. 그녀는 손을 내밀었고 루크는 그 손을 잡았다.

"여기 계시는 동안 다시 우리를 찾아주세요. 로즈도 좋아할 겁니다. 로즈가 선생님을 많이 따라요."

"저도 따님을 좋아합니다. 제가 지금까지 본 중 가장 좋은 여자라는 생각이 들어요, 험블비 부인."

"딸아이는 제게 무척 잘해요."

"토머스 박사가 행운아죠."

"그래요."

험블비 부인은 루크의 손을 떨어뜨렸다. 그녀의 목소리가 다시 단조로워졌다.

"저도 잘 모르겠어요. 모든 게 너무 힘들어요."

루크는 불안하게 손가락을 꼬았다 풀었다 하면서 어두운 방 안에 홀로 서 있는 부인을 두고 나왔다.

집으로 걸어오면서 그는 방금 나누었던 대화를 여러 모로 다시 생각해 보았다.

토머스 박사는 더비 경마가 있던 날 상당히 긴 시간 동안 위치우드에 없었다. 그때 그는 차를 가지고 있었다. 위치우드는 런던에서 50킬로미터 이상 떨어져 있다. 박사가 분만을 돌보고 있었다 치자. 그가 말한 그 이상의 일이 있었던 걸까? 그 점은 확인할 수 있을 거라고 루크는 생각했다. 그는 다시 험블비 부인을 떠올렸다.

계속 "사악함이 존재한다……."라는 말을 고집하던 그녀의 의도는 무엇일까?

그녀는 단지 남편의 죽음으로 인한 충격 때문에 불안하고 흥분한 것뿐일까? 아니면 그 이상의 뭔가가 있는 걸까?

부인이 뭔가 알고 있는 걸까? 험블비 박사가 죽기 전에 알고 있던 어떤 것을?

"이 일을 계속해야만 해."

그는 혼잣말을 했다.

루크는 단호하게 그와 브리짓과의 불화를 떠올리지 않으려고 했다.

웨인플리트 부인과 이야기하다

다음 날 아침 루크는 결정을 내렸다. 간접적으로 조사할 수 있는 것은 다 했다는 느낌이 들었다. 조만간 어쩔 수 없이 정체를 드러내야 한다. 그는 책을 쓴다는 가면을 벗어던지고 자신이 확실한 목적을 가지고 위치우드에 왔다는 것을 밝혀야 할 시기가 되었다고 느꼈다.

이 작전을 실행하기 위해 그는 오노리아 웨인플리트 부인을 찾아가기로 결심했다. 그는 이 노부인의 분별 있는 태도와 예리한 판단에 호감을 느꼈고, 그를 도와줄 정보를 그녀가 가지고 있을지 모른다는 생각을 했다. 그는 그녀가 알고 있는 것을 그에게 말했다고 믿었다. 그녀를 설득해서 그녀가 짐작했을지도 모르는 것을 그에게 털어놓게 하고 싶었다. 그는 웨인플리트 부인의 짐작이 진실에 꽤 가까우리라고 판단했다.

그는 예배 후 곧장 웨인플리트 부인을 방문했다.

웨인플리트 부인은 사무적인 태도로 루크를 맞아들이면서 그의 갑작스러운 방문에도 전혀 놀라지 않았다. 그녀가 점잔을 빼면서 손을 잡고 앉아 염소 같은 영리한 눈으로 그를 뚫어져라 보자 루크는 방문한 목적을 밝히기가 조금 어려웠다.

"제가 이곳에 온 것이 단순히 지방의 관습에 대한 책을 쓰기 위한 이유만은 아니라는 걸 부인은 짐작하셨으리라 믿습니다."

그녀는 고개를 숙이고 계속 들었다.

루크는 아직 전부 다 털어놓을 생각은 아니었다. 웨인플리트 부인이 분별력이 있다는 인상은 들었지만 나이 먹은 노부인이 가까운 친구 한둘에게 흥미진진한 이야기를 하고 싶은 욕구를 참기를 기대한다는 것은 무리일지도 모른다고 생각했다. 그래서 그는 중도를 택하기로 했다.

"저는 이곳에 그 불쌍한 에이미 깁스의 사망 당시 정황을 조사하러 왔습니다."

웨인플리트 부인이 말했다.

"그럼 경찰에서 나오셨다는 건가요?"

"아니요, 아닙니다. 전 사복 형사가 아닙니다."

그는 조금 장난스럽게 대답했다.

"유감스럽게도 전 소설에 단골로 등장하는 사설 탐정입니다."

"그렇군요. 그럼 당신을 이곳에 부른 사람이 브리짓인가요?"

루크는 잠시 주저했다. 그러다 그는 모든 것을 털어놓기로 결심했다. 핀커튼 부인에 대한 이야기를 하지 않고서는 그가 여기 온 이유를 설명하기 힘들었다. 웨인플리트 부인은 감탄한 목소리로 이야기했다.

"브리짓은 참 노련하고 유능해요! 만약 내가 그런 판단을 내려야 했다면, 난 내 판단을 의심했을 겁니다. 내 말은 어떤 일에 대해 완전하게 확신이 서지 않는 한 확실한 행동을 취하기가 아주 힘들지요."

"하지만 당신은 확신하고 계시죠. 그렇지 않은가요?"

웨인플리트 부인은 심각하게 말했다.

"정말 아닙니다, 피츠윌리엄 씨. 이건 사람이 확신할 수 있는 일이 아닙니다! 내 말은 이 모든 게 상상일 수 있다는 거죠. 혼자 살면서 의논하거나 말할 상대도 없으면 쉽게 모든 일을 과장해서 일어나지도 않은 일을 상상할 경우도 있어요."

루크는 이 말에 내재된 진실을 깨달으면서 선뜻 동감했지만 부드럽게 덧붙였다.

"하지만 내심으로는 확신하고 계시죠?"

이 부분에서조차 웨인플리트 부인은 조금 마지못해하는 태도를 보이며 난색을 표했다.

"지금 우리가 서로 딴 말을 하고 있는 건 아니겠죠?"

루크는 미소를 지었다.

"제가 분명하게 말해 주기를 원하시는 겁니까? 좋습니다. 당신은 에이미 깁스가 살해되었다고 생각하시죠?"

오노리아 웨인플리트 부인은 그 노골적인 단어에 조금 움찔했다.

"난 그녀의 죽음에 대해 전혀 만족스럽지 않아요. 전혀. 모든 게 내가 보기에 철저하게 불만스러워요."

루크는 끈기 있게 말했다.

"하지만 그녀가 자연사 했다고 생각하지 않으시는 거죠?"

"그래요."

"사고였다고 믿지도 않으시죠?"

"제가 보기엔 그럴듯하지 않아요. 너무 많은……."

루크가 그녀의 말을 잘랐다.

"자살이라고도 생각하지 않으시죠?"

"확실히 아니죠."

루크는 부드럽게 말했다.

"그렇다면 살인이라고 생각하시는 거죠?"

웨인플리트 부인은 망설이면서 참다가 용감하게 말했다.

"예, 그렇게 생각해요."

"좋습니다. 이젠 그 이야기를 할 수 있겠군요."

"하지만 내겐 그런 믿음을 뒷받침해 줄 실질적인 증거가 없어요. 이건 전적으로 그냥 생각일 뿐이에요!"

웨인플리트 부인은 걱정스럽게 말했다.

"그렇습니다. 그냥 사적인 대화예요. 우리는 서로 생각하고 의심하는 일에 대해 이야기를 나누고 있을 뿐입니다. 우린 에이미 깁스가 살해되었다고 의심하고 있죠. 그렇다면 누가 그녀를 살해했다고 생각하세요?"

웨인플리트 부인은 고개를 살래살래 저었다. 그녀는 매우 괴로워 보였다.

루크는 그녀를 보면서 말했다.

"그녀를 살해할 동기가 있는 사람은 누굴까요?"

웨인플리트 부인이 천천히 말했다.

"에이미는 정비소에 있는 남자 친구 짐 하비와 싸웠어요. 하비는 착실하고 훌륭한 젊은이죠. 신문에 젊은 남자들이 애인을 공격하고 무서운 짓을 한다는 기사가 나오지만 짐이 그런 일을 하리라고는 정말 믿을 수 없어요."

루크는 고개를 끄덕였다.

웨인플리트 부인은 계속 말했다.

"게다가 그 젊은이가 그런 식으로 죽인다는 것도 믿을 수 없어요. 그녀의 방 창문으로 기어 올라가서 기침약과 독약을 바꿔치기 한다는 건……. 그건 좀……."

그녀가 머뭇거리자 루크가 도왔다.

"격분한 애인이 할 만한 행동이 아니라는 거죠? 저도 동의합니다. 제가 보기에 짐 하비는 제외해도 좋을 것 같아요. 에이미가 살해되었다면 그녀는 자신에게 방해되지 않도록 제거하기 위해 사고처럼 보이도록 신중하게 그 범죄를 계획한 누군가에 의해 살해되었습니다. 우리는 그녀가 살해되었다는 점에는 동의하고 있죠. 지금 그 사람이 누구인지 생각나거나 육감이 떠오르지 않으세요?"

웨인플리트 부인이 말했다.

"아니요, 정말로 없어요. 전혀 없어요!"

"확실해요?"

"예, 정말로 없어요."

루크는 그녀를 생각에 잠겨 바라보았다. 그녀의 부인이 진실되게 들리지 않는다고 느꼈다. 그는 계속 말했다.

"동기도 전혀 모르세요?"

"어떤 동기도 몰라요."

그 말은 좀 더 확실하게 했다.

"에이미가 위치우드의 여러 집에서 일했나요?"

"위필드 경 댁에서 일하기 전에는 호튼 소령님 댁에서 일 년 있었어요."

루크는 재빨리 그 사실을 기억해 두었다.

"그럼 이런 거군요. 누군가 그녀를 죽이고 싶어 했어요. 지금 가정해 보면 첫째, 남자가 하나 있는데 상당히 사고방식이 구식이죠. 모자 염색약에서 볼 수 있듯이. 그리고 둘째, 별채를 통해 그 아가씨의 방 창문으로 기어 올라가야 했으니 상당히 운동 신경이 좋은 남자였겠죠. 이 점에는 동의하시나요?"

"물론이죠."

"제가 돌아가서 직접 해 봐도 괜찮을까요?"

"그럼요. 아주 좋은 생각이네요."

그녀는 그를 옆문으로 나가게 해서 밖으로 데려가 뒤뜰로 들어갔다. 루크는 힘들이지 않고 별채에 다다를 수 있었다. 거기서 그는 쉽게 그 방 창문을 올리고 조금 공을 들인 후 방으로 들어갈 수 있었다. 몇 분 후 그는 손을 손수건으로 닦으면서 밑에 있는 길에서 웨인플리트 부인과 다시 만났다.

"실제로 보기보다 더 쉽군요. 근육만 조금 쓰면 됩니다. 창문턱이나 밖에는 아무런 흔적이 없었나요?"

웨인플리트 부인은 고개를 흔들었다.

"전 그렇게 생각하지 않아요. 물론 경찰이 이렇게 올라가기는 했지만."

"그럼 흔적이 있더라도 그건 다 경찰이 남긴 흔적이겠군요. 경찰이 범인을 여러 모로 도와주었군! 흠, 이걸로 끝이네요!"

웨인플리트 부인은 다시 집으로 오는 길을 안내했다.

"에이미 깁스는 잠귀가 어두웠나요?"

웨인플리트 부인이 신랄하게 대답했다.

"아침에 그 아이를 깨우느라 애를 먹었죠. 가끔 아침에 일어나게 하느라고 문을 몇 번이나 두드린 적도 있어요. 하지만 선생님도 아시다시피 귀를 막고 있는 사람은 절대 들을 수 없다는 말이 있죠!"

"그건 사실입니다. 흠, 이제 동기 문제를 짚어 봐야겠군요. 가장 분명한 것부터 시작해 보죠. 엘스워시란 친구와 그 아가씨 사이에 뭔가 있었다고 생각하세요?"

그는 급히 말을 보탰다.

"전 그냥 의견을 묻는 겁니다. 그것뿐이에요."

"그냥 의견만 묻는 거라면 그렇다고 말하겠어요."

루크는 고개를 끄덕였다.

"에이미란 아가씨가 협박을 했을 거라고 보세요?"

"제 의견만 말한다면 그것도 가능하다고 봐요."

"사망할 당시에 그 아가씨가 돈을 많이 가지고 있었는지 혹시 아십니까?"

웨인플리트 부인은 곰곰이 생각했다.

"그렇게 생각하지 않아요. 그 아이에게 보통 때보다 돈이 많이 있었다면 저도 알았을 겁니다."

"그리고 죽기 전에 갑자기 낭비를 하지도 않았죠?"

"예."

"그럼 협박은 성립되지 않는군요. 희생자는 보통 극단적인 행동을 취하기로 결정하기 전에 협박범에게 돈을 주는 경향이 있거든요. 다른 가설이 하나 있어요. 그 아가씨는 뭔가 알고 있었을 수도 있지요."

"어떤 종류의?"

"여기 위치우드에 있는 누군가에게 위험한 정보를 가지고 있었을 수도 있어요. 우린 엄밀히 말해서 가상의 경우를 상상하고 있는 겁니다. 그 아가씨는 이 마을의 여러 집에서 일했어요. 그녀가 말하자면 애벗 씨 같은 사람에게 직업적으로 손해를 끼칠 수 있는 뭔가를 알고 있다고 가정해 보죠."

"애벗 씨요?"

루크는 재빨리 말했다.

"아니면 토머스 박사의 과실이나 전문가답지 않은 행동일 수도 있구요."

"하지만 분명……."

그녀는 말을 멈추었다.

루크가 계속 말했다.

"에이미 깁스는 호튼 부인이 사망하던 당시 호튼 소령 댁의 하녀였다고 그러셨죠?"

잠깐 침묵이 흐르다가 웨인플리트 부인이 말했다.

"피츠윌리엄 씨, 왜 이 문제에 호튼 부부를 언급했는지 이유를 말씀해 주시겠어요? 호튼 부인은 일 년 전에 죽었어요."

"그렇습니다. 그리고 그 당시 에이미란 아가씨가 바로 그 집에 있었지요."

"나도 알아요. 그것과 호튼 씨 가족이 무슨 관련이 있죠?"

"저도 모릅니다. 전 그냥 궁금해하는 거죠. 호튼 부인은 급성 위염으로 사망하셨죠?"

"그렇습니다."

"부인의 사망은 예상치 못한 일이었나요?"

그녀는 천천히 말했다.

"제겐 그랬어요. 조금씩 나아지다가 회복하는 것처럼 보이더니 갑자기 악화되어서 죽었어요."

"토머스 박사는 놀랐나요?"

"저도 모르죠. 그랬을 거라고 믿어요."

"간호사들은 뭐라고 하던가요?"

"제 경험으로 병원 간호사들은 어떤 경우든 병세가 악화되는 것은 결코 놀라지 않아요. 회복될 때 오히려 놀라죠."

"하지만 호튼 부인의 사망에 놀라셨죠?"

루크는 끈기 있게 물었다.

"예, 죽기 바로 전날 같이 있었는데 그때는 훨씬 좋아 보이고 이야기도 나누고 기분도 썩 괜찮아 보였죠."

"그녀는 자신의 병에 대해 어떻게 생각하고 있었죠?"

"간호사들이 자신이 먹는 음식에 독을 넣었다고 불평했어요. 간호사 하나는 내보냈지만 다른 두 명도 형편없기는 마찬가지라고 하더군요!"

"그 말에 별로 신경을 쓰지 않으셨겠죠?"

"안 썼죠. 그냥 몸이 아파서 그러려니 했어요. 게다가 의심이 많은 사람이기도 했고. 이렇게 말하면 몰인정한 소리겠지만 자신이 대단한 사람이라고 생각하는 사람이었죠. 그녀의 병명을 제대로 안 의사가 하나도 없었어요, 그리고 단순한 병도 아니었죠. 아마 아주 애매모호한 질병이거나 아니면 누군가 그녀를 없애려고 한 것 같았어요."

루크는 대수롭지 않게 말하려고 애를 썼다.

"혹시 그 부인은 남편이 자신을 없애려고 한다는 의심은 품지 않았나요?"

"어머, 아니에요. 전혀 그런 생각은 하지 않았어요!"
웨인플리트 부인은 잠시 아무 말도 하지 않다가 조용히 물었다.
"선생님은 그렇게 생각하시나요?"
루크는 천천히 말했다.
"과거에도 자기 아내를 살해하고 무사히 빠져나간 남편들이 있습니다. 다른 사람들에게 듣기로 호튼 부인은 남자라면 죽이고 싶어 했을 그런 여자더군요. 그리고 부인이 죽자 소령이 유산을 많이 받았다고 알고 있습니다."
"예, 그랬죠."
"어떻게 생각하세요?"
"제 의견을 듣고 싶으신 건가요?"
"예, 그냥 의견을 듣고 싶습니다."
웨인플리트 부인은 조용하고 신중하게 말했다.
"제 의견으로는 호튼 소령은 부인에게 헌신적이었고 그런 일은 꿈도 꾸지 않았을 겁니다."
루크가 그녀를 바라보자 온화한 호박색 눈동자가 그에 응했다. 그 눈빛은 흔들리지 않았다.
"그렇다면 그 말씀이 옳으신 걸로 알겠습니다. 그렇지 않았다면 웨인플리트 부인이 아셨겠죠."
그녀는 살짝 미소를 지었다.
"우리 여자들은 예리한 관찰자랍니다. 그렇게 생각하시죠?"
"최고죠. 핀커튼 부인도 같은 의견일 거라고 생각하십니까?"

"라비니아가 어떤 의견을 표현한 것을 한 번도 들은 적이 없어요."
"그녀는 에이미 깁스를 어떻게 생각했나요?"
웨인플리트 부인은 생각을 하는 것처럼 표정을 약간 찡그렸다.
"말하기 어렵군요. 라비니아는 아주 이상한 생각을 하고 있었어요."
"어떤 생각이요?"
"위치우드에 뭔가 이상한 일이 일어나고 있다고 생각했죠."
"예를 들면 누군가 토미 피어스를 창문에서 밀었다는 그런 생각이요?"
웨인플리트 부인은 경악해서 루크를 바라보았다.
"그걸 어떻게 아세요, 피츠윌리엄 씨?"
"라비니아 부인이 제게 말했어요. 정확히 그렇게 말하지는 않았지만 대강 그런 이야기였죠."
웨인플리트 부인은 흥분하여 뺨을 분홍빛으로 물들이면서 몸을 앞으로 내밀었다.
"그때가 언제였죠, 피츠윌리엄 씨?"
루크는 조용히 말했다.
"돌아가시던 날이었습니다. 우린 같이 런던으로 가던 길이었죠."
"라비니아가 뭐라고 하던가요?"
"그분은 위치우드에서 너무 많은 사람들이 죽었다고 했습니다. 에이미 깁스와 토미 피어스와 카터란 남자를 언급했죠. 그리고 토머스 박사가 다음 번 희생자란 말도 했습니다."
웨인플리트 부인은 천천히 고개를 끄덕였다.

"누가 그랬는지는 말하던가요?"

"눈빛이 기묘한 남자라고 하더군요."

루크가 우울하게 말했다.

"그녀의 말에 따르면 결코 오해할 수 없는 그런 표정이었다고 합니다. 그 남자가 험블비 박사와 이야기하고 있을 때 그 표정을 보았답니다. 그래서 험블비 박사가 다음 번 희생자라는 걸 알았다고 말하더군요."

"그리고 박사가 그렇게 되었죠."

웨인플리트 부인이 속삭였다.

"오, 이런……."

부인은 몸을 뒤로 젖혔다. 그녀의 눈에 비탄이 서렸다.

"그 남자가 누구죠?"

루크가 물었다.

"제발 웨인플리트 부인, 당신은 알죠? 당신은 분명히 알 겁니다!"

"난 몰라요. 라비니아는 내겐 말하지 않았어요."

"하지만 당신도 짐작할 수 있죠."

루크가 열렬하게 말했다.

"라비니아 부인이 누구를 염두에 두고 있었는지 판단할 수 있으실 테죠?"

마지못해 웨인플리트 부인이 동의를 표했다.

"그렇다면 제게 말해 주세요."

하지만 웨인플리트 부인은 머리를 거세게 흔들었다.

"절대 그럴 수 없어요. 선생님은 지금 제게 아주 부적절한 일을 하라고 요구하고 계시는 겁니다! 선생님은 지금은 고인이 된 친구의 마음속에 있던 사람이 그럴지도 모른다는 가능성만 가지고 그 사람이 누구인지 추측하라고 요구하시는 거잖아요. 난 그런 고발은 할 수 없어요!"

"고발이 아니라 그냥 의견을 묻는 겁니다."

하지만 웨인플리트 부인은 예상치 못하게 단호했다.

"내겐 더 이상 할 말이 없어요. 아무것도. 라비니아는 실제로 제게 어떤 것도 말하지 않았어요. 난 라비니아가 어떤 생각을 했다고 생각하지만 선생님도 아시다시피 내가 완전히 틀릴 수도 있어요. 그러다 제가 선생님을 오해하게 만들어서 심각한 결과가 따를 수도 있어요. 제가 이름을 하나 언급한다는 건 아주 사악하고 부당한 일이 될 겁니다. 그리고 내 생각이 틀릴 수 있어요! 아마 틀렸을 겁니다!"

그러고는 웨인플리트 부인은 굳게 입을 다물고 음울하고 단호하게 루크를 노려보았다.

루크는 패배를 받아들이는 법도 알고 있었다. 그는 웨인플리트 부인이 엄정하다는 것과 정확히 짚어 낼 수 없는 뭔가 애매모호한 것이 그를 가로막고 있다는 것을 알았다.

그는 기꺼이 패배를 인정하고 일어서서 작별 인사를 했다. 그는 나중에 다시 이 문제를 이야기할 작정이었지만 그런 기색은 전혀 비치지 않았다.

"물론 옳다고 생각하시는 대로 행동하셔야죠."

그가 말했다.

"도와주셔서 감사합니다."

웨인플리트 부인은 루크를 배웅하러 따라 나오면서 조금 확신을 잃은 것처럼 보였다.

"선생님이 그렇게 생각하지 않기를 바라지만……."

그녀는 그렇게 말문을 열었다가 다시 말을 바꾸었다.

"제가 도와드릴 수 있는 일이 뭐든 있다면, 제발 말씀해 주세요."

"그렇게 하겠습니다. 우리가 나누었던 대화를 다른 사람에게 하시지는 않겠죠?"

"물론 안 하겠습니다. 누구에게도 하지 않을게요."

루크는 이 말이 사실이기를 빌었다.

"브리짓에게 안부 전해 줘요."

웨인플리트 부인이 말했다.

"브리짓은 아주 아름다운 아가씨예요. 그렇지 않나요? 똑똑하기도 하고. 브리짓이 행복했으면 좋겠어요."

루크가 의아한 표정을 짓자 그녀가 덧붙였다.

"위필드 경과의 결혼 말이에요. 나이 차가 크잖아요."

"예, 그렇죠."

웨인플리트 부인은 한숨을 쉬었다.

"제가 한때 위필드 경과 약혼을 한 사이였죠."

갑자기 그녀가 예상치 못한 말을 했다.

루크는 경악해서 그녀를 바라보았다. 그녀는 조금 서글픈 미소를 띠면서 고개를 끄덕였다.

"아주 오래전이죠. 위필드 경은 장래가 촉망되는 젊은이였어요. 난 그가 독학할 수 있도록 도왔죠. 그리고 그의 기백과 성공하고자 하는 결의를 자랑스러워했죠."

그녀는 다시 한숨을 쉬었다.

"물론 우리 가족들은 괘씸하게 생각했어요. 그 당시에는 계급 간의 차이가 컸죠."

그녀는 1~2분 있다가 다시 말했다.

"난 항상 그를 관심을 가지고 지켜봤어요. 우리 식구들이 사람을 잘못 본 거죠."

그러다 미소를 지으면서 그녀는 작별 인사를 하고 집으로 돌아갔다.

루크는 생각을 가다듬으려고 애를 썼다. 그는 웨인플리트 부인을 '늙었다'고 생각하고 있었다. 이제야 그는 그녀가 아직 60이 안 되었을 거란 걸 깨달았다. 위필드 경도 50은 넘었을 것이다. 그녀는 기껏해야 위필드 경보다 한두 살 위일 것이다.

그리고 그는 브리짓과 결혼을 할 것이다. 브리짓은 스물여덟 살이다. 젊고 생기발랄한 브리짓…….

'제기랄. 더 이상 이런 생각은 하지 말자. 그냥 일이나 하자.'

심사숙고 중인 루크

에이미 깁스의 이모 처치 부인은 확실히 불쾌한 여자였다. 코는 매부리코에 눈동자는 쉴 새 없이 움직이고 입심 좋은 모습이 전체적으로 루크가 혐오하는 인상이었다.

그는 그녀에게 퉁명스럽게 대했는데 의외로 그런 방법이 효과가 있다는 것을 깨달았다.

"당신이 할 일은 내 질문에 최선을 다해 대답하는 겁니다. 만약 숨기는 게 있거나 사실이 아닌 말을 하면 안 좋은 일이 생길 거예요."

"예, 선생님. 알겠습니다. 뭐든 기꺼이 다 말씀드리겠습니다. 전 한 번도 경찰과 관련된 적이 없었는데……."

루크가 말을 잘랐다.

"앞으로도 그러고 싶지 않겠죠 .내가 하라는 대로 하면 그런 일은 없을 거예요. 난 당신의 죽은 조카딸에 대해 모두 알아야겠어요. 누구를 사귀었는지, 돈은 얼마나 가지고 있었는지, 이상한 말을 하지 않았는지 몽땅 다 말이죠. 우선 친구들부터 시작하죠. 어떤 친구들을 사귀었나요?"

처치 부인은 그 불쾌한 눈의 가장자리로 교활하게 그를 곁눈질해서 보았다.

"신사분을 물으시는 건가요, 선생님?"

"여자 친구는 없었나요?"

"굳이 말할 만한 여자 친구는 없다고 봐야죠. 물론 일하면서 만난 여자들은 있지만 자주 만나지는 않았어요. 있죠······."

"조카따님이 더 박력 있는 남자를 선호했군요. 계속해 봐요."

"그 아이가 실제로 사귀고 있었던 남자는 정비소에서 일하는 짐 하비였죠. 아주 착하고 성실한 젊은이였죠. 더 좋은 남자는 없다고 내가 그렇게 귀에 못이 박히게 말했는데······."

루크가 끼어들었다.

"다른 사람들은요?"

루크는 다시 그녀의 교활한 표정을 보았다.

"선생님은 골동품 가게를 운영하는 그 신사분을 생각하고 계신 거죠? 저도 그 남자가 마음에 안 드니까 솔직하게 말씀드리죠! 난 항상 몸가짐을 바르게 했고 그런 일을 하는 사람들을 싫어해요. 하지만 요새 계집애들은 당최 말을 들어먹어야죠. 하고 싶은 대로 하는 아이들이라. 그러고는 종종 후회를 한다니까요."

"에이미도 후회할 짓을 한 건가요?"

루크는 퉁명스럽게 물었다.

"아니요. 그렇지 않아요."

"에이미는 죽던 날 토머스 박사에게 진찰을 받으러 갔죠. 그런 이유였나요?"

"아니에요, 선생님. 그런 이유가 아니라고 확신해요. 맹세라도 하겠어요! 에이미는 몸이 안 좋았지만 그건 그냥 지독한 몸살 감기였어요. 제가 틀릴 수도 있겠지만 선생님이 암시하는 그런 일이 아니었어요."

"그 말은 그대로 믿어 주죠. 에이미와 엘스워시 사이는 어느 정도 진전된 거였죠?"

처치 부인은 곁눈질을 했다.

"정확히 뭐라고 말할 수는 없습니다, 선생님. 에이미는 제게 비밀을 털어놓는 아이가 아니었어요."

"하지만 꽤 심각한 사이였죠?"

처치 부인은 순순히 말했다.

"그 신사분은 여기서 평판이 안 좋아요, 선생님. 온갖 짓을 다 하고, 그리고 시내에서 친구들이 몰려와 이상한 일을 벌이죠. 한밤중에 마녀의 초원에 가서……."

"에이미도 갔나요?"

"제가 알기로 한 번 갔어요. 밤새 밖에서 놀다가 주인이 그걸 알고……. 그때 마노르에서 일하고 있었죠. 호되게 야단쳤는데 에이미가 말대꾸를 해서 위필드 경이 해고하셨죠. 그거야 뭐 당연한 수순

이었죠."

"그때 갔던 곳에서 무슨 일이 있었는지 에이미가 당신에게 말을 한 적이 있나요?"

처치 부인은 고개를 흔들었다.

"별로요. 자기 일에만 신경 쓰는 아이라서."

"에이미는 한동안 호튼 소령 댁에서 일하지 않았나요?"

"한 일 년 있었죠."

"왜 그만뒀죠?"

"더 나은 자리를 찾아서죠. 마노르에서 일자리가 나왔는데 거기 급료가 더 높았어요."

루크는 고개를 끄덕였다.

"호튼 부인이 사망할 당시 호튼 댁에서 일하고 있었나요?"

"예, 선생님. 그 일로 자주 투덜거렸죠. 집에 간호사가 두 명이나 있어서 덕분에 일이 곱절로 늘어났고 접시도 치워야 하고 일이 끝이 없었죠."

"에이미는 애벗 씨 댁에서는 일하지 않았나요?"

"네, 그런 적 없어요. 애벗 씨에게는 남자 하인도 있었고 부인이 집안일을 했죠. 에이미가 한 번 애벗 씨 사무실에 찾아갔지만 그 이유는 저도 몰라요."

루크는 그 사소한 사실을 사전에 관련이 있을 법한 점으로 기억해 두었다. 하지만 처치 부인이 그 일에 대해 분명히 더 아는 게 없어 보여서 더 이상 묻지 않았다.

"시내에 에이미의 또 다른 신사 친구는 없었나요?"

"제가 말할 만한 사람은 없어요."

"이봐요, 처치 부인. 난 진실을 원한다고요."

"신사는 아니었죠, 선생님. 신사와는 거리가 멀었죠. 품위를 떨어뜨리는 짓이라고 제가 에이미에게 말했죠."

"좀 더 분명하게 말해 봐요!"

"세븐 스타즈라고 들어 보셨죠? 품위 있는 가게도 아니고 주인인 해리 카터도 천박하고 항상 술에 취해 있는 사람이죠."

"에이미가 그 사람 친구였나요?"

"한두 번 그 남자와 산책을 나갔죠. 그 이상은 없었다고 알고 있어요. 난 정말로 모릅니다, 선생님."

루크는 생각에 잠겨 고개를 끄덕이고 화제를 바꾸었다.

"토미 피어스라는 남자 아이를 아나요?"

"예? 피어스 부인의 아들요? 물론 알죠. 항상 못된 짓을 하는 놈이었죠."

"토미가 에이미를 자주 만났나요?"

"아니요, 선생님. 토미가 에이미에게 장난을 치려고 하면 야단치면서 쫓아 버렸죠."

"웨인플리트 부인 댁에서 일할 때는 에이미가 일을 마음에 들어 하던가요?"

"조금 지겨워하더군요. 그리고 급료도 낮았어요. 하지만 애쉬 마노르에서 그런 식으로 쫓겨난 후에는 좋은 일자리를 찾기가 쉽지 않았죠."

"다른 곳으로 떠날 수도 있었을 텐데요, 내 생각엔?"

"런던으로요? 그걸 물으시는 건가요?"

"아니면 다른 지방으로 갈 수도 있고요."

처치 부인은 고개를 흔들었다.

"에이미는 상황이 상황이니만큼 위치우드를 떠나고 싶어 하지 않았어요."

"상황이 상황이라니, 그게 무슨 말이죠?"

"짐도 있고, 골동품 가게 주인인 그 신사도 있잖아요."

루크는 생각에 잠겨 고개를 끄덕였다. 처치 부인이 계속 말했다.

"웨인플리트 부인은 점잖은 숙녀분이시지만 놋그릇과 은그릇에 대해서는 아주 까다롭게 구시면서 모든 것을 깔끔하게 털고 닦아 놓으라고 하시는 분이죠. 에이미가 다른 식으로 재미를 보고 있지 않았다면 그런 호들갑을 참고 견디려고 하지 않았을걸요."

"그건 나도 짐작할 수 있겠네요."

루크가 냉정하게 말했다. 그는 마음속으로 상황을 정리해 보았다. 더 이상 물어볼 질문이 떠오르지 않았다. 그는 처치 부인이 알고 있는 모든 것을 알아냈다는 확신이 들었다. 마지막으로 시험 삼아 공격을 하나 해 보기로 했다.

"이렇게 내가 질문을 해 대는 이유를 짐작할 수 있을 텐데, 에이미의 사망을 둘러싼 정황이 좀 수상쩍단 말이죠. 사고라고 보기엔 석연치 않은 구석이 있어. 사고가 아니라면 그게 뭐였을지 당신도 알겠지요."

처치 부인은 엽기적인 흥미를 보이면서 말했다.

"살인!"

"그렇죠. 당신 조카딸이 살해를 당했다고 가정하면 당신이 생각하기엔 누가 그런 짓을 저질렀을 것 같나요?"

처치 부인은 앞치마에 손을 문지르더니 의미심장하게 물었다.

"경찰이 올바른 방향으로 조사를 할 수 있도록 도우면 보상을 받을 수 있겠죠?"

"그럴 수도 있겠죠."

처치 부인은 얇은 입술을 혀로 탐욕스럽게 핥으면서 말했다.

"전 뭐든 단정적으로 말하고 싶지는 않아요. 하지만 골동품 가게 그 신사가 수상해요. 선생님도 카스토르 사건을 기억하실 겁니다. 사람들이 해변에 있는 카스토르의 방갈로에서 조각난 그 불쌍한 아가씨의 시체를 어떻게 찾았는지. 그리고 같은 식으로 살해된 대여섯 명의 불쌍한 아가씨들을 어떻게 찾았는지 선생님도 아시잖아요. 아마 이 엘스워시란 남자도 그런 남자가 아닐까요?"

"그게 당신이 암시하는 바입니까?"

"그게 그런 식일 수밖에 없잖아요, 선생님. 그렇지 않나요?"

루크는 그럴 수밖에 없다는 점을 인정했다.

"더비 경마가 있던 날 오후에 엘스워시가 여기 없었나요? 이건 아주 중요한 문제입니다."

처치 부인이 물끄러미 그를 바라보았다.

"더비 경마 날요?"

"그래요. 지난 수요일로부터 2주 전."

그녀는 고개를 흔들었다.

"정말 그건 몰라요. 대개는 수요일에 가게를 비우고 시내에 가긴 하는데. 수요일엔 일찍 닫거든요."

"일찍 닫는다고요."

루크는 중요한 시간을 투자했으니 금전적인 보상을 받아야겠다고 완곡하게 암시하는 그녀의 말을 무시하고 처치 부인과 헤어졌다.

그는 처치 부인이 아주 불쾌했다. 그래도 그녀와 나눈 대화 덕분에 중요한 것은 아니지만 몇 가지 소소한 사실을 발견했다.

그는 마음속으로 조심스럽게 상황을 정리했다.

그렇다. 아직도 혐의자는 네 사람으로 남아 있다. 토머스, 애벗, 호튼, 엘스워시. 웨인플리트 부인의 태도가 그걸 증명하는 것처럼 보였다.

그녀의 고뇌와 이름을 밝히기 꺼려하는 태도! 그것은 분명히 문제의 인물이 위치우드에서 상당히 높은 신분의 사람으로 범죄자라고 암시만 해도 타격을 받을 수 있다는 뜻이다. 이는 또한 경찰서 본부에 가서 의심을 털어놓으려 한 핀커튼 부인의 심리와 일치한다. 동네 경찰은 그녀의 말을 비웃었을 것이다.

이것은 푸줏간 주인이나 제빵업자나 촛대를 만드는 사람이 벌인 사건이 아니다. 단순한 자동차 정비공의 사건도 아니다. 문제의 인물은 살인 혐의를 받는 것 자체가 어이없고 중대한 문제를 일으킬 수 있는 사람인 것이다.

네 명의 그럴듯한 후보들이 있다. 그는 각 혐의자에 대해 조심스럽게 한 번 더 조사해 보고 판단을 내려야 한다.

먼저 웨인플리트 부인의 꺼림칙한 마음을 조사해 보아야 한다. 그녀는 양심적이고 용의주도한 사람이다. 그녀는 핀커튼 부인이 의심한 사람이 누구인지 알고 있지만 자신이 지적한 것처럼 이것은 그냥 그녀가 믿고 있는 것일 뿐이다. 그녀가 실수할 가능성도 있는 것이다.

웨인플리트 부인이 마음에 둔 사람은 누구일까?

웨인플리트 부인은 자신이 비난함으로써 무고한 사람이 다칠까 봐 고민했다. 따라서 그녀가 의심하는 대상은 분명 높은 신분에 마을 사람들이 좋아하고 존경하는 사람일 것이다.

따라서 루크는 자동적으로 엘스워시를 제외시켜야 한다고 생각했다. 엘스워시는 마을 사람들에게 사실적으로 이방인일 뿐 아니라 평판도 나빴다. 루크는 웨인플리트 부인이 생각하는 사람이 엘스워시였다면 그를 범인으로 지적하는 데 반대하지 않았을 것이라고 믿었다. 따라서 웨인플리트 부인을 고려해 보는 한 엘스워시는 범인이 아니었다.

이제 다른 사람들을 생각해 보자. 루크는 호튼 소령도 제외시켜도 된다고 믿었다. 웨인플리트 부인은 호튼이 아내를 독살했을 것이라는 제안을 부드럽게 부인했다. 만약 그녀가 호튼 소령이 다른 범죄를 저질렀다고 의심했다면 호튼 부인의 사망에 대해 소령이 무고하다는 것을 그렇게 확신하지 못했을 것이다.

그렇다면 토머스 박사와 애벗 씨가 남는다. 둘 다 필요조건을 충족시켰다. 둘 다 한 번도 직업적으로 물의를 일으킨 적이 없는 전문가들이다. 그들은 대체적으로 사람들에게 인기가 많고 고결하고 엄정한 사람으로 알려져 있다.

루크는 계속해서 다른 식으로 그 문제를 생각해 보았다.

그가 자발적으로 엘스워시와 호튼을 제외시킬 수 있을까? 그는 고개를 흔들었다. 그것은 그렇게 간단하지 않다. 핀커튼 부인은 알고 있었다. 정말로 그 살인자가 누구인지. 우선 그녀의 죽음이 그렇고 그 다음으로 험블비 박사의 죽음으로 그 점이 입증되었다. 하지만 핀커튼 부인은 실제로 오노리아 웨인플리트 부인에게 그 이름을 말한 적이 없다. 따라서 웨인플리트 부인이 자신은 안다고 생각하지만 틀릴 수도 있는 것이다. 우리는 종종 다른 사람들이 무슨 생각을 하는지 안다고 생각하지만 사실 전혀 모르고 그로 인해 지독한 실수를 저지르는 것을 가끔 알게 되지 않는가!

따라서 네 명의 후보는 아직도 가능성이 있다. 핀커튼 부인은 죽었고 어떤 도움도 줄 수 없다. 위치우드에 도착한 이래 해 왔던 일을 계속하면서 증거를 판단하고 가능성을 고려하는 것은 루크에게 달려 있다.

그는 엘스워시부터 시작했다. 표면상으로는 엘스워시가 가장 그럴듯한 인물로 보였다. 그는 비정상이고 변태적인 성향을 가지고 있을 가능성도 있었다. 그가 '색정에 불타는 살인자'일 가능성도 꽤 높았다.

"이런 식으로 생각해 보자."

그는 혼잣말을 했다.

'모든 사람을 순서대로 의심해 보는 거야. 예를 들면 엘스워시가 살인자라고 해 보는 거야! 잠시 내가 그 사실을 확실히 안다고 가정해 보자. 이제 그럴싸한 피해자들을 연대순으로 짚어 보는 거야. 우선 호튼 부인부터. 엘스워시가 호튼 부인을 제거할 동기가 뭔지 생각하기 힘들군. 하지만 살해 수단은 있었어. 호튼은 부인이 엘스워시에게 사 먹은 돌팔이 약에 대해 말했어. 비소 같은 독극물을 그런 식으로 먹일 수 있어. 문제는…… 왜?

이제 다른 사람을. 왜 엘스워시는 에이미 깁스를 죽였을까? 분명한 이유는 그녀가 성가셨다는 거야. 약속을 깼다고 행동을 취하겠다고 협박했을까? 아니면 한밤중에 하는 광란의 주연을 도왔던 것일까? 그녀가 그걸 밝히겠다고 협박했을까? 위필드 경은 위치우드에서 영향력이 큰 사람이고 브리짓의 말에 따르면 아주 정상적인 사람이라고 했어. 만약 엘스워시가 특별히 음란한 짓을 했다면 위필드 경이 그 일을 가지고 엘스워시를 문제 삼았을지도 몰라. 그래서 에이미는 빠지고. 내 생각에 가학적인 살인자는 아냐. 살해에 사용된 방법이 그래.

다음은 누구지……. 카터? 왜 카터일까? 카터가 한밤중의 광란의 주연을 알았을 리도 없는데. 아니면 에이미가 그에게 말했을까? 그

예쁘다는 딸이 그 일에 관련된 것일까? 엘스워시가 그 딸과 정사를 나눈 것일까? 루시 카터를 만나 봐야겠어. 그냥 카터가 엘스워시를 모욕해서 고양이처럼 교활한 엘스워시가 분노했을지도 몰라. 살인을 이미 한두 번 저질렀다면 아주 사소한 이유로 살해를 계획할 정도로 냉정해졌을 거야.

이제 토미 피어스. 왜 엘스워시는 토미 피어스를 죽였을까? 그거야 쉽지. 토미는 일종의 한밤중에 벌어진 의식의 조수였어. 토미는 그 일을 털어놓겠다고 협박한 거야. 아마 토미는 그 말을 하고 다녔을 거야. 그래서 토미의 입을 다물게 한 거지.

험블비 박사. 왜 엘스워시는 험블비 박사를 죽였을까? 그거야 이 중에서 가장 쉽지! 험블비 박사는 의사였으니까 엘스워시의 정신 상태가 정상이 아니란 걸 눈치 챘을 거야. 아마 뭔가 조처를 취하려고 했을 거야. 그래서 험블비 박사는 사형선고를 받은 거야.

그런데 방법에 문제가 있어. 어떻게 엘스워시는 험블비 박사가 패혈증으로 죽도록 할 수 있었을까? 아니면 험블비 박사는 다른 원인으로 죽은 걸까? 손가락에 염증이 생긴 건 우연의 일치였을까?

마지막으로 핀커튼 부인. 수요일에는 가게를 일찍 닫는다고 했지. 엘스워시는 그날 시내에 갔을 수도 있어. 그에게 차가 있는지 궁금한걸? 차를 타는 건 한 번도 못 봤지만 그걸론 아무것도 입증할 수 없어. 핀커튼 부인이 자기를 의심한다는 걸 알았고 런던 경시청에서 그녀의 이야기를 믿을 위험을 무릅쓰지 않으려고 했던 거야. 그때 이미 런던 경시청에서 엘스워시에 대해 뭔가 알고 있는 게 있지

앉았을까?

이게 엘스워시를 범인으로 상상한 사건이야! 이제 그에게 남아 있는 게 뭘까? 흠, 우선 그는 확실히 웨인플리트 부인이 생각한 그 남자가 아냐. 그리고 또 다른 면에서 그는 내가 받은 희미한 인상과도 일치하지 않아. 웨인플리트 부인이 이야기하고 있을 때 내가 마음속에 그린 한 남자가 있었는데 그 남자는 전혀 엘스워시 같지 않았어. 그녀가 내게 준 인상은 외견상 아주 정상적이었어. 즉 아무도 의심하지 않을 그런 사람이라는 거지. 엘스워시는 사람들이 의심할 만한 그런 사람이잖아. 아냐, 난 엘스워시보다는 토머스 박사 같은 부류의 사람일 거라는 인상을 더 많이 받았어.

이제 토머스로 가 보자. 토머스 박사는 어떨까? 난 그와 이야기를 나눈 후에 용의자 선상에서 완전히 지워 버렸지. 선량하고 겸손한 사람이야. 하지만 내가 틀린 게 아니라면 이 살인극의 핵심은 살인범이 선량하고 겸손한 자일 거라는 거지. 결코 살인자라고 생각하지 않을 사람이 살인자라는 거야! 사람들이 토머스 박사에 대해 바로 그렇게 느끼고 있고.

그렇다면 이제 토머스 박사에 대해 같은 식으로 한번 생각해 보자. 왜 토머스 박사가 에이미 깁스를 살해했을까? 정말 토머스 박사가 살해를 했을 것 같지는 않아. 하지만 에이미는 그날 박사를 보러 갔고 그는 그녀에게 감기 약병을 줬어. 그 약이 정말로 수산이었다고 가정해 보자. 그렇다면 아주 간단하고 교활한 방법이었을 거야! 그녀가 독살된 채 발견되었을 때 누가 불려 왔을지 궁금하군. 험블비일까, 아니면 토머스 박사일까? 만약 그게 토머스 박사였다면 주머니에 모자 염색약이 든 낡은 병을 하나 가져와서 테이블에 조심스럽게 올려놓고 두 병 모두 뻔뻔스럽게 검사하려고 가져갔을 거야. 아마 그런 식이었을 거야. 영리한 사람이라면 충분히 할 수 있어!

토미 피어스는? 여기서도 그럴듯한 동기를 찾지 못하겠어. 그게 바로 토머스 박사에 대한 어려운 점이야. 동기가 없단 말이지. 심지어는 터무니없는 동기조차 없어! 카터도 마찬가지야. 왜 토머스 박사가 카터를 없애고 싶어 하겠어? 에이미, 토미 그리고 그 선술집 주인이 모두 토머스 박사에 대해 알아선 위험해지는 뭔가를 알고 있다는 추측밖에 못하겠어. 아하! 그 뭔가가 호튼 부인의 죽음이라고 가정해 보자. 토머스 박사가 그녀를 진료했어. 그리고 그녀는 예상치 못하게 병이 도져서 죽었지. 토머스 박사라면 그 정도는 충분히 쉽게 해치울 수 있었을 거야. 그리고 에이미 깁스가 그 당시 그 집에 있었던 걸 잊지 마. 에이미가 뭔가 보거나 들었을지 몰라. 그렇다면 그녀를 살해한 동기가 설명이 되지. 믿을 만한 정보통에 의하면 토미 피어스는 특히 호기심이 강한 아이였어. 그 아이도 뭔가 알게 되었을지 몰라. 카터는 도저히 설명이 안 되네. 에이미 깁스가 그에게 뭔가 말했을 거야. 카터가 술김에 다른 사람에게 그 말을 옮길 수 있으니까 토머스가 카터도 입을 다물게 하기로 결정한 건지도 몰라. 물론 이건 다 순전히 추측일 뿐이야. 하지만 그거 말고 또 뭘 할 수 있겠어?

이제 험블비 박사. 아하! 마침내 완벽하게 그럴듯한 살해 사건에 도달했어. 동기도 적절하고 살해 방법도 이상적이야! 토머스 박사가 그의 파트너에게 패혈증을 감염시키지 않았다면 누가 그럴 수 있겠어! 상처에 붕대를 갈아 줄 때마다 매번 새롭게 감염을 시켰을 수 있어. 이전 살인들에 대한 동기가 좀 더 설득력이 있었더라면 좋았을 텐데.

핀커튼 부인? 그녀는 좀 더 힘든 경우지만 한 가지 결정적인 사실이 있어. 토머스 박사는 그날 오랫동안 위치우드를 비웠어. 분만을 돕고 있었다고 말했지. 그랬을지도 몰라. 하지만 그가 차를 타고 가서 위치우드에서 먼 곳에 있었다는 사실은 변함없어.

다른 게 또 뭐가 있을까? 그래, 하나 있어. 내가 요전날 병원을 나오던 그때 그가 나를 보던 표정. 우월하고 짐짓 겸손한 체하면서 진실이 아닌 걸 믿게 하려는 남자의 표정이었어.'

루크는 한숨을 쉬면서 고개를 흔들고 나서 다시 추리를 계속했다.
'애벗? 애벗도 적당한 타입의 남자야. 정상적이고 부유하고 존경받고 결코 사람들이 의심하지 않을 여러 가지 자격을 갖추었지. 그 남자도 역시 우쭐대고 자신감이 넘치지. 살인범들이 대개 그런 것처럼! 살인범들은 교만하고 자만심이 강하지. 항상 자기들은 무사히 빠져나갈 수 있다고 생각해. 에이미 깁스가 애벗을 한 번 찾아갔었지. 왜? 그녀는 그에게서 뭘 원했을까? 법률적인 조언을 구하러? 아니면 개인적인 문제였을까? 토미가 본 '숙녀에게서 온 편지'에 대한 언급이 있었지. 그 편지는 에이미 깁스가 보낸 것일까? 아니면 호튼 부인이 쓴 편지일까? 그 편지를 에이미 깁스가 손에 넣은 걸까? 애벗 씨에게 어떤 숙녀가 그렇게 사적인 편지를 썼기에 사무실에서 심부름하는 아이가 무심코 그 편지를 봤을 때 그렇게 펄펄 뛰었을까? 에이미 깁스에 대해 뭘 더 생각해 볼 수 있지? 모자 염색약? 그래, 수법도 잘 맞아. 애벗 같은 남자가 대개 여성에 관한 문제에서는 구식이지. 구세계에서 온 바람둥이 스타일이야! 토미 피어스? 그거야 뻔하지. 그 편지 때문이야. 정말 그 편지는 아주 불리한 편지였을 거야. 카터? 흠, 카터의 딸 때문에 말썽이 있었어. 애벗은 추문이 일어나게 놔두지 않았을 거야. 천박하고 흉악한 반편이 같은 카터가 감히 애벗을 위협하려 들다니! 그는 이미 영악하게 두 번이나 살해를 하고도 무사히 넘어갔잖아! 카터도 무사히 넘어간 거지! 한밤중에 제대로 밀어 버린 거야. 사실 이 살인이 너무 쉽단 말씀이야.

내가 애벗의 정신 상태에 대해서는 짚어 봤나? 그랬지. 그 노부인의 눈에 불쾌한 표정이 떠올랐어. 그녀는 그에 대한 생각을 하고 있었던 거야……. 그러다 험블비와 논쟁을 벌였지. 늙은 험블비 박사가 감히 유능한 변호사이자 영악한 살인범인 애벗에게 대든 거야. 그 늙은 바보가 무슨 일이 일어날지 몰랐던 거지. 그는 그런 일을 당해도 싸! 감히 애벗에게 호통을 치다니.

그런 다음엔 뭐야? 고개를 돌렸다가 라비니아 핀커튼 부인의 눈과 마주쳤겠지. 그리고 그의 눈이 흔들리면서 떳떳치 못한 감정을 드러냈겠지. 결코 의심받지 않았다고 자부했던 그가 확실하게 의심을 불러일으킨 거야. 핀커튼 부인은 그의 비밀을 알고 있어……. 그녀는 그가 저지른 일을 알고 있어……. 그래. 그러나 그녀는 증거를 구할 수 없었지. 하지만 그녀가 증거를 찾는 데 착수했다고 하자……. 그녀가 입을 연다고 가정하면……. 그는 사람들을 꽤 잘 판단하지. 그는 그녀가 결국 어떻게 할 것인지 추측했어. 만약 그녀가 런던 경시청에 가서 이야기를 한다면 거기서 그녀를 믿을지도 모르고 조사를 시작할 수도 있어. 뭔가 필사적인 조치를 취해야 해. 애벗에게 차가 있나? 아니면 런던에서 한 대 빌렸을까? 어쨌든 그는 더비 경마가 있던 날 여기 없었어…….'

다시 루크는 멈추었다. 그는 지금 하는 생각에 너무 몰두해서 한 용의자에서 다른 용의자로 넘어가기가 어려웠다. 그는 호튼 소령을 살인범으로 그려 보기 위해 1~2분 기다려야 했다.

'호튼이 부인을 살해했어. 거기서부터 시작하자! 그는 부인에게 화가 많이 났고 부인이 죽어서 얻는 것도 많았어. 부인을 완벽하게 살해하기 위해 그는 부인에게 헌신적인 척하는 연기를 훌륭하게 해냈어. 계속해서 그런 쇼를 벌여야 했지. 가끔. 그러다 지나치게 과장했다고 할까?

아주 좋아. 살인 하나를 성공적으로 완성했군. 다음은 누구지? 에이미 깁스. 그래. 완벽하게 설득력 있는 사건이야. 에이미는 그 집에 있었어. 그녀가 뭔가 보았을지 몰라. 소령이 부인에게 부드러운 환자용 고기 수프나 오트밀 죽을 먹이는 모습? 그녀는 시간이 좀 흐를 때까지 그녀가 본 것이 뭐였는지 깨닫지 못했을지도 몰라. 모자 염색약 속임수는 소령이 자연스럽게 상상할 수 있는 그런 속임수야.

여성의 의복 장식에 대해서는 거의 아는 바가 없는 남자만이 할 수 있는 거지.

에이미 깁스 사건은 단순하고 완벽하게 설명이 되지.

술 취한 카터? 전과 같은 경우지. 에이미가 카터에게 뭔가 말한 거야. 또 다른 수월한 살인이야.

이제 토미 피어스. 여기선 토미의 호기심 많은 천성을 고려해야 해. 애벗의 사무실에 있는 그 편지가 남편이 자신을 독살하려 한다고 호튼 부인이 호소하는 편지가 아니었을까? 그건 좀 뜻밖의 추측이긴 하지만 그럴 수도 있잖아. 어쨌든 소령은 토미가 말썽꾸러기라는 것을 잘 알고 있고 그래서 토미는 에이미와 카터와 같은 동기로 연결돼. 코커(영국의 수학자―옮긴이)에 의하면 모두 꽤 간단하고 쉬운 경우지. 살인이 쉽다고? 세상에, 정말 그렇군.

하지만 이번은 조금 더 어려운 경우야. 험블비 박사! 동기? 아주 모호하지. 원래는 험블비 박사가 호튼 부인을 진료하고 있었어. 그가 부인의 병에 의문을 품어서 더 젊고 의심하지 않는 의사로 바꾸도록 호튼 소령이 부인의 마음을 조종한 것일까? 하지만 만약 그렇다면 왜 그렇게 오랜 시간이 흐른 후에야 험블비 박사가 그렇게 위험한 존재가 된 걸까? 어려워. 이런……. 박사가 죽은 방법도 마찬가지야. 감염된 손가락. 소령과 어울리지 않아…….

핀커튼 부인? 그건 가능해. 그에게 차가 있어. 내가 보았어. 그리고 추측컨대 그날은 더비 경마에 갔다고 하면서 위치우드에 없었어. 그럴듯해……. 그래. 호튼이 냉혹한 살인마일까? 그가? 내가 안

다면 좋을 텐데…….'

루크는 앞을 물끄러미 응시했다. 그는 생각에 집중하느라 눈살을 찌푸렸다.

'살인범은 이들 중 하나야……. 엘스워시는 아니라는 생각이 들지만 그럴 수도 있어! 엘스워시가 가장 분명한 경우야! 토머스는 험블비가 살해된 방식만 아니라면 별로 가능성이 없어 보여. 패혈증을 보면 확실히 의학에 지식이 있는 살인마야! 애벗일 수도 있어……. 다른 사람들보다 불리한 증거가 많은 건 아니지만 그가 살인하는 모습을 난 상상할 수 있어, 어쩐지……. 그래, 애벗은 여러 정황에 잘 들어맞아. 그리고 호튼일 수도 있어! 수년간 아내에게 시달리면서 자신이 하찮은 존재라고 느끼면……. 그래, 그럴 수 있어! 하지만 웨인플리트 부인은 그렇게 생각하지 않았어. 그녀는 어리석은 사람이 아냐. 그리고 그녀는 이곳 사정과 마을 사람들을 잘 알고 있어…….

그녀는 어느 쪽을 의심하고 있을까 애벗? 아니면 토머스? 이 둘 중 하나인 게 분명한데……. 그녀에게 다짜고짜 물어볼까……. "둘 중 어느 쪽이죠?" 이런 식으로. 그렇다면 대답을 들을 수 있지도 모르지.

하지만 그렇다고 해도 그녀가 틀릴 수도 있잖아. 그녀가 옳다는 걸 증명할 방법이 없어……. 핀커튼 부인이 자신이 옳았다는 것을 입증했던 것처럼은 아냐. 더 많은 증거……. 그게 내가 원하는 거야. 만약 살인 사건이 하나 더 일어난다면, 하나만 더 있다면 내가 알

텐데…….'
그는 깜짝 놀라서 생각을 멈추었다.
"이런."
그는 숨을 몰아쉬면서 중얼거렸다.
"내가 또 다른 살인을 원하고 있잖아……."

운전기사의 불손한 행동

　루크는 세븐 스타즈에서 맥주를 마시면서 조금 무안해졌다. 그가 들어서는 순간 대화가 멈추더니 여섯 명의 시골 사람들이 그의 행동 하나하나를 계속 지켜보았다. 루크는 농작물과 날씨 상태, 축구 경품 교환권 같은 일반적인 관심사에 대해 몇 마디 던져 보았지만 대꾸하는 사람이 없었다.
　그래서 그는 여자에게만 공손하게 대하기로 작정했다. 카운터를 보는 붉은 뺨에 까만 머리카락의 예쁜 아가씨는 그의 짐작대로 루시 카터였다.
　루시는 루크의 수작에 기분 좋게 응수했다. 그녀는 적당히 낄낄거리면서 대꾸하곤 했다. "농담은 그만하세요! 그런 건 생각지도 않으면서! 그만하라니깐요!" 대강 이런 대답이었다. 하지만 그녀의 태도에는 아무런 감정도 실려 있지 않다는 게 분명히 보였다.

루크는 더 이상 있어 보았자 소득이 없다는 것을 알고 맥주를 마시고 일어섰다. 그는 강으로 가는 길로 걸어갔다. 다리 위에 서서 강을 보고 있을 때 뒤에서 떨리는 목소리가 들렸다.

"거기야, 선생. 바로 거기서 늙은 해리가 떨어졌지."

루크가 몸을 돌리자 술집에서 늦게까지 술을 마시고 있던 손님들 중 하나로 루크가 농작물과 날씨와 경품권에 대해 이야기를 늘어놓는 동안 한 마디도 하지 않던 사람이 서 있었다. 그는 이제 이방인에게 무시무시한 곳을 안내해 주는 즐거움을 만끽하려고 하는 게 분명했다.

그 나이 든 막일꾼이 말했다.

"이 밑으로 떨어졌다네. 진창에 머리를 처박았지."

"여기서 떨어졌다니 이상하네요."

루크가 말했다.

"술에 취했지. 취해 있었던 거야."

그 시골뜨기 노인이 온화하게 말했다.

"하지만 전에도 여러 번 취해서 이 길로 왔을 텐데요."

"거의 매일 밤이었지. 해리는 항상 술에 절어 있었어."

"아마 누군가 밀었을 수도 있죠."

루크가 넌지시 노인을 떠보았다.

"그럴 수도 있지. 하지만 누가 그런 짓을 하겠어."

"그에게 적이 있었을 수도 있죠. 그 사람, 술에 취하면 말을 함부로 했다죠?"

"해리는 입이 꽤 걸었지! 점잖게 말하는 편이 아니었어. 하지만 취한 사람을 누가 그렇게 밀어 버리겠어."

루크는 이 말에 굳이 반박하려 들지 않았다. 이 노인은 사람이 취했을 때를 이용해서 득을 보려 한다는 점이 아주 불공정하다는 생각을 하고 있는 것이다. 그런 비열한 생각 자체에 상당히 충격을 받은 목소리였다.

루크가 모호하게 말했다.

"어쨌든 슬픈 일이군요."

노인이 말했다.

"그 마나님에겐 그렇게 슬픈 일도 아니지. 그녀와 루시는 슬퍼할 이유가 없을 거야."

"그 사람이 죽어서 기뻐할 사람들이 또 있겠죠."

노인은 그 점에 대해서는 애매한 태도를 취했다.

"그럴지도 모르지. 하지만 해리는 남에게 해를 끼치려고 한 건 아니야. 본심은 나쁜 사람이 아니야."

고인이 된 카터를 마지막으로 이렇게 평가하고 그들은 헤어졌다.

루크는 마을 회관으로 갔다. 도서관 업무는 앞쪽에 있는 두 방에서 보았다. 루크는 박물관이라는 표지가 붙은 문을 통해서 뒤로 들어갔다. 거기서 그는 별다른 영감을 주지 못하는 전시물들이 담긴 케이스를 하나하나 보면서 이동했다. 로마의 도자기와 동전이 몇 개 있었다. 그리고 남해에서 나온 골동품과 말레이의 머리 장식품이 하나 있었다. 호튼 소령이 기증한 다양한 인도의 신들과 함께 크고 심술궂게 보이는 부처상과 수상쩍게 생긴 이집트 목걸이가 들어 있는 케이스도 하나 있었다.

루크는 다시 회관으로 나왔다. 거기에는 아무도 없었다. 그는 조용히 층계를 올라갔다. 잡지와 신문이 있는 방이 하나 있었고, 또 논픽션 장르의 책들이 가득 찬 방이 하나 있었다.

루크는 한 층 더 올라갔다. 그가 보기엔 쓰레기로 가득 찬 방들이 있었다. 나방이 달려들어 박물관에서 치워 버린 박제한 새들과 찢어진 잡지 무더기들이 있었고, 한 방에 있는 책장은 한물 간 픽션과 동화책으로 가득 차 있었다.

루크는 창문으로 다가갔다. 여기서 토미가 앉아 휘파람을 불면서 열심히 유리창을 닦고 있다가 누군가 다가오는 소리를 들었을 것이다.

누군가 들어왔다. 토미는 그 사람이 보란 듯이 열심히 일하는 척하고 있었을 것이다. 유리창에 반쯤 걸터앉아 열정적으로 광을 내고 있었겠지. 그러다 누군가 그에게 다가와서 이야기를 하다가 갑자기 확 밀어 버렸다.

루크는 몸을 홱 돌렸다. 그는 층계를 걸어 내려와 회관에 1~2분 가량 서 있었다. 아무도 그가 들어오는 것을 눈치 채지 못했다. 그가 2층으로 올라가는 것도 보지 못했다. 루크는 혼잣말을 했다.

"누구라도 할 수 있었어! 세상에서 가장 쉬운 일이야."

그는 도서관 쪽에서 누군가 다가오는 발소리를 들었다. 그는 숨어야 할 이유가 없었기 때문에 그냥 그 자리에 있어도 괜찮았다. 사람들에게 여기 있는 걸 들키고 싶지 않다면 박물관이 있는 방문 안쪽으로 슬쩍 들어가 버리는 건 얼마나 쉬운 일인가!

그때 웨인플리트 부인이 팔 밑에 책을 몇 권 끼고 도서관에서 나왔다. 그녀는 장갑을 끼고 있었는데 아주 행복하고 분주해 보였다. 그녀는 루크를 보자 대번에 얼굴이 환해지면서 소리쳤다.

"어머, 피츠윌리엄 씨. 박물관 구경을 하고 계셨어요? 유감스럽게도 사실 그렇게 볼 만한 건 없는데. 위필드 경이 흥미로운 전시품들을 들여놓으시겠다고 말씀하셨어요."

"그래요?"

"현대적이고 최신 유행에 맞는 걸로요. 런던의 과학 박물관에 있는 그런 전시품을 말씀하시는 거겠죠. 위필드 경은 비행기 모형과 기관차, 약품 같은 걸 이야기하셨어요."

"그런 것들이 들어오면 분위기가 밝아지겠군요."

"예, 박물관이 꼭 과거만 상대하라는 법은 없다고 생각해요. 어떻게 생각하세요?"

"아마 그렇겠죠."

"식품 전시회도 할 수 있고, 칼로리와 비타민 뭐 그런 걸 보여 주는 거죠. 위필드 경은 위대한 과학 프로그램에 아주 열성적이시랍니다."

"요전날 위필드 경이 그렇게 말씀하시더군요."

"요즘엔 그런 게 인기 있지 않나요? 위필드 경이 웰러맨 연구소에 방문해서 본 세균 배양과 박테리아에 대한 이야기를 해 주셨는데 꽤 으스스했어요. 모기와 수면병(열대 아프리카 전염병—옮긴이)과 간흡충에 대한 이야기도 해 주셨는데 제겐 좀 어렵더군요."
루크는 유쾌하게 말했다.
"그건 위필드 경에게도 어려웠을 겁니다. 위필드 경도 이해를 잘 못했을걸요! 위필드 경보다는 부인이 훨씬 더 명석하시죠."
웨인플리트 부인은 침착하게 말했다.
"정말 친절하세요, 피츠윌리엄 씨. 하지만 전 여자들이 남자들처럼 사고가 깊지 못하다고 생각해요."
루크는 위필드 경의 사고에 대해 반론을 펴고 싶은 욕망을 간신히 억눌렀다. 대신 그는 이렇게 말했다.
"박물관을 둘러보고 나서 2층에 올라가 그 창문을 보았습니다."
웨인플리트 부인은 전율했다.
"토미의 그 창문……. 그건 정말 끔찍해요."
"예, 별로 유쾌하지는 않았습니다. 에이미의 이모인 처치 부인과 한 시간 정도 이야기했는데, 좋은 사람이 아니더군요."
"전혀 아니죠."
"그녀에겐 좀 강경하게 대해야 했습니다. 제 생각에 그 여자는 저를 일종의 슈퍼 경찰관으로 생각하고 있는 것 같았습니다."
그는 웨인플리트 부인의 표정이 갑자기 변하는 것을 눈치 채고 말을 멈추었다.
"저런. 피츠윌리엄 씨, 그렇게 하는 게 현명하다고 생각하세요?"
"저도 잘 모릅니다. 어쩔 수 없었다고 생각합니다. 제가 책을 쓴다는 이야기는 점점 설득력이 없어지고……. 그걸로는 더 많은 정보를 얻어 낼 수 없습니다. 저는 직접적으로 정곡을 찌르는 그런 질문을 해야 했죠."

웨인플리트 부인은 고개를 흔들었다. 여전히 근심스러운 표정은 사라지지 않았다.

"이런 곳에서는 소문이 아주 빨리 돈다는 걸 아시죠?"

"제가 거리를 걸어가면 사람들이 '저기 형사가 간다.'라고 말할 거라는 뜻입니까? 지금은 그건 중요하다는 생각이 들지 않습니다. 사실 그렇게 되면 더 많은 정보를 얻을지도 모릅니다."

웨인플리트 부인은 조금 답답하다는 듯이 말했다.

"전 그걸 생각한 게 아니었어요. 제 뜻은 그가 알 거라는 거죠. 선생님이 자신의 뒤를 쫓고 있다는 걸 그가 깨달을 거라고요."

루크가 천천히 말했다.

"그러겠군요."

웨인플리트 부인이 말했다.

"모르시겠어요? 그건 아주 위험해요."

루크는 마침내 그녀가 말하는 바를 이해했다.

"지금 말씀하시는 건……. 살인자가 저를 해치려고 할 거라는 뜻입니까?"

"그래요."

"우습군요. 그건 결코 생각해 본 적이 없는데! 그렇지만 부인의 말씀이 맞는 것 같군요. 그런 일이 일어난다면 그게 최선일지도 모럽니다."

웨인플리트 부인은 진심으로 말했다.

"제 생각엔 그 살인자가 얼마나 영리한 놈인지 선생님이 깨닫지 못하고 있는 것 같아요. 그놈은 게다가 조심스럽기까지 해요! 그리고 기억하세요. 그에겐 경험이 아주 많아요. 아마 우리가 알고 있는 것보다 더 많을 겁니다."

루크는 생각에 잠겨 말했다.

"그렇죠. 그건 아마 사실일 겁니다."

웨인플리트 부인이 소리를 질렀다.

"아, 정말 마음이 안 놓여요! 아주 불안해요!"

루크가 부드럽게 말했다.

"걱정할 필요 없습니다. 단단히 몸조심을 할게요. 용의자 범위를 꽤 많이 좁혔어요. 조만간 살인자가 누구인지 알아낼 수 있습니다……."

그녀는 날카롭게 루크를 올려다보았다.

루크는 한 발짝 가까이 다가갔다. 그러고는 목소리를 낮추어 속삭였다.

"웨인플리트 부인, 제가 토머스 박사나 애벗 씨 두 남자 중 하나를 그럴듯한 살인자로 고르라고 한다면 누구를 고르시겠어요?"

"오."

웨인플리트 부인은 가슴에 손을 얹고 한 발짝 물러섰다. 루크와 마주친 그녀의 눈에 떠오른 표정은 루크를 혼란스럽게 했다. 그 표정은 몹시 초조해하면서 그가 판단하기 힘든 뭔가와 단단히 연결되어 있었다.

"난 아무 말도 할 수 없어요."

그녀는 갑자기 몸을 돌리면서 한숨 소리 같기도 하고 흐느껴 우는 것 같기도 한 이상한 소리를 냈다.

루크는 체념했다.

"집에 가실 건가요?"

"아니요. 이 책들을 험블비 부인에게 갖다드리려고요. 마노르로 가는 길에 있는데 같이 가도 되겠군요."

"그럼 좋죠."

그들은 층계를 내려와 마을 광장을 비켜서 왼쪽으로 돌았다. 루크는 방금 나온 건물의 위풍당당한 자태를 돌아보았다.

"부인의 부친께서 살아 계실 때는 아주 멋진 집이었겠군요."

웨인플리트 부인은 한숨을 쉬었다.

"우린 저 집에서 모두 행복했어요. 집이 철거되지 않아서 아주 감사해요. 오래된 집들이 많이 파괴되고 있죠."

"저도 압니다. 슬픈 일이죠."

"새로 지은 집들은 예전처럼 그렇게 잘 지어지지 않았더군요."

"제 생각엔 오래 버틸 수 있을 것 같지 않습니다."

"하지만 새 집들이 편리하기는 하죠. 노동력도 절약되고 북북 문질러야 할 큰 복도가 있는 것도 아니고."

루크는 동의했다.

그들이 험블비 박사의 집 문 앞에 도착했을 때 웨인플리트 부인은 망설이다가 말했다.

"아주 아름다운 밤이에요. 괜찮으시다면 제가 좀 더 멀리 가고 싶은데. 공기가 상쾌하군요."

조금 놀란 루크는 공손하게 좋다고 말했다. 그 밤은 아름답다고 묘사할 그런 밤은 전혀 아니었다. 바람이 거세게 불면서 나뭇잎들을 격렬하게 흔들었다. 언제 어느 때고 폭풍이 몰려올 것 같은 밤이라고 루크는 생각했다.

그러나 웨인플리트 부인은 한 손에 모자를 쥔 채 그의 옆에서 조금 숨차게 따라왔다. 루크와 이야기를 나누는 게 아주 즐거워 보였다.

그들은 다소 한적한 길로 가고 있었다. 험블비 박사의 집에서 애쉬 마노르까지 가는 가장 빠른 길이 대로가 아니라 마노르 하우스의 뒷문으로 가는 옆길이기 때문이다. 이 옆문은 앞문과 같은 화려한 철문이 아니라 두 개의 거대한 핑크색 파인애플이 들어선 잘생긴 기둥으로 받치고 있었다. 파인애플이 있었던 걸 왜 이제야 보았을까! 하지만 위필드 경에게는 이 파인애플이 다른 사람과 차별되면서 좋은 취향을 나타내는 것일 거라고 그는 이해했다.

그들이 문으로 다가서자 분노에 찬 고함 소리가 들렸다. 잠시 후 그들은 위필드 경이 운전기사 제복을 입은 한 젊은 남자와 대치하고 있는 것을 보았다.

위필드 경은 소리를 지르고 있었다.

"넌 해고야. 들었어? 해고되었다고!"

"이번 한 번만 눈감아 주시면……. 주인님, 제발 이번 한 번만!"
"아니, 절대 눈감아 줄 수 없어! 내 차를 타고 밖으로 나가다니. 내 차를! 거기다 술까지 마셔? 그래, 너도 부인하지 못할 거야! 내 집에서 용납하지 못하는 게 세 가지 있다고 내가 분명히 이야기했지? 술 취한 것과 부도덕한 것과 무례한 것이야."
그 운전기사는 실제로 취하지는 않았지만 혀가 꼬일 정도로 마시기는 했다. 그의 태도가 돌변했다.
"이것도 안 되고 저것도 안 되고, 이 영감탱이야! 네 집? 사람들이 당신 아버지가 여기 이 동네에서 신발 가게를 했던 걸 모를 줄 알아? 당신이 수탉처럼 으스대면서 걸어 다니는 꼴을 보면 웃다가 속이 뒤집힐 정도야! 도대체 자기가 누구라고 생각하는지 알고 싶군! 당신은 나보다 잘난 게 없어. 그게 바로 당신이야."
위필드 경의 얼굴이 보라색으로 변했다.
"감히 나에게 그런 식으로 말하다니? 어떻게 네가 감히!"
그 젊은 남자는 위협하는 듯이 한 발짝 앞으로 다가왔다.
"당신이 이렇게 불쌍하게 배 나온 돼지만 아니었다면 내가 턱에 멋지게 한 방 먹였을 거야. 아무렴, 그랬을 텐데."
위필드 경은 재빨리 한 발자국 뒤로 물러나다가 나무뿌리에 발이 걸려서 털썩 땅바닥에 주저앉았다.
루크가 다가갔다. 그는 운전기사에게 거칠게 말했다.
"여기서 썩 나가."
그제야 기사는 제정신이 들었다. 그는 겁을 집어먹은 것처럼 보였다.

"죄송합니다, 선생님. 도대체 제가 무슨 정신으로 그랬는지 모르겠어요."

"술을 몇 잔 과하게 걸쳤겠지."

루크는 그렇게 말한 뒤 위필드 경이 일어나도록 도왔다.

"죄송합니다, 주인님."

기사가 말을 더듬었다.

"넌 이 일을 후회하게 될 거야, 리버스."

위필드 경이 말했다. 그의 목소리는 한껏 격앙되어 떨리고 있었다. 그 기사는 잠시 망설이다가 휘청휘청 걸어서 사라졌다.

위필드 경은 폭발했다.

"그런 어마어마한 무례를 범하다니! 내게 감히 그런 식으로 말을 해? 저놈에게 아주 심각한 일이 일어날 겁니다! 도대체가 존경이라는 게 없어요. 자기 처지를 망각해도 유분수지. 내가 이런 사람들에게 그동안 해 준 걸 생각하면……. 월급도 넉넉하게 주고 편의를 한껏 봐주고 은퇴하면 연금까지 주는데 저렇게 비열하고 배은망덕하다니……."

그는 너무 흥분해서 목이 메었다가 웨인플리트 부인이 아무 말 없이 옆에 서 있는 것을 그제서야 알아차렸다.

"당신 왔어요, 오노리아? 이런 망신스러운 광경을 보이다니 너무 창피하군요. 저 녀석이 그런 상스러운 말을 했는데……."

웨인플리트 부인은 새침하게 말했다.

"저 기사는 제정신이 아니었어요, 위필드 경. 그는 취했어요. 바로 그거지, 취했어요!"

"조금 취한 거죠."

루크가 말했다.

위필드 경이 두 사람을 번갈아 보면서 말했다.

"그 작자가 무슨 짓을 했는지 알아요? 내 차를 가지고 나갔어요. 내 차를! 내가 금방 돌아오지 않을 거라고 생각한 거죠. 브리짓이 2인승 자동차로 나를 린까지 태워다 주었답니다. 그리고 이 친구는 감히 내가 알기로 루시 카터라는 여자를 데리고 내 차를 타고 나가는 무례한 짓을 한 거라고요!"

웨인플리트 부인이 다정하게 말했다.

"부적절한 행동이었죠."

위필드 경은 조금 위로 받은 표정이었다.

"그래요. 정말 그렇지 않나요?"

"하지만 분명히 그 기사는 후회할 거예요."

"그렇게 하도록 내가 만들 겁니다!"

"당신은 이미 그를 해고했잖아요."

웨인플리트 부인이 지적했다.

위필드 경은 고개를 흔들고는 어깨를 으쓱했다.

"그 친구는 말로가 좋지 않을 겁니다. 오노리아, 우리 집에 가서 셰리주 한잔 합시다."

"고마워요, 위필드 경. 하지만 난 이 책을 험블비 부인에게 가져다줘야 해요. 잘 자요, 피츠윌리엄 씨. 이젠 괜찮을 겁니다."

그녀는 루크에게 미소를 지으며 고개를 끄덕이고 힘차게 걸어갔다. 마치 어린아이를 파티에 데려다 주는 보모 같은 태도여서 루크는 갑자기 어떤 생각이 떠올라 숨이 멎는 듯했다. 웨인플리트 부인은 그를 보호하기 위해서 같이 온 게 아니었을까? 우스꽝스러운 생각이었지만 그러나······.

위필드 경의 목소리가 루크의 생각을 방해했다.

"오노리아 웨인플리트 부인은 아주 유능한 여자죠."

"저도 그렇다고 생각합니다."

위필드 경은 집으로 걷기 시작했다. 그는 거만하게 걸어가면서 배에 손을 얹고 조심스럽게 문질렀다.

갑자기 그는 너털웃음을 터트렸다.

"한때 오노리아와 약혼한 적이 있었어요. 오래전 일이지만요. 오노리아는 지금처럼 바싹 마르지 않고 아름다웠죠. 지금 생각해 보니 우습네. 오노리아의 가족은 이곳의 세력가였는데."

"그래요?"

위필드 경은 생각에 잠겼다.

"늙은 웨인플리트 대령이 모든 것을 좌지우지했죠. 사람들은 그 대령이 하는 말이라면 뭐든 신속하고 철저하게 따라야 했어요. 고집불통인데다 악마처럼 자부심이 넘친 양반이었지요."

그는 다시 껄껄거리고 웃었다.

"오노리아가 나랑 결혼한다고 발표했을 때 그런 난리가 없었죠!

그녀는 스스로를 급진주의자라고 불렀어요. 아주 열성적이었지요. 모든 계급 차별을 없애려는 정열에 차 있었어요. 그녀는 진지한 아가씨였지요."

"그래서 그녀의 가족이 그 연애를 파토 냈나요?"

위필드 경은 코를 문질렀다.

"흠, 꼭 그래서는 아니고요. 사실 우리가 어떤 문제로 좀 다퉜었거든요. 당시 오노리아는 지긋지긋하게 지저귀는 작은 카나리아를 한 마리 키웠는데 난 항상 그놈이 싫었어요. 그놈이 목이 비틀린 일이 있었죠. 흠, 이제 와서 과거를 돌아보았자 무슨 소용이 있겠어요. 잊어버려야죠."

그는 마치 불쾌한 추억을 떨쳐 버리려는 것처럼 어깨를 흔들었다. 그러다 갑자기 말했다.

"그녀가 날 용서했다는 생각이 들지 않아요. 아마 당연한 일이겠지만……."

"제 생각엔 이미 용서하신 것 같은데요."

루크의 말에 위필드 경의 얼굴이 환해졌다.

"그렇게 생각합니까? 그 말을 들으니 기쁘군요. 알겠지만 난 오노리아를 존경해요. 유능한 데다 숙녀죠! 요즘 세상에도 그런 건 아직 중요해요. 그녀는 도서관 사업을 아주 잘 운영하고 있죠."

위필드 경이 고개를 들었다. 그리고 목소리가 변했다.

"안녕. 브리짓이 오네."

파인애플

루크는 브리짓이 다가오자 온몸의 근육이 조여드는 것 같았다.

테니스 시합 이후로 브리짓과 둘이서만 이야기를 나눠 본 적이 없었다. 암묵적인 합의 하에 둘은 서로를 피해 왔다. 그는 슬쩍 그녀를 훔쳐보았다.

그녀는 루크를 약올리려는 것처럼 침착하고 냉정하고 무심해 보였다.

그녀가 경쾌하게 말했다.

"도대체 당신에게 무슨 일이 일어난 건지 막 궁금해하던 참이에요, 고든."

위필드 경은 툴툴거렸다.

"사소한 소동이 있었어! 리버스란 놈이 오늘 오후에 내 롤스로이스를 타고 나가는 무례한 짓을 했어."

"불경죄를 저질렀군요."

"이런 분위기에서는 농담하는 게 아냐, 브리짓. 이건 심각한 일이야. 그 작자는 여자를 태우고 나갔다고."

"혼자서 드라이브 나가면 재미없잖아요!"

위필드 경의 태도가 굳어졌다.

"내 집에서는 점잖고 도덕적인 행동만 해야 해."

"여자를 태우고 몰래 드라이브를 가는 게 꼭 비도덕적인 건 아니에요."

"내 차였단 말이야."

"그건 물론 비도덕적인 행위보다 더 나쁜 짓이죠! 그건 불경죄에 해당된다고 봐요. 하지만 성적인 욕구를 완전히 금지할 수는 없는 법이에요, 고든. 달도 찼고 게다가 오늘 밤은 세례 요한 축일 전날이잖아요."

"그런가요?"

루크가 물었다.

브리짓이 루크를 힐끗 쳐다보았다.

"그런 데 흥미가 있나 보군요?"

"그렇습니다."

브리짓은 위필드 경에게로 고개를 돌렸다.

"기괴한 사람 세 명이 벨스 앤드 모틀리에 도착했어요. 한 사람은 반바지를 입고 안경을 쓰고 자두색 실크 셔츠를 입은 남자였고, 두 번째는 눈썹이 없는 여자로 페플럼(블라우스나 웃옷에 붙은 허리만 두르게 된 짧은 스커트 모양의 천—옮긴이)으로 옷을 차려입고 1파운드나 나가는, 여러 색으로 구색을 맞춘 가짜 이집트 목걸이를 하고 샌들을 신었더군요. 세 번째 남자는 엷은 자주색 양복에 맞춰 신사화를 신은 뚱뚱한 사람이구료. 난 그 사람들이 엘스워시의 친구라고 봐요! 소문으로는 오늘 밤 마녀의 초원에서 방탕한 소행이 있을 거라고 하던걸요."

위필드 경은 얼굴이 자주색으로 변해서 말했다.

"그대로 놔두지 않겠어!"

"어쩔 수 없어요, 달링. 마녀의 초원은 공유지예요."

"그런 불경스러운 의식이 우리 마을에서 일어나는 것을 좌시할 수 없어! 우리 신문에 폭로해야겠어."

그는 말을 멈추었다가 다시 말했다.

"내가 잊지 않고 메모해 놓도록 당신이 챙겨요. 그리고 그 기사는 시디가 담당하도록 해 줘. 내일 시내에 가야겠어."

브리짓이 경박하게 말했다.

"마법에 대항한 위필드 경의 작전. 조용한 시골 마을에 아직도 중세의 미신이 활개 치다."

위필드 경은 혼란스러운 표정으로 얼굴을 찡그리며 그녀를 보다가 몸을 돌려서 집으로 들어갔다.

루크가 상냥하게 말했다.

"맡은 일을 좀 더 잘해야 할 것 같은데요, 브리짓!"

"무슨 뜻이죠?"

"일자리를 잃게 된다면 딱하잖니까! 그 수십만 파운드는 아직 당신 돈이 아닌걸요. 다이아몬드와 진주도 그렇고. 내가 만약 당신이라면 결혼식을 할 때까지 기다린 다음에 그 빈정대는 재주를 부려 보겠습니다만."

그녀의 싸늘한 눈이 루크의 눈과 마주쳤다.

"정말 사려 깊군요, 루크. 그렇게 내 미래를 염려해 주시다니 어찌나 친절하신지!"

"친절과 사려 깊은 점이 항상 내 장점이랍니다."

"그걸 여태 난 몰랐군요."

"그랬어요? 나도 놀랐어요."

브리짓은 덩굴 잎을 홱 잡아당겨 땄다. 그녀가 말했다.

"오늘 뭘 하고 다녔죠?"

"항상 하는 탐정 놀이죠."

"뭐 좀 건졌나요?"

"정치가들이 흔히 하는 대사지만 그렇기도 하고 아니기도 해요. 그런데 집에 연장이 있어요?"

"그렇겠죠. 어떤 연장을 말하는 거죠?"

"음, 그냥 편리하고 조그만 연장. 내가 직접 봐야겠어요."

10분 후 루크는 벽장 선반에 있는 연장들 중에서 몇 가지 골랐다.

"이 정도면 되겠어요."

그가 이렇게 말하면서 주머니에 넣은 연장들을 툭툭 쳤다.

"주거 침입을 할 생각인가요?"

"아마도."

"좀체 속내를 드러내지 않는군요."

"어쨌든 이 상황은 문제가 많아요. 난 지금 아주 곤란한 처지에 처했는데……. 토요일에 있었던 우리의 작은 충돌 이후 이곳을 나가야 할 거라는 생각이 들어요."

"신사라면 그러셔야죠."

"하지만 지금 살인광의 따끈따끈한 범죄 현장을 쫓고 있는 마당이니 어쩔 수 없이 여기에 머물러야 할 것 같군요. 내가 이 집을 나와서 벨스 앤드 모틀리에 묵어야 할 중요한 이유가 있다면 제발 지금 말해 줘요."

브리짓은 고개를 흔들었다.

"그건 별로 현실성이 없어요. 이미 당신을 내 사촌이라고 했고, 뭐 이런저런 이유가 많잖아요. 게다가 여관은 엘스워시의 친구들로 꽉 찼어요. 그 여관에는 방이 세 개밖에 없어요."

"그럼 당신에겐 고통스럽겠지만 난 어쩔 수 없이 이 집에 머물러야겠군요."

브리짓은 그에게 달콤한 미소를 지었다.

"전혀요. 객식구 몇 명 참는 거야 일도 아니죠."

루크가 감사하다는 듯이 말했다.

"그 말은 정말 치사하군요. 당신은 타고나면서부터 친절이란 걸 모르는 사람이라 난 당신을 존경하지. 좋아요, 좋아. 실연당한 연인은 이제 가서 저녁 먹기 전에 옷을 갈아입어야겠어요."

그날 저녁은 별다른 일 없이 지나갔다. 루크는 위필드 경이 저녁에 하는 이야기를 집중해서 들어 위필드 경의 호감을 그 어느 때보다 많이 샀다.

그들이 응접실에 나왔을 때 브리짓이 말했다.

"두 분이 꽤 오래 이야기를 나누시는군요."

루크가 대답했다.

"이야기가 너무 흥미로워서 시간 가는 줄 몰랐지 뭡니까. 위필드 경이 신문을 어떻게 창간했는지 이야기해 주더군요."

앤스트루더 여사가 말했다.

"화분에 심어 놓은 이 작은 과일 나무들은 정말 경탄스럽구나. 테라스에도 이것을 심어 보는 게 좋겠다, 고든."

대화는 그 이후로 일상적인 이야기로 접어들었다.

루크는 일찍 방으로 물러갔다. 하지만 그는 잠자리에 들지 않았다. 그에게는 다른 계획이 있었다.

그가 소리도 없이 테니스화를 신고 층계를 내려와서 도서관을 지나 창문으로 나갔을 때 시계가 막 12시를 치고 있었다.

바람이 거세게 불다가 한동안 잠잠해지기를 반복했다. 하늘에는 구름이 바람에 떠밀려 다니면서 달을 가려 어둠과 밝은 달빛이 교대로 비치고 있었다.

루크는 길을 빙 돌아가 엘스워시의 가게로 갔다. 그는 아무런 방해도 받지 않고 조사할 수 있을 것으로 예상했다. 엘스워시와 그의 친구들이 이 특별한 날 밖에 함께 있을 것이라고 확신했기 때문이다. 세례 요한 축일 전날 밤을 일종의 의식이나 특별한 행위로 기리고 있을 것이라고 루크는 생각했다. 이들이 그런 의식을 벌이고 있는 동안 루크는 엘스워시의 집을 수색할 수 있는 좋은 기회를 잡을 것이다.

그는 계단을 두어 개 올라가 집 뒤로 돌아가서 호주머니에서 가져온 연장을 꺼내 가장 그럴듯한 도구를 골랐다. 그는 몰래 들어가기에 적합한 곳으로 식기실 창문을 골랐다. 몇 분 후 그는 걸쇠를 열고 새시를 들어 올린 다음 창문으로 올라갔다.

주머니에 회중전등도 가지고 있었다. 그는 물건에 부딪히지 않도록 길을 비추기 위해 잠깐씩만 회중전등을 켰다.

25분 정도 지나 루크는 그 집에 자신밖에 없다는 것을 알고 만족했다. 집주인은 일을 보느라 밖에 나가 있었다.

루크는 만족스러운 미소를 지으면서 조사에 착수했다.

그는 구석구석을 샅샅이 뒤졌다. 잠긴 장롱 속에서 두세 장의 별 볼일 없어 보이는 수채화 스케치 밑으로 엘스워시의 예술가적 면모가 엿보이는 그림이 몇 장 나왔다. 그는 눈이 휘둥그레져 휘파람을 불었다. 그리고 엘스워시의 편지에는 별게 없었지만 벽장 뒤에 숨겨진 책에서 몇 가지 주목할 만한 점이 발견되었다.

이것 외에도 루크는 세 가지의 작지만 수상쩍은 정보를 발견했다. 첫 번째는 작은 노트에 연필로 휘갈겨 쓴 것이었다. '토미 피어스 문제 해결.' 날짜는 그 아이가 죽기 이틀 전으로 되어 있었다. 두 번째는 에이미 깁스를 크레용으로 스케치한 것이었는데 한가운데에 빨간색으로 격렬하게 가위표를 쳐 놓았다. 세 번째는 감기 약병이었다. 이들 중 아무것도 결정적인 증거는 없었지만 이들 모두를 합친다면 뭔가 그럴듯한 증거로 간주될 수도 있었다.

마지막으로 정리를 하고 물건을 제자리에 놓고 있던 순간 그는 갑자기 몸이 굳어져 얼른 회중전등을 껐다.

옆문 자물쇠에 열쇠 꽂히는 소리가 들렸다.

그는 들어와 있는 방문으로 가서 조금 열린 틈에 한쪽 눈을 대고 내다보았다. 그는 들어온 사람이 엘스워시라면 곧장 2층으로 올라가기를 빌었다.

옆문이 열리면서 엘스워시가 들어와 복도의 전등을 켰다.

그가 복도를 지나가자 루크는 그의 얼굴을 보고 숨을 멈추었다.

그의 얼굴은 알아볼 수가 없었다. 입에 거품을 물고 춤추는 듯한 걸음걸이로 복도를 의기양양하게 걸어가는 그의 눈은 기괴하게 번뜩였다.

하지만 루크의 숨을 멈추게 한 것은 엘스워시의 손이었다. 붉고 진한 갈색으로 물들어 있었는데 말라붙은 피 같았다…….

그는 층계를 올라가 모습을 감추었다. 잠시 후 복도 불이 꺼졌다.

루크는 조금 더 기다렸다가 조심스럽게 복도를 나와 식기실로 가서 창문으로 빠져나왔다. 그는 집을 올려다보았지만 어둡고 적막할 뿐이었다.

그는 깊이 숨을 들이마셨다.

'세상에, 저 작자는 완전히 돌았어! 도대체 무슨 짓거리를 했는지

궁금하군! 손에 묻은 것이 피라고 나는 맹세할 수 있어!'

그는 마을을 빙 돌아 애쉬 마노르로 돌아왔다. 옆길로 들어서자 갑자기 나뭇잎이 살랑거리는 소리가 들려 그는 몸을 돌렸다.

"거기 누굽니까?"

키가 큰 사람이 거무스름한 망토를 두르고 나무 그림자 속에서 나왔다. 그 광경이 너무나 오싹해서 루크는 심장이 멎는 듯했다. 그러다 그는 두건 아래로 길고 창백한 얼굴을 알아보았다.

"브리짓? 놀랐잖아요!"

그녀는 날카롭게 말했다.

"어디에 있었던 거죠? 나가는 걸 보았어요."

"그래서 날 미행했어요?"

"아니요. 당신이 너무 멀리 가 버렸어요. 그래서 돌아올 때까지 기다리고 있었죠."

"정말 미련한 짓을 했군요."

루크가 툴툴거렸다.

그녀는 조바심을 내며 다시 같은 질문을 했다.

"도대체 어디 있었어요?"

루크는 명랑하게 말했다.

"친애하는 엘스워시의 집을 기습했죠."

브리짓은 입을 떡 벌렸다.

"뭔가…… 찾았나요?"

"나도 모르겠어요. 그 돼지에 대해 좀 더 알게 되었지. 변태적인 취향과 뭐 그런 것. 그리고 수상쩍은 정보 세 가지가 있었고."

그녀는 루크가 수색 결과를 말하는 동안 집중해서 들었다.

"이건 아주 시시한 증거예요. 하지만 브리짓, 내가 막 나가려고 할 때 엘스워시가 돌아왔는데, 이거 하나는 말해 줄 수 있어요. 그 남자는 단단히 돌았어요!"

"정말로 그렇게 생각해요?"

"그 작자의 얼굴을 보았어요. 그건…… 말로 표현할 수 없는 얼굴이었죠! 그가 도대체 무슨 짓을 하다 왔는지는 아무도 모르지만, 광기에 들뜬 일종의 정신착란 상태였어요. 그리고 그의 손은 뭔가에 얼룩져 있었고요. 피로 물들어 있었다는 데 내가 맹세라도 하겠습니다."

브리짓은 몸을 떨었다.

"끔찍해요……."

루크는 짜증스럽게 말했다.

"당신은 혼자 이렇게 나와 있으면 안 돼요, 브리짓. 정말 미친 짓이라고요. 누군가 당신 뒤통수를 내려칠 수도 있어요."

그녀는 몸을 흔들며 웃었다.

"그건 당신도 마찬가지랍니다."

"난 내 앞가림은 해요."

"나도 내 앞가림은 하거든요. 날 터프한 여자라고 불러 주시죠."

바람이 세차게 불었다. 루크가 갑자기 말했다.

"그 두건 좀 벗어 봐요."

"왜요?"

루크는 그녀의 망토를 홱 잡아챘다. 바람이 그녀의 머리카락을 잡아서 머리 위로 휘날렸다. 그녀는 숨을 급하게 몰아쉬면서 루크를 바라보았다.

루크가 말했다.

"빗자루만 있으면 정말 완벽할 텐데. 첫 인상이 그랬어요."

그는 조금 더 오래 그녀를 바라보다가 이렇게 말했다.

"당신은 잔인한 악마예요."

초조하게 한숨을 내쉬면서 그는 그녀에게 망토를 던져 주었다.

"자, 입어요. 이제 집으로 갑시다."

"기다려요······."

"왜죠?"

브리짓이 루크에게 다가왔다. 그녀는 낮고 숨 가쁜 목소리로 말했다.

"당신에게 할 말이 있으니까. 그래서 여기서 기다린 이유도 있어요. 애쉬 마노르 바깥에서 지금 당신에게 말하고 싶어요. 고든의 집으로 들어가기 전에······."

"그래요?"

그녀는 짧고 비통하게 웃었다.

"음, 간단한 이야기예요. 당신이 이겼어요, 루크. 그게 다예요!"

그가 급히 말했다.

"그게 무슨 뜻이죠?"

"내 말은 위필드 부인이 되겠다는 생각을 접었다고요."

그는 한 발짝 그녀에게 다가섰다.

"그게 사실인가요?"

"그래요, 루크."

"나랑 결혼하겠어요?"

"예."

"왜죠! 이유가 궁금한데요?"

"나도 몰라요. 당신이 내게 퍼부은 그 지독한 말이 맘에 들었나 봐요."

그는 그녀를 안고 키스했다. 그가 말했다.

"세상이 다 돌았군!"

"행복해요, 루크?"

"딱히 그렇지는 않아요."

"나랑 행복할 거라고 생각해요?"

"모르겠는데요. 모험을 해 봐야죠."

"그래요. 나도 그런 기분이 들어요……."

그는 그녀를 꽉 안았다.

"우린 좀 이상하게 구는 것 같군요. 갑시다. 아침이 되면 좀 더 정상적으로 행동하게 될 거예요."

"그래요. 이런 식으로 일이 일어난다는 것이 좀 무섭기도……."

그녀는 밑을 내려다보다가 그를 세게 잡아당겨서 멈춰 세웠다.

"루크, 저게 뭐죠?"

구름 속에서 달이 나왔다. 루크는 고개를 숙여 브리짓의 신발이 부딪힌 큰 덩어리를 보았다.

경악에 찬 소리를 내지르면서 그는 브리짓에게서 팔을 빼서 무릎을 꿇고 앉았다. 그는 형태가 희미한 그 뭉치를 보다가 고개를 들어 문기둥을 보았다. 파인애플 나무가 사라졌다.

그는 마침내 일어섰다. 브리짓이 손으로 입을 가린 채 옆에 서 있었다.

루크가 말했다.

"그 운전기사에요. 리버스가 죽었어요……."

"망할 놈의 그 돌 받침이……. 한동안 느슨해져 있었나 보죠. 그게 운전기사를 쳤나 봐요."

브리짓의 말에 루크는 고개를 흔들었다.

"바람이 이런 짓을 하지는 않아요. 아! 바로 그겁니다. 이렇게 보이도록 의도한 거죠……. 또 다른 사고로 보이도록! 하지만 이건 다 가짜에요. 그 살인자가 다시 살인을 한 겁니다……."

"아니요. 아니에요, 루크."

"이건 살인이라니까요. 내가 기사의 뒤통수에서 뭘 만졌는지 알아요? 끈적끈적한 모래였어요. 여기엔 모래가 없어요, 브리짓. 누군가 여기 서 있다가 기사가 문을 통해 자기 집으로 가려고 할 때 머리를 내려친 거예요. 그리고는 기사를 눕혀 놓고 파인애플 나무를 굴려서 위에 올려놓은 거라고요."

브리짓이 희미하게 말했다.

"루크, 피가……. 당신 손에……."

루크가 우울하게 말했다.

"다른 사람의 손에도 피가 묻었어요. 당신도 알죠. 난 오늘 오후 생각하고 있었어요. 살인이 한 번 더 일어난다면 범인이 누군지 알 수 있을 거라고요. 그리고 우린 알잖아요! 엘스워시에요! 그 작자는 오늘 밤 밖에 나와 있었고 손에 피를 묻히면서 미쳐서 신나게 놀았죠. 살인광의 표정으로 취해 가지고."

브리짓은 내려다보면서 몸을 떨다가 낮은 목소리로 말했다.

"불쌍한 리버스."

루크가 측은하게 말했다.

"그래, 불쌍한 친구에요. 정말 운도 지지리 없죠. 하지만 이번이 마지막입니다, 브리짓! 이제 우린 알잖아요. 우리가 그자를 잡을 거예요!"

그는 브리짓이 몸을 떨고 있는 것을 보고 그녀를 팔에 안았다.

그녀는 작고 아이 같은 목소리로 말했다.

"루크, 난 무서워요……."

"이제 다 끝났어요……."

그녀가 중얼거렸다.

"제발 내게 다정하게 대해 줘요. 난 상처를 너무 많이 받았어요."

그가 말했다.

"우리는 서로에게 상처를 주었죠. 다시는 그러지 않을 거예요."

위필드 경 말하다

토머스 박사는 진찰실에 있는 책상 건너편에서 루크를 바라보았다.
"놀랍군요. 놀라워요! 정말 진지한 거죠, 피츠윌리엄 씨?"
"물론이죠. 난 엘스워시가 위험한 정신병자라고 확신합니다."
"난 그 남자에게 특별한 관심을 갖지 않았는데 비정상적인 유형일 수 있다는 말은 해야겠군요."
"나라면 그것보다 상태가 더 심각하다고 말하겠습니다."
루크가 우울하게 말했다.
"당신은 정말 리버스가 살해되었다고 믿나요?"
"그래요. 당신도 상처에 모래가 있는 걸 보았죠?"
토머스 박사는 고개를 끄덕였다.
"그렇게 말씀하셔서 찾아보았습니다. 선생님 말이 옳다는 걸 인정해야겠습니다."

"그걸로 사고는 조작된 것이고, 그 남자를 모래주머니로 살해했거나 아니면 그걸로 기절시켰다는 게 분명해졌잖아요."

"꼭 그렇지는 않습니다."

"무슨 말이죠?"

토머스 박사는 의자에 기대어 앉아 두 손가락 끝을 마주 댔다.

"리버스란 남자가 그날 내내 모래 놀이터에 누워 있었다고 가정해 보세요. 이 동네에도 그런 곳이 몇 군데 있습니다. 그걸로 머리카락에 모래가 있었던 것을 설명할 수 있잖습니까."

"이런, 그 남자가 살해되었다고 내가 지금 말하잖습니까!"

토머스 박사가 냉정하게 말했다.

"선생님은 그렇게 말할 수 있지만 그렇다고 그게 사실이 되지는 않습니다."

루크는 겨우 분노를 참았다.

"내가 하는 말을 한 마디도 믿지 않는군요."

토머스 박사는 친절하면서도 거만한 미소를 지었다.

"피츠윌리엄 씨, 이야기가 다소 터무니없다는 점을 인정하셔야 합니다. 당신은 엘스워시란 남자가 하녀와 남자 아이와 취한 선술집 주인과 내 동업자와 마침내 리버스까지 죽였다고 주장하고 계십니다."

"그걸 안 믿는다는 거죠?"

토머스 박사는 어깨를 으쓱했다.

"제가 험블비 박사 사건에 대해서는 좀 알고 있습니다. 엘스워시가 박사님의 죽음을 야기했다는 건 제가 보기에 거의 불가능한 것 같습니다. 그리고 엘스워시가 그랬다는 증거가 선생님에게 있다고 볼 수도 없구요."

루크가 고백했다.

"그가 어떻게 그 짓을 했는지 모르지만 이건 모두 핀커튼 부인의 이야기와 일치한단 말입니다."

"그럼 선생님은 엘스워시가 핀커튼 부인을 런던까지 따라가서 그녀를 차로 치었다고 다시 주장하고 계시는 거군요. 거기에도 증거가 하나도 없잖습니까! 이건 모두 가공의 이야기일 뿐이잖아요!"

루크는 사납게 말했다.

"내가 해야 할 일은 증거를 찾는 거라는 걸 이제 알겠군요. 난 내일 런던으로 가서 오랜 지기를 만날 겁니다. 이틀 전 그 친구가 경찰 부국장으로 승진했다는 기사를 신문에서 봤어요. 그 친구가 날 잘 아니까 내 이야기를 믿어 줄 겁니다. 분명 이 일에 대해 전면적인 조사를 지시하겠죠."

토머스 박사는 생각에 잠겨 턱을 쓰다듬었다.

"흠, 그렇게 하시는 게 만족스러우리라는 건 분명하군요. 선생님이 실수한 걸로 드러나면……."

루크는 그의 말을 잘랐다.

"박사님은 확실히 이 이야기를 한 마디도 믿지 않는 거죠?"

"연쇄 살인극요?"

토머스 박사는 눈썹을 치켜올렸다.

"솔직히 말하면 난 안 믿어요. 너무나 황당한 이야기라……."

"황당할 수도 있죠. 하지만 모두 일치해요. 당신도 이 이야기가 들어맞는다는 걸 인정해야 할 겁니다. 일단 핀커튼 부인의 이야기가 사실이라고 인정해요."

토머스 박사는 고개를 흔들었다. 희미한 미소가 그의 입술에 떠올랐다.

"선생님이 저처럼 이 마을에 사는 노부인들을 잘 아신다면……."

그가 중얼거렸다.

루크는 불쾌한 심기를 억누르려고 애쓰면서 일어섰다.

"어쨌든 박사님은 이름하고 딱 맞는 분이군요. 모든 일에 의심하는 토머스라.(성경에 예수 그리스도의 부활을 의심한 도마 사도의 영문 표기가 Thomas임.―옮긴이) 그런 사람이 있었다면 말이죠!"

토머스 박사는 사근사근하게 대꾸했다.

"증거를 몇 가지 대세요. 제가 원하는 건 그것뿐이랍니다. 한 노부인이 자신이 보았다고 상상한 것에 기초한 드라마 같은 이야기만 하지 마시구요."

"노부인들이 보았다고 상상한 이야기가 종종 맞아요. 우리 밀드레드 이모는 아주 신비로웠죠! 토머스 박사에겐 이모가 있나요?"

"없는데요."

"안타깝군요! 사람들에겐 반드시 이모가 있어야 해요. 이모들은 논리보다 추측이 더 잘 맞는다는 걸 증명해 보이죠. A라는 남자가 한때 집에서 일했던 부정한 집사같이 생겨서 이 사람이 악당이라는 걸 이모들이 직감으로 알고 있었죠. 다른 사람들은 A처럼 존경받는 남자가 사기꾼일 리 없다고 논리적으로 말했죠. 결국엔 노부인들의 판단이 옳았어요."

토머스 박사는 거만해 보이는 미소를 다시 지었다.

루크는 다시 한 번 분노가 치솟아 올라 말했다.

"내가 경찰이라는 걸 몰라요? 난 아마추어가 아닙니다."

토머스 박사는 미소를 지으면서 웅얼거렸다.

"말레이 해협에서였죠!"

"말레이 해협에서도 범죄는 범죄입니다."

"물론이죠."

루크는 짜증을 억누르면서 토머스 박사의 진찰실을 나왔다.

루크가 브리짓을 만났을 때 그녀가 말했다.

"그래서 어떻게 되었죠?"

"박사는 날 믿지 않았어요. 생각해 보면 놀랄 일도 아니죠. 이건 증거도 없는 엉뚱한 이야기잖아요. 토머스 박사는 분명 아침식사를 먹기 전에 여섯 가지의 불가능한 이야기를 믿는 그런 사람은 아니더군요."

"당신을 믿어 주는 사람이 있을까요?"

"아마 없겠죠. 하지만 내일 내 친구 빌리 본스를 만나면 일이 시작될 겁니다. 경찰은 엘스워시를 조사해서 결국 뭔가 찾아낼 테죠."

브리짓이 생각에 잠겨 말했다.

"이제 이 일을 완전히 공개하는 셈이 되었군요. 그렇죠?"

"그래야 해요. 우린 더 이상의 살인을 묵과할 수 없어요."

브리짓이 몸을 떨었다.

"제발 조심해요, 루크."

"난 조심하고 있어요. 파인애플이 있는 문 가까이 걸어가지도 말고 밤에는 외딴 숲속에 들어가지도 말고 먹는 음식과 음료수를 조심하죠. 난 모든 요령을 알고 있어요."

"당신이 표적이 되었다는 게 끔찍해요."

"당신이 표적이 아닌 한 괜찮아요."

"어쩌면 내가 표적일지도 모르죠."

"난 그렇게 생각하지 않아요. 하지만 모험을 할 의도는 없어요! 난 구닥다리 수호천사처럼 당신을 지켜 줄 거예요!"

"여기 경찰에게 말하면 소용없을까요?"

루크는 생각해 보았다.

"네, 난 그렇게 생각하지 않아요. 런던 경시청으로 가는 게 더 나을 겁니다."

브리짓이 웅얼거렸다.

"핀커튼 부인도 그렇게 생각했죠."

"그랬죠. 하지만 난 문제가 생기지 않도록 조심할 거예요."

"내가 내일 뭘 해야 할지 알겠어요. 고든을 그놈 가게로 데려가서 물건을 좀 사라고 해야겠어요."

"그렇게 해서 엘스워시가 내가 화이트홀로 가는 길에 매복하고 있다가 습격하지 못하도록 하려는 거예요?"

"그렇죠."

루크는 조금 창피해하면서 말했다.

"위필드 경 이야기인데……."

브리짓이 재빨리 말했다.

"그건 당신이 내일 돌아올 때까지 놔두죠. 그 다음에 털어놓고 결말을 지어요."

"그 사람은 큰 상처를 입을 텐데. 그렇게 생각하지 않아요?"

브리짓은 그 질문을 생각해 보았다.

"화가 나겠죠."

"화가 난다고? 그건 너무 부드럽게 표현한 거 아닌가요?"

"아니요, 고든은 화내는 걸 싫어하거든요! 그렇게 되면 아주 불행해하겠죠!"

루크는 침착하게 말했다.

"이 모든 일이 좀 불편하군요."

그날 저녁 스무 번째로 '위필드 경'이란 화제의 이야기를 들으려고 마음을 다잡은 순간 루크의 그 불편한 기분은 절정에 달했다. 그 사람 집에 신세 지고 있으면서 그의 약혼녀를 빼앗아 간다는 것은 비열한 바람둥이나 하는 짓임을 루크는 인정했다. 하지만 그는 배불뚝이에 거만하고 잘난 척하는 위필드 경 같은 사람은 결코 브리짓을 가지려고 열망해서는 안 된다고 느꼈다.

하지만 아직까지는 양심의 가책을 받아 루크는 위필드 경의 이야기를 특별히 더 열심히 들었고 결과적으로 집주인에게 완전히 좋은 인상을 심어 주었다.

위필드 경은 기분이 아주 좋아 보였다. 그가 데리고 있던 운전기사의 죽음으로 인해 우울하다기보다 오히려 들뜬 것처럼 보였다.

"그 작자 말로가 좋지 않을 거라고 내가 말했죠."

그가 득의양양해서 눈을 가늘게 뜨고 포트와인 잔을 불에 비춰 보면서 말했다.

"어젯밤 내가 선생에게 그렇게 말하지 않았습니까?"

"그렇게 말씀하셨죠."

"내 말이 옳았다는 걸 알겠죠! 내 말이 얼마나 자주 들어맞는지 놀랍다니까요."

"정말 기분 좋으시겠습니다."

"난 멋진 삶을 살았어요. 그래, 멋진 삶이었죠! 내 앞에는 탄탄대로가 펼쳐 있었어요. 난 항상 신의 섭리를 굳게 믿었답니다. 그게 비결이죠, 피츠윌리엄. 그게 비결이에요."

"예?"

"난 신앙심이 깊은 사람이랍니다. 선과 악의 존재를 믿고 있고, 영원한 정의가 있다는 것도 믿고 있어요. 확실히 성스러운 정의란 게 있답니다, 피츠윌리엄!"

"저도 정의가 있다고 믿습니다."

위필드 경은 보통 때처럼 다른 사람의 믿음에는 관심이 없었다.

"하느님을 바로 섬기면 하느님이 당신을 돌봐 줄 거예요! 난 항상 고결한 사람이었죠. 자선단체에 기부를 하고 정직하게 돈을 벌었어요. 누구에게도 신세를 지지 않았죠! 난 독립적인 사람이에요. 주교들이 번창하자 신자들이 주교들에게 모여들었고, 주교들의 적이 어떻게 고통 받았는지에 대한 이야기가 성경에 나와 있잖습니까!"

루크는 하품을 참으면서 말했다.

"그렇죠."

"놀라워, 정말 놀라워요. 정의로운 사람의 적들이 천벌을 받는 방식이 놀랍습니다! 어제 경우를 봐요. 그 작자가 날 모욕했잖아요. 심지어 날 한 대 치려고 손까지 올렸잖아요. 그런데 무슨 일이 일어났죠? 오늘 그 작자는 어디 있죠?"

위필드 경은 웅변을 하는 것처럼 잠시 뜸을 들였다가 극적인 어조로 말했다.

"죽었지요! 천벌을 받은 겁니다!"

눈을 조금 크게 뜨면서 루크가 말했다.

"좀 지나친 벌이군요. 술 몇 잔 들이켜고 경솔한 말 몇 마디 한 것 치고는."

위필드 경은 고개를 흔들었다.

"항상 이런 식이라니까! 천벌은 빠르고 끔찍하게 내리죠. 그리고 거기에 진정으로 뛰어난 권능이 있죠. 엘리샤(유대의 예언자로 엘리야의 후계자—옮긴이)를 조롱한 아이들을 기억해 봐요. 곰들이 뛰쳐나와서 그 아이들을 잡아먹었잖아요. 바로 그런 식으로 천벌이 내린다니까요, 피츠윌리엄."

"난 그 벌이 필요 이상으로 보복적이라고 생각했습니다."

"아니죠. 당신은 그걸 잘못 해석하고 있어요. 엘리샤는 위대하고 성스러운 분이었어요. 그를 조롱하고 살 수 있는 사람은 아무도 없다고요! 난 그걸 알아요. 내 경우가 그러니까!"

루크는 혼란스러웠다.

위필드 경이 목소리를 낮추었다.

"나도 처음에는 믿을 수가 없었죠. 하지만 매번 그런 일이 일어났어요! 내 적들과 중상자들이 쓰러져 마침내 몰살되었죠."

"몰살요?"

위필드 경은 부드럽게 고개를 끄덕이면서 포트와인을 홀짝 마셨다.

"그런 일이 여러 번 있었어요. 엘리샤 같은 경우도 있었고. 내 밑에서 일하던 한 남자 아이가 있었는데, 그놈이 우리 집 정원에 있기에 내가 몰래 다가갔었죠. 그 꼬맹이가 뭘 하고 있었는지 압니까? 그 녀석이 내 흉내를 내고 있었어요. 나를 조롱하고 있었다니까! 관중을 앞에 두고 으스대면서 걸어 다니면서 내 집에서 나를 놀림감으로 만든 겁니다! 그런데 무슨 일이 생겼는지 압니까? 열흘도 못 가서 그 자식은 높은 창문에서 떨어져 죽었어요!

그 다음엔 악당 카터가 있었죠. 술주정뱅이에 입버릇이 더러운 놈이었는데 그 악당이 여기 와서 나를 모욕했어요. 그에게 무슨 일이 일어났는지 알아요? 일주일 후에 죽었어요. 진창에 빠져 죽었죠. 하녀 계집아이도 하나 있었고요. 그 계집애는 감히 목청을 높여서 내게 상소리를 해댔죠. 그러더니 곧 벌을 받더군요. 실수로 독약을 마셨죠! 더 많은 이야기를 해 드릴 수도 있습니다. 험블비는 상수도 계획에 대해 감히 내게 반대를 했지요. 그리고 패혈증으로 죽었고요. 이런 일이 다년간 계속되었어요. 예를 들면 호튼 부인은 내게 가증스러울 정도로 무례하게 굴더니 오래 못 가 죽었죠."

그는 말을 멈추고 몸을 굽혀 포트와인 유리병을 루크에게 주었다. 그가 다시 말했다.

"그래요, 그들은 모두 죽었어요. 놀랍죠! 그렇지 않아요?"

루크는 그를 물끄러미 바라보았다. 기괴하고 믿을 수 없는 의심이 그의 마음에 스며들었다! 루크는 테이블 상석에 앉아 부드럽게 고개를 끄덕이면서 툭 불거진 옅은 색 눈동자로 태평하게 루크를 향해 미소 짓고 있는, 키가 작고 뚱뚱한 남자를 새롭게 바라보게 되었다.

조각조각 끊어진 기억들이 루크의 뇌 속으로 밀려들어왔다. 호튼 소령이 한 말이었다.

"위필드 경은 아주 친절하셨죠. 자신의 온실에서 키운 포도와 복숭아를 보내셨어요."

토미 피어스가 도서관에서 유리창 닦는 일을 할 수 있도록 허락한 사람도 위필드 경이었다. 그리고 험블비 박사가 사망하기 직전에 웰러맨 연구소에 가서 혈청과 세균 배양을 구경했다고 장황하게 떠들어 댄 사람도 위필드 경이었다. 모든 것이 분명히 한곳을 가리키고 있었는데 어리석은 그가 전혀 의심하지 못했던 것이다…….

위필드 경은 아직도 미소 짓고 있었다. 조용하고 행복한 미소를 띠고 그는 다정하게 루크를 향해 고개를 끄덕였다.

위필드 경이 말했다.

"그들은 모두 죽었지요."

런던에서의 회의

젊었을 때 친구들에게 빌리 본스로 알려진 윌리엄 오싱턴 경은 의심하는 눈빛으로 친구를 바라보았다.

그가 푸념하듯이 말했다.

"말레이 해협에서의 범죄로 충분하지 않았어? 고국에 와서 우리 일까지 해야겠냐고?"

루크가 말했다.

"말레이 해협에서는 연쇄 살인이 없었어. 내가 지금 맞선 상대는 최소한 여섯 건의 살인을 저지르고도 손톱만큼의 의심도 받지 않고 무사히 빠져나간 인물이야."

윌리엄 경은 한숨을 쉬었다.

"그런 일이 일어나기는 하지. 전문 분야는 뭔데? 아내 살해?"

"아니, 그런 사람이 아니야. 아직 자기가 신이라고 생각하지는 않지만 곧 그렇게 될 거야."

"미쳤어?"

"흠, 확실히 그렇다고 생각해."

"하지만 법률적으로 미친 건 아니지. 차이점이 있잖아. 자네도 알겠지만."

"그 작자는 자기 행동의 본질과 결과를 알고 있다고 말해야겠지."

"바로 그거야."

"법률적인 전문 사항에 대한 애매한 말은 그만두자고. 아직 그 단계에는 이르지 않았어. 어쩌면 결코 도달하지 못할 수도 있지. 내가 너한테 원하는 건 그저 몇 가지 사실이야. 더비 경마가 있던 날 오후 5시에서 6시 사이에 교통사고가 하나 있었어. 노부인이 화이트홀 근처에서 차에 치였는데 그 차는 뺑소니를 쳤지. 그녀의 이름은 라비니아 핀커튼이야. 네가 그 사건에 대해서 가능한 모든 사실을 다 알아내 줬으면 좋겠어."

윌리엄 경은 한숨을 쉬었다.

"해줄 수는 있지. 20분이면 충분할 거야."

그는 약속을 지켰다. 채 20분이 못 되어 루크는 그 사건을 담당한 경찰과 이야기하고 있었다.

"예, 선생님. 그 사건은 자세하게 기억하고 있습니다. 여기 내용을 적어 놓았습니다."

그는 루크가 보고 있는 서류를 가리켰다.

"검시를 했습니다. 검시관은 사체버럴 씨였습니다. 뺑소니 친 기사를 비난하셨죠."

"운전사는 잡았습니까?"

"아니요, 선생님."

"어떤 차종이었죠?"

"롤스로이스였던 건 확실한 것 같습니다. 기사가 모는 큰 차였죠. 그 점에 대해서는 모든 증인들의 의견이 일치합니다. 롤스로이스는 한번 보면 알잖아요."

"번호는 알아내지 못했나요?"

"예, 애석하게도 아무도 번호를 보지 못했습니다. FZX 4498이란 번호를 받기는 했지만 틀린 번호였죠. 한 여자가 그 번호를 봐두었다가 다른 여자에게 말해 주었고 그 여자가 제게 그 번호를 알려 주었습니다. 그 두 번째 여자가 제게 잘못 전해 준 것인지 그건 모르겠지만 어쨌든 소용이 없는 번호였습니다."

루크는 재빨리 물었다.

"소용이 없다는 것을 어떻게 알았죠?"

젊은 경관이 미소를 지었다.

"FZX 4498은 위필드 경의 차 번호입니다. 그 차는 사고가 있던 시각에 버밍턴 하우스 바깥에 주차되어 있었고, 운전기사는 차를 마시고 있었습니다. 그에게는 완벽한 알리바이가 있습니다. 그가 연관된 가능성도 없고, 위필드 경이 6시 30분에 나올 때까지 차는 건물 밖에 있었습니다."

"알겠습니다."

젊은 경관은 한숨을 쉬면서 말했다.

"항상 그런 식입니다, 선생님. 경찰이 현장에 도착해서 자초지종을 적어 놓기 전에 증인들 절반은 사라져 버리죠."

윌리엄 경이 고개를 끄덕였다.

"우리는 그 차의 번호가 FZX 4498과 비슷한 번호일 거라고 추측하고 있습니다. 앞에 두 자리는 4로 시작하는 다른 번호겠죠. 최선을 다했지만 그런 차를 발견할 수 없었습니다. 비슷한 번호 몇 개를 조사하기는 했지만 모두 알리바이가 탄탄했습니다."

윌리엄 경이 수상하다는 듯이 루크를 바라보았다.

루크는 고개를 흔들었다. 윌리엄 경이 말했다.

"고맙네, 보너. 그걸로 되었어."

그 경찰관이 나가자 빌리 본스는 친구를 캐묻는 눈초리로 바라보았다.

"이게 다 뭔가, 피츠?"

루크는 한숨을 쉬었다.

"모두 일치해. 라비니아 핀커튼은 사기극을 고발하려고 여기 오던 중이었어. 런던 경시청 사람들에게 사악한 살인범에 대해 말하려고 말이야. 네가 그녀의 말에 귀를 기울였을지는 모르겠지만 아마 안 그랬을 거야."

윌리엄 경이 말했다.

"귀 기울였을 수도 있지. 우린 그런 식으로 사건을 접수하기도 해. 풍문이나 소문 같은 말도 소홀히 듣지 않는다고. 안심해."

"살인범도 그렇게 생각했지. 위험을 감수하려고 하지 않았어. 그래서 라비니아 핀커튼을 제거했어. 그의 수법을 눈치 챌 만큼 영리한 여자가 하나 있었지만 아무도 그녀를 믿어 주지 않았던 거지."

빌리 본스는 의자에서 몸을 벌떡 일으켰다.

"너 설마……."

"그래, 난 그렇게 생각해. 그녀를 차로 치여 죽인 것은 바로 위필드 경이었어. 어떻게 해냈는지는 몰라. 하지만 그가 했어, 빌리! 운전기사는 차를 마시고 있었지. 그가 어떤 식으로든 기사의 옷과 모자를 쓰고 몰래 빠져나왔을 거라고 난 생각해."

"불가능해!"

"전혀 그렇지 않아. 위필드 경은 내가 아는 것만도 최소한 여섯 건의 살인을 했어. 아마 더 했을지도 몰라."

"불가능해."

윌리엄 경이 다시 말했다.

"이봐, 그 사람은 어제 저녁에 대놓고 내게 그걸 자랑했다고!"

"그렇다면 그 사람이 미친 거겠지!"

"미치기는 했지만 교활한 악마야. 신중하게 조사해야 할 거야. 우리가 의심하고 있다는 것을 그가 눈치 채지 못하도록 해야 해."

빌리 본스는 중얼거렸다.

"믿을 수 없어……."

루크는 친구의 어깨에 한 손을 올려놓았다.

"하지만 사실이야! 이봐, 빌리. 우린 반드시 이 문제의 진상을 알아내야 해. 내 말을 좀 들어 봐."

두 남자는 오랫동안 진지하게 대화를 나누었다.

다음 날 루크는 아침 일찍 차를 몰아 위치우드로 돌아갔다. 그 전날 밤 돌아올 수도 있었지만 이런 상황에서 위필드 경의 집에서 잠을 자거나 그의 호의를 받아들인다는 것이 참을 수 없이 불쾌하게 느껴졌다.

위치우드로 가는 도중에 그는 웨인플리트 부인의 집 앞에 차를 세웠다. 문을 열어 준 하녀가 놀라 쳐다보면서 웨인플리트 부인이 아침을 먹고 있는 작은 식당으로 안내했다.

웨인플리트 부인도 조금 놀라며 일어서서 그를 맞이했다.

그는 시간을 낭비하지 않았다.

"이런 시간에 이렇게 다짜고짜 쳐들어와서 죄송합니다."

그는 주위를 둘러보았다. 하녀가 나가면서 방문을 닫았다.

"여쭐 게 하나 있습니다, 웨인플리트 부인. 개인적인 질문이지만 용서해 주실 거라고 생각합니다."

"뭐든 물어보세요. 이럴 만한 이유가 있으시겠죠."

"고맙습니다."

그는 잠시 침묵을 지켰다.

"예전에 왜 위필드 경과 파혼하셨는지 정확한 이유를 알고 싶습니다."

그녀는 예상치 못했던 질문이었다. 그녀의 뺨이 붉어지더니 가슴에 한 손을 올렸다.

"그가 당신에게 뭐라고 하던가요?"

"새에 관해 일이 있었다고. 목이 비틀린 새에 대한……."

"그가 그걸 말했어요? 그가 그걸 인정했단 말이죠? 놀라운 일인데요!"

그녀의 목소리에 호기심이 어렸다.

"제발 말씀해 주세요."

"예, 이야기해 드릴게요. 하지만 결코 고든에게 이 문제를 말하지 마세요. 이건 모두 과거예요. 다 끝난 일이니 과거의 일을 다시 들추고 싶지 않아요."

그녀는 애원하듯이 루크를 바라보았다.

루크는 고개를 끄덕였다. 그가 말했다.

"이건 단지 제 개인적인 만족을 위해서입니다. 말씀해 주신 내용은 절대 발설하지 않겠습니다."

웨인플리트 부인은 평정을 되찾았다. 그녀는 안정된 목소리로 이야기했다.

"고맙습니다. 이런 이야기예요. 내게 작은 카나리아가 한 마리 있었는데 난 그 새를 아주 예뻐했죠. 내가 좀 어리석게 굴었던 것 같아요. 그맘때 여자 애들이 그렇듯이 말이에요. 여자들은 애완동물에 대해 수선을 피우잖아요. 남자에게는 짜증스러운 일이었을 테죠. 이젠 그걸 알겠어요."

"그렇죠."

루크가 말하자 그녀는 잠시 말을 멈추었다.

"고든은 그 새를 질투했어요. 하루는 화를 내면서 '당신은 나보다 그 새를 더 좋아하는 것 같아.'라고 말하더군요. 그맘때의 여자들이 그런 것처럼 바보 같았던 난 웃으면서 그 새를 내 손가락 위에 앉히고 이런 말을 했죠. '당연하지. 난 너를 사랑한단다, 작은 새야. 저 바보 같은 남자보다 너를 더 사랑해!' 그러자 무서운 일이 벌어졌어요. 고든이 그 새를 홱 채가더니 목을 비틀었어요. 정말 충격이었어요. 결코 그 일은 잊지 못할 거예요!"

그녀의 얼굴이 창백해졌다.

"그래서 파혼하셨나요?"

루크가 물었다.

"예, 난 그 이후로 고든에게 예전과 같은 감정을 느낄 수 없었어요. 있죠, 피츠윌리엄 씨……."

그녀는 망설였다.

"그 행동만 문제였던 게 아니었어요. 그건 그냥 질투심에 순간적으로 화가 나서 그랬을 수도 있죠. 하지만 그가 그 짓을 즐기면서 했다는 끔찍한 느낌을 받았어요. 오싹했죠! 그게 날 무섭게 했죠!"

"심지어 그렇게 오래전에도……. 그런 옛날에도……."

루크가 웅얼거렸다. 그녀는 루크의 팔에 손을 댔다.

"피츠윌리엄 씨……."

그는 공포에 질려 호소하는 그녀의 눈동자를 진지하고 침착한 눈으로 마주 보았다. 그가 말했다.

"지금까지 모든 살인을 저지른 건 위필드 경이었습니다! 당신은 처음부터 그걸 알고 있었죠. 그렇지 않나요?"

그녀는 세게 머리를 흔들었다.

"알았던 게 아니에요. 내가 알았더라면……. 그렇다면 물론 말을 했을 거예요. 하지만 그냥 그럴 거라고 두려워했죠."

"그런데 제게는 왜 힌트조차 주지 않았어요?"

그녀는 갑자기 괴로워하며 두 손을 맞잡았다.

"어떻게 내가 그럴 수 있겠어요? 어떻게 내가! 한때 그를 좋아했는데……."

"예. 알겠습니다."

루크가 부드럽게 말했다.

그녀는 몸을 돌려 가방을 뒤적거려서 레이스를 수놓은 작은 손수건을 꺼내 한동안 눈에 대고 있었다. 그리고 다시 몸을 돌려 물기 없는 눈으로 위엄 있고 침착하게 루크를 바라보았다.

"난 아주 기뻐요, 브리짓이 파혼한 게. 그녀는 당신과 결혼하겠죠. 그렇지 않나요?"

"그렇습니다."

"그게 훨씬 더 어울려요."

웨인플리트 부인이 조금 점잔을 빼면서 말했다.

루크는 미소가 나오는 것을 참을 수 없었다.

하지만 웨인플리트 부인의 얼굴이 다시 심각해지면서 수심이 어렸다. 그녀는 몸을 앞으로 내밀면서 다시 루크의 팔에 손을 올려놓았다.

"하지만 조심하세요. 두 분 모두 아주 신중해야 해요."

"위필드 경에 대해 조심하라는 말씀입니까?"

"예, 그에게는 말하지 않는 것이 좋겠어요."

루크는 얼굴을 찡그렸다.

"우리 둘 다 그 생각에는 찬성하지 않을 것 같은데요."

"어머! 그게 뭐가 그리 중요해요? 고든이 미쳤다는 것을 눈치 채지 못한 것 같군요. 그는 미쳤어요. 고든은 참지 못할 겁니다. 한순간도! 만약 그녀에게 무슨 일이 생긴다면……."

"그녀에게는 어떤 일도 일어나지 않을 겁니다!"

"예, 나도 알아요. 하지만 당신은 그의 상대가 안 된다는 것을 아셔야 해요! 그는 무서울 정도로 교활해요. 당장 그녀를 내보내요. 그것만이 유일한 희망이에요. 해외로 보내세요! 둘 다 같이 해외로 가는 것이 낫겠어요!"

루크는 천천히 말했다.

"만약 그녀가 가겠다고 한다면 좋죠. 전 여기 남겠어요."

"그렇게 말씀하실 줄 알았어요. 하지만 어쨌든 그녀는 내보내세요. 당장요. 명심하세요!"

루크는 천천히 고개를 끄덕였다.

"옳으신 말씀 같군요."

"내 말이 옳아요! 당장 내보내세요. 너무 늦기 전에!"

파혼

 브리짓은 루크가 차를 몰고 오는 소리를 들었다. 그녀는 계단으로 내려와 그를 맞았다.
 그녀는 다짜고짜 그에게 말했다.
 "내가 말했어요."
 "뭐라고요?"
 루크는 깜짝 놀랐다. 그가 너무 낙담해서 브리짓도 알아차렸다.
 "루크, 무슨 일이죠? 걱정스러운 표정이에요."
 그는 천천히 말했다.
 "내가 돌아올 때까지 기다리기로 했잖아요."
 "나도 알아요. 하지만 털어놓는 것이 낫다는 생각이 들었어요. 고든은 우리 결혼 계획을 세우고 있었어요. 신혼여행이랑 뭐 그런 거요! 어쩔 수 없이 말해야 했어요!"

그녀는 조금 비난하는 목소리로 덧붙였다.

"그거야말로 유일하게 고결한 행동이었어요."

"당신의 관점에서 보면 그렇죠. 그래요, 알았어요."

"내 관점뿐만이 아니죠."

루크는 천천히 말했다.

"고결한 행동을 할 여유가 없을 때도 있는 법입니다!"

"루크, 무슨 뜻이죠?"

그는 초조해했다.

"지금 여기서는 말할 수 없어요. 위필드 경은 어떻게 받아들이던가요?"

브리짓이 천천히 말했다.

"잘 받아들였어요. 정말 품위 있게. 난 부끄러웠어요, 루크. 내가 고든을 잘못 평가한 것 같아요. 고든이 좀 거만하고 가끔 시시하게 굴 때가 있지만 사실 위대한 사람이에요!"

루크는 고개를 끄덕였다.

"그렇군요. 아마 위대한 사람이겠죠. 우리가 의심하지 못했던 면에서. 브리짓, 당신은 가능한 한 빨리 여기서 나가야 해요."

"당연히 오늘 짐 싸서 나갈 거예요. 당신이 시내까지 태워다 줄 거죠? 우리 둘 다 벨스 앤드 모틀리에 묵을 수는 없을 테니까. 엘스워시 무리들이 나갔을까요?"

루크는 고개를 흔들었다.

"아니요. 당신은 런던으로 곧장 가는 것이 낫겠어요. 내가 곧 설명할게요. 그 전에 위필드 경을 봐야겠어요."

"그렇게 해야겠죠. 이건 비열한 짓이었어요. 그렇죠? 난 내가 남자 등이나 쳐서 먹고사는 계집 같다는 생각이 들어요."

루크는 그녀에게 미소를 지어 보였다.

"이건 공정한 일이었어요. 당신은 그에게 솔직하게 말했잖아요. 어쨌든 이미 지나간 일에 대해 연연할 필요 없어요! 내가 지금 가서 위필드 경을 만날게요."

그는 위필드 경이 응접실을 오락가락 걸어 다니는 것을 발견했다. 언뜻 보기에 위필드 경은 아주 침착해 보였고 심지어 입가에 희미하게 미소를 머금고 있는 것 같았다. 그러나 루크는 그의 관자놀이의 맥박이 격렬하게 뛰고 있는 것을 보았다.

그는 루크가 들어오자 몸을 돌렸다.

"아! 왔군요, 피츠윌리엄 씨."

루크가 말했다.

"제가 저지른 짓에 대해 미안하다고 해 봤자 아무 소용 없겠죠. 그래봤자 위선적인 일일 테고! 당신 입장에서 보면 제가 비열했다는 것을 인정하겠습니다. 그 점에 대해 제 자신을 변호할 말도 없구요. 이런 일도 일어나기 마련인가 봅니다."

위필드 경은 다시 걷기 시작했다. 그는 손을 내저었다.

"그렇죠, 그런 셈이죠!"

루크는 계속 말했다.

"브리짓과 제가 수치스러운 짓을 했습니다. 하지만 어쩔 수 없이 말해야겠군요! 우리는 서로를 좋아하고 당신에게 진실을 털어놓는 것 외에 달리 할 수 있는 일이 없었습니다."

위필드 경이 멈추었다. 그는 툭 불거진 옅은 색 눈동자로 루크를 바라보았다.

"그래요. 당신이 할 수 있는 일은 하나도 없죠!"

그의 목소리에는 아주 기이한 어조가 서려 있었다. 그는 선 채로 루크를 바라보면서 그를 동정하는 것처럼 고개를 부드럽게 흔들었다.

루크가 날카롭게 물었다.

"무슨 뜻입니까?"

"당신이 할 수 있는 건 하나도 없어요. 너무 늦었어요!"

루크는 그에게 한 발짝 다가섰다.

"무슨 뜻인지 말해 봐요."

위필드 경이 예상치 못한 말을 했다.

"오노리아 웨인플리트 부인에게 물어봐요. 그녀는 이해할 겁니다. 그녀는 무슨 일이 일어날지 알아. 예전에 한 번 그녀가 거기에 대해 말한 적이 있죠!"

"그녀가 뭘 이해한다는 거죠?"

"죄를 지으면 벌을 받아야 하죠. 반드시 정의의 심판이 있을 거예요! 브리짓을 좋아했는데 유감이군요. 어떤 면에서는 당신 둘 다에게 유감입니다!"

"지금 우리를 협박하는 겁니까?"

위필드 경은 깜짝 놀란 것처럼 보였다.

"아니, 난 그 문제에 대해서는 별다른 악감정이 없어요! 내가 브리짓을 내 아내로 선택한 명예를 베풀었을 때 그녀는 그에 따르는 책임을 받아들였죠. 이제 그녀는 그 책임을 저버렸어요. 하지만 이 생에서는 돌이킬 수 없어요. 법을 어기면 벌금을 내야 하는 거라고……."

루크는 두 손을 불끈 쥐었다.

"당신 말은 브리짓에게 무슨 일이 생길 거라는 건가요? 내 말 똑똑히 들어요, 위필드. 브리짓에게는 어떤 일도 일어나지 않아. 내게도 그렇고! 만약 당신이 뭔가를 시도한다면 그걸로 끝이야. 조심하는 것이 좋을 거야! 난 당신에 대해 알고 있는 게 많아!"

"이건 나와는 상관없는 일입니다. 난 전능한 힘의 일개 도구일 뿐이야. 힘의 섭리가 그대로 일어날 뿐이죠."

"당신은 그걸 믿고 있군요."

"왜냐하면 그게 사실이니까! 날 거스르는 사람은 누구든 대가를 치렀어요. 당신과 브리짓도 예외가 아닙니다."

"바로 그 점이 틀렸어. 아무리 오랫동안 운이 좋았더라도 한계가 있는 법이죠. 당신은 이제 그 한계에 다다랐어요."

위필드 경이 부드럽게 말했다.

"친애하는 애송이 친구, 당신은 자신이 무슨 말을 하고 있는지도 몰라. 아무것도 날 건드릴 수 없어요!"

"그럴까요? 그건 두고 봐야죠. 조심하는 게 좋을 겁니다, 위필드."

위필드 경의 몸이 살짝 떨렸다. 그가 말을 하자 달라진 목소리가 나왔다.

"난 많이 참았어요. 더 이상 내 인내심을 시험하지 마요. 여기서 당장 나가요."

"나가는 중입니다. 가능한 빨리. 내가 당신에게 경고했다는 걸 기억해 두시죠."

루크는 돌아서서 재빨리 방을 나왔다. 그는 2층으로 달려갔다. 브리짓이 하녀를 시켜 짐을 꾸리고 있었다.

"곧 준비되나요?"

"20분이면 돼요."

그녀의 눈이 뭔가를 묻고 있었지만 하녀 때문에 말로 하지는 못했다.

루크는 짧게 그녀에게 고개를 끄덕였다.

그는 자신의 방으로 가서 급히 가방을 챙겼다.

그는 10분 후에 브리짓이 떠날 준비가 된 것을 보았다.

"이제 나갈까요?"

"난 준비되었어요."

그들은 층계를 내려오다 올라오는 집사와 마주쳤다.

"웨인플리트 부인이 아가씨를 만나러 오셨습니다."

"웨인플리트 부인이요? 어디 계시죠?"

"위필드 경과 응접실에 계십니다."

브리짓은 곧장 응접실로 갔다. 루크도 바로 뒤따라 갔다.

위필드 경은 창가에 서서 웨인플리트 부인에게 이야기를 하고 있었다. 그는 손에 예리하게 날이 선 기다란 칼을 하나 들고 있었다.
"완벽한 장인의 솜씨지요. 내 직원 중 하나가 모로코에서 특별 통신원이었을 때 가져다준 겁니다. 무어인이 만든 칼이죠. 칼날이 예술이에요!"
위필드 경은 손가락으로 칼날을 어루만졌다.
웨인플리트 부인이 사납게 말했다.
"그것 좀 치워요, 고든. 제발!"
그는 미소를 지으며 그 칼을 테이블 위에 있는 다른 무기 수집품들 속에 내려놓았다.
"칼날의 느낌이 좋군."
그가 부드럽게 말했다.
웨인플리트 부인은 평상시보다 침착하지 못한 모습이었다. 안색이 하얗게 질렸고 긴장한 것 같았다.
"아, 왔군요. 브리짓."
그녀가 말했다.
위필드 경은 너털웃음을 터트렸다.
"그래, 브리짓이 왔군. 브리짓을 실컷 봐 둬요, 오노리아. 여기 오래 있지 않을 테니까."
웨인플리트 부인이 날카롭게 물었다.
"그게 무슨 뜻이죠?"
"무슨 뜻? 그녀가 런던으로 간다는 말이죠. 그렇지 않나? 난 그걸 말한 건데."

그는 사람들을 둘러보았다.

"오노리아, 뉴스가 하나 있어요. 브리짓이 파혼을 선언했어요. 여기 피츠윌리엄을 더 좋아한대요. 인생이란 참 묘해요. 흠, 모두 이야기하게 내가 나가 주지요."

그는 주머니에서 동전을 딸랑거리면서 방을 나갔다.

"아, 이런……."

웨인플리트 부인이 말했다. 그녀의 목소리에 서린 비탄이 너무 커서 브리짓은 조금 놀란 것처럼 보였다.

웨인플리트 부인이 말했다.

"미안해요. 정말 미안합니다. 그가 화났어요. 무섭게 화가 났어. 아, 이런. 이건 끔찍한 일이야. 우린 뭘 해야 하지?"

브리짓이 그녀를 바라보았다.

"무슨 뜻이죠?"

웨인플리트 부인은 둘을 책망하는 눈빛으로 보면서 말했다.

"말하지 말았어야죠!"

브리짓이 말했다.

"어이없는 소리예요. 그거 말고 우리가 할 수 있는 일이 뭐가 있겠어요?"

"지금은 때가 아니에요. 멀리 갈 때까지 하지 말았어야 했어요."

브리짓이 쌀쌀하게 말했다.

"그건 견해 차이죠. 난 불쾌한 일은 최대한 빨리 해치우는 것이 낫다고 생각하는 편이라서요."

"아, 아가씨. 단지 그것만이 문제라면……."

그녀는 말을 멈추었다. 그러다 루크에게 뭔가를 묻는 시선을 던졌다.

루크는 고개를 흔들었다. 그는 입모양으로 말했다.

"아직 안 했어요."

웨인플리트 부인은 웅얼거렸다.

"알았어요."

브리짓은 조금 화가 난 목소리로 말했다.

"제게 뭔가 볼일이 있어서 오신 건가요, 웨인플리트 부인?"

"아, 예. 아가씨가 내 집에 와 있는 게 어떻겠냐고 물어보러 왔어요. 난 생각했죠. 어……. 여기 있는 건 불편할 것 같고 그래서 며칠 계획을 세우면서……."

"고마워요, 부인. 아주 친절하시군요."

"있죠, 나랑 있으면 안전하고……."

브리짓이 말을 잘랐다.

"안전해요?"

웨인플리트 부인은 조금 당황해서 급히 말했다.

"편하다고요……. 그게 내가 하려던 말이었어요. 나랑 있으면 꽤 편할 거라구요. 내 말은 여기처럼 호화롭지는 않지만 뜨거운 물도 잘 나오고 우리 집 하녀 에밀리가 요리도 제법 잘해요."

"아, 모든 게 근사할 거라고 생각해요, 부인."

브리짓이 무심하게 말했다.

"하지만 물론 당신이 시내로 간다면 그게 훨씬 낫겠죠······."

브리짓이 천천히 말했다.

"그건 좀 거북해요. 이모가 오늘 화초 전시회를 보려고 일찍 나가셨어요. 이모에게는 아직 무슨 일이 일어났는지 말할 기회가 없었어요. 내가 아파트로 간다는 쪽지를 이모에게 남겨야겠어요."

"당신은 런던 이모네 아파트로 갈 건가요?"

"예, 거기는 아무도 없어요. 하지만 식사는 밖에서 하면 돼요."

"그 아파트에서 당신 혼자 있을 건가요? 아, 이런! 그러지 말아요. 거기 혼자 있어서는 안 돼요."

"아무도 날 잡아먹지 않을 거예요. 게다가 이모도 내일 오실 거고요."

브리짓이 초조해하며 말했다.

웨인플리트 부인은 걱정스러운 태도로 고개를 흔들었다.

루크가 말했다.

"호텔로 가는 게 나아요."

브리짓이 몸을 돌려 그를 바라보았다.

"왜요? 도대체 두 분 무슨 일이에요? 왜 내가 멍청한 아이인 것처럼 말을 하는 거죠?"

웨인플리트 부인이 항의했다.

"아니에요, 아가씨. 우리는 그냥 당신이 조심하기를 바라는 거예요. 그게 다죠!"

"하지만 왜요? 도대체 왜 이 난리예요?"

루크가 말했다.

"있죠, 브리짓. 당신과 할 이야기가 있어요. 하지만 여기서는 말할 수 없어요. 나랑 지금 차를 타고 조용한 곳으로 갑시다."

그는 웨인플리트 부인을 바라보았다.

"한 시간쯤 있다가 부인 댁으로 가도 될까요? 말씀드릴 게 몇 가지 있습니다."

"그렇게 하세요. 집에서 기다리겠어요."

루크는 브리짓의 팔에 손을 올려놓았다. 그는 웨인플리트 부인에게 고맙다는 뜻으로 고개를 끄덕였다.

그가 말했다.

"짐은 나중에 가져갑시다. 어서 가요."

그는 그녀를 방 밖으로 데려가서 복도를 따라 앞문으로 나갔다. 그러고는 차 문을 열었다. 브리짓이 들어갔다. 루크는 시동을 걸고 재빨리 진입로를 빠져나왔다. 그는 철문을 빠져나오면서 안도의 숨을 쉬었다.

"고맙게도 당신을 거기서 안전하게 빼냈군요."

"돌았어요, 루크? 왜 지금은 말할 수 없다면서 쉬쉬하는 거죠?"

루크가 우울하게 말했다.

"글쎄, 당신이 살고 있는 집주인이 살인자라는 것을 그 집에서 설명하기는 좀 어렵지 않겠어요?"

함께 해야 하는 일

브리짓은 그의 옆에서 한동안 움직이지 않고 앉아 있었다. 그녀가 말했다.

"고든?"

루크가 고개를 끄덕였다.

"고든이 그 살인자? 살면서 이렇게 터무니없는 말은 들어 본 적이 없어요."

"당신은 그렇게 생각해요?"

"예, 고든은 파리 한 마리 해치지 못해요."

루크는 우울하게 말했다.

"그게 사실일지도 모르죠. 나도 모르겠습니다. 하지만 그가 최소한 새 한 마리를 죽인 것은 확실하고, 더 나아가 사람들도 많이 죽였다는 것을 난 꽤 확신하고 있어요."

"루크, 난 정말 믿을 수 없어요."

"나도 알아요. 정말 믿을 수 없게 들리기는 하죠. 그래서 이틀 전까지는 그를 그럴싸한 혐의자로도 전혀 생각하지 않았고요."

브리짓이 이의를 제기했다.

"하지만 난 고든에 대한 모든 걸 알아요! 사람됨을 속속들이 알고 있어요! 그 사람은 사실은 소심하고 다정한 사람이에요. 거만하기는 하지만 불쌍한 사람이에요."

루크는 고개를 흔들었다.

"당신은 그에 대한 생각을 바꿔야 해요, 브리짓."

"소용없어요, 루크. 난 정말 못 믿겠어요! 도대체 어떻게 그런 어이없는 생각을 하게 된 거죠? 이틀 전만 해도 당신은 엘스워시가 범인일 거라고 단정하고 있었잖아요."

루크는 슬쩍 꽁무니를 뺐다.

"나도 알아요, 알아. 당신은 아마 내가 내일은 토머스를 의심하고 또 그 다음 날은 호튼 뒤를 쫓을 거라고 생각하는 거죠? 난 그렇게 정서불안은 아니에요. 당신에게 이야기를 하면 당신이 충격 받을 거라는 것을 인정하지만 좀 더 깊이 들여다보면 모든 것이 놀랄 정도로 맞아떨어진다는 것을 알게 될 거요. 핀커튼 부인이 동네 경찰에 가려고 하지 않았던 것도 무리가 아니죠. 그녀는 사람들이 자신을 비웃을 거라는 걸 알았던 거죠! 런던 경시청만이 그녀의 유일한 희망이었어요."

"하지만 고든이 그런 살인을 할 동기가 없잖아요? 아, 이건 모두 너무 어이없어요!"

"나도 알아요. 하지만 당신도 고든 위필드가 자신을 아주 높이 평가하고 있다는 것은 알고 있겠죠?"

"고든은 자신이 아주 근사하고 중요한 인물인 척하죠. 그게 다 열등감 때문이에요. 불쌍한 사람!"

"아마 그게 모든 문제의 원인일 거예요. 나도 모르겠어요. 하지만 생각해 봐요, 브리짓. 잠깐만 생각해 봐요. 당신이 비웃듯이 그에 대해 표현한 말을 떠올려 봐요. 불경죄……. 그런 말들 있잖아요. 그 남자의 자아가 터무니없이 부풀려진 것을 당신은 깨닫지 못하겠어요? 그리고 그런 자아의식이 모두 종교와 연관되어 있어요. 사랑하는 브리짓, 그 남자는 철저히 돌았어요!"

브리짓은 잠깐 생각했다.

"난 아직도 믿을 수 없어요. 당신이 가지고 있는 증거는 뭔데요, 루크?"

"흠, 자신이 직접 한 말이 있어요. 이틀 전 밤에 그가 내게 꽤 단순하고 분명하게 말했어요. 누구든 그를 거스르는 자는 항상 죽었다고."

"계속해 봐요."

"내가 생각한 바를 잘 설명할 수는 없지만……. 그가 말했던 방식이 내 의심을 불러일으켰죠. 아주 침착하고 만족스럽게……. 그걸 어떻게 표현해야 할까? 그런 생각에 꽤 익숙한 것처럼 보였어요. 혼자 앉아서 미소를 짓고 있었는데……. 으스스하고 좀 끔찍했죠, 브리짓!"

"계속해요."

"그런 다음 내게 자신을 모욕했다가 죽은 사람들을 죽 읊었죠! 그리고 이걸 들어 봐요, 브리짓. 그가 말한 사람들은 바로 호튼 부인, 에이미 깁스, 토미 피어스, 해리 카터, 험블비와 그 운전기사 리버스도 있었어요."

마침내 브리짓은 냉정을 잃었다. 그녀는 창백해졌다.

"그가 정말로 이 사람들을 언급했단 말이에요?"

"정말 이 사람들이었다고요! 이제 내 말을 믿겠어요?"

"오, 신이여. 그래야겠죠……. 이유가 뭐였대요?"

"아주 사소한 것들. 그게 바로 무서운 점이죠. 호튼 부인은 그의 상대를 해 주지 않았고, 토미 피어스는 그의 흉내를 내서 정원사들을 웃게 만들었고, 해리 카터는 그를 모욕했고, 에이미 깁스는 아주 무례한 말을 했고, 험블비는 공개적으로 그에게 반대했고, 리버스는 나와 오노리아 부인 앞에서 그를 위협했고……."

브리짓은 손으로 자신의 눈을 가렸다.

"끔찍해요……. 너무 끔찍해……."

"그리고 또 다른 증거가 있어요. 런던에서 핀커튼 부인을 친 차는 롤스로이스였고 그 번호는 위필드 경의 차 번호였어요."

"그걸로 분명히 결론이 났군요."

브리짓이 천천히 말했다.

"그래요. 경찰은 그들에게 번호를 알려 준 부인이 실수했을 거라고 생각했어요. 사실 실수를 한 것은 경찰이었죠!"

"나도 그건 이해해요. 위필드 경처럼 부유하고 유력한 사람이 얽힌 문제라면 자연스럽게 사람들은 그가 하는 이야기를 믿게 되죠!"

"그래요. 핀커튼 부인이 겪었을 어려움이 짐작이 가요."

브리짓은 생각에 잠겨 말했다.

"핀커튼 부인이 한두 번 내게 이상한 이야기를 하기는 했어요. 마치 뭔가를 경고하려는 것처럼……. 난 그때는 전혀 이해하지 못했죠……. 이제 알겠어요!"

"이 모든 게 다 들어맞아요. 바로 그런 식이죠. 처음엔 사람들이 말하죠. 당신이 그런 것처럼. '불가능해!' 그리고 나서 일단 그 생각을 받아들이면 아귀가 들어맞는 거죠. 호튼 부인에게 그가 포도를 보냈는데 그 부인은 간호사들이 자기를 독살하려 한다고 의심했죠. 그리고 웰러맨 연구소에 찾아가서 어떻게든 그 배양된 세균을 가져와 험블비 박사를 감염시켰을 거예요."

"그가 어떻게 그렇게 했는지 난 모르겠어요."

"나도 모르겠어요. 하지만 두 가지 다 연관성이 있어요. 그건 부인할 수 없겠죠."

"맞아요……. 당신이 말한 것처럼 이 이야기가 맞아떨어진다면, 물론 그는 다른 사람들이 할 수 없는 일을 할 수 있겠죠! 내 말은 그가 전혀 의심받지 않을 거라는 뜻이에요!"

"내 생각에 웨인플리트 부인은 의심한 것 같아요. 고든이 그 연구소를 찾아갔다고 말한 게 그녀였거든요. 지나가는 투로 그 이야기를 했지만 아마 내가 그에 대해 조사를 해 주기를 바라면서 그런 말을 했던 것 같아요."
"그렇다면 그녀는 처음부터 그걸 알고 있었던 건가요?"
"부인은 고든을 의심하고 있었죠. 하지만 내 생각에 한때 그를 사랑했던 것 때문에 아무 조치도 못 취했던 것 같아요."
브리짓이 고개를 끄덕였다.
"예, 그걸로 몇 가지가 설명이 되는군요. 고든이 그러는데 두 사람이 한때 약혼한 사이였다고……."
"그녀는 그가 살인자라는 것을 믿고 싶어 하지 않았어요. 하지만 점점 더 그가 살인자라는 것을 확신하게 되었죠. 그녀는 내게 힌트를 주려고 했지만 그에게 불리한 일은 하나도 할 수 없었어요! 여자들은 이상한 존재라니까요. 내 생각에 어떤 면에서 그녀는 아직도 그를 좋아하는 것 같아요……."
"그가 그녀를 찼는데요?"
"그녀가 그를 찼죠. 내가 다 이야기해 줄게요."
그는 짧게 그 추악한 이야기를 브리짓에게 말했다. 브리짓은 그를 물끄러미 응시했다.
"고든이 그랬단 말이에요?"
"그래요. 심지어는 그 옛날에도 정상이 아니었던 거예요!"
브리짓은 몸을 떨면서 중얼거렸다.
"그 오랜 세월 동안을……."
"그는 아마 우리가 알고 있는 것보다 더 많은 사람들을 해치웠을

지도 모르겠어요. 최근에 와서 급속히 사람들이 죽어 나가면서 그에게 주목이 쏠린 것뿐이죠. 아마 성공을 거듭하면서 부주의해진 것 같아요."

브리짓은 고개를 끄덕였다. 그녀는 한동안 생각에 잠겨 아무 말도 하지 않다가 갑자기 물었다.

"핀커튼 부인이 정확히 당신에게 뭐라고 말했죠? 그날 기차에서? 어떻게 이야기를 시작했죠?"

루크는 그때를 회상했다.

"내게 런던 경시청으로 가는 길이라면서 동네 경찰관에 대한 이야기를 하더군요. 좋은 사람이지만 살인 사건을 다룰 만한 인물은 아니라고."

"그게 그녀가 처음으로 한 말이었나요?"

"그래요."

"계속해 보세요."

"그러고는 말하더군요. '놀랐군요. 얼굴에 씌어 있어요. 나도 처음엔 놀랐죠. 정말 믿을 수 없었어요. 난 그냥 내가 상상해 낸 거라고 생각했죠.'라고."

"그 다음엔?"

"난 부인에게 확실하냐고 물었죠……. 내 말은 단순한 상상이 아니냐고. 그랬더니 그녀는 아주 침착하게 말했어요. '아니요, 아니에요! 처음에는 그럴 수도 있겠죠. 하지만 두 번째도 아니고 세 번째도 아니고 네 번째도 아니에요. 그 사건 이후로 알게 되었죠.'라고."

"놀랍군요. 계속하세요."

"그래서 내가 그녀의 말에 맞장구를 쳤죠. 부인이 옳은 일을 하는 거라고 말해 주었어요. 그런 사람이 실제로 있는지 모르겠지만 나야말로 모든 것을 의심하는 사람이었죠."

"일이 일단 일어난 후에 현명해지기는 쉽죠. 나도 똑같이 그 불쌍한 노부인에게 우월감을 느꼈어요. 대화는 어떻게 진행되었죠?"

"그녀가 아버크롬비 사건에 대한 이야기를 꺼냈어요. 당신도 알죠? 웨일스 독살범 말이에요. 그녀는 그 범인이 희생자를 보는 독특한 표정을 보기 전까진 정말 믿지는 않았다고 말하더군요. 하지만 자신이 직접 그 표정을 보았다는 것을 믿는다고 했어요."

"정확히 그녀가 어떤 말을 했죠?"

루크는 눈가에 주름을 잡고 생각했다.

"그녀가 말했죠. 선량한 숙녀 같은 목소리로 말이에요. '물론 내가 그 이야기를 읽었을 때는 사실 믿지 않았어요. 하지만 그건 사실이었어요.'라고. 그래서 내가 뭐가 사실이냐고 물었죠. 그랬더니 '그 사람의 얼굴 표정.'이라고 말하더군요. 그때 그 말을 하는 모습이 완전히 날 사로잡았어요! 그녀의 조용한 목소리와 표정⋯⋯. 마치 말로 표현할 수 없는 끔찍한 것을 본 사람의 표정 같았어요!"

"계속하세요, 루크. 내게 모든 것을 말해 줘요."

"그 다음에 그녀는 내게 희생자들의 이름을 열거했어요. 에이미 깁스, 카터, 토미 피어스. 그리고 토미 피어스가 징글맞은 사내애였고 카터가 술주정뱅이였다고 말했죠. 그 다음에 그녀가 말했죠. '이제 험블비 박사예요. 하지만 그는 너무나 훌륭한 분이에요. 아주 선량한 분인데…….' 그러면서 만약 그녀가 험블비 박사에게 가서 그 이야기를 하면 믿지 않고 그냥 웃어넘길 거라고 말하더군요."

브리짓은 깊게 한숨을 쉬었다.

"알겠어요."

루크는 그녀를 바라보았다.

"뭐죠, 브리짓? 뭘 생각하고 있는 거죠?"

"예전에 험블비 부인이 제게 그런 말을 한 적이 있어요. 난 그게 무슨 말인지 궁금했는데……. 아니, 신경 쓰지 마세요. 계속하세요. 끝에 핀커튼 부인이 당신에게 뭐라고 했죠?"

루크는 그 말을 침착하게 다시 들려주었다. 그 말은 그에게 깊은 인상을 남겨 그는 그 말을 잊을 수가 없었다.

"난 말했죠. 살인을 그렇게 많이 저지르고 무사히 빠져나가는 건 어렵지 않느냐고. 그랬더니 그녀가 말하더군요. '아니요, 젊은 양반. 젊은 양반이 그 점에 있어서는 틀렸어요. 의심하는 사람이 없는 한 살인은 아주 쉽답니다. 그리고 문제의 그 인물이 바로 아무도 의심하지 않을 그런 사람이랍니다…….'라고."

그는 침묵에 빠졌다. 브리짓은 전율하며 말했다.

"살인하기는 쉽다고? 무시무시하게 쉽다……. 그건 정말 사실이네요! 그 말이 당신에게 깊은 인상을 남긴 것도 무리가 아니군요, 루크. 그 말은 내 마음에도 평생 남아 있을 거예요! 고든 위필드 같은 남자가……. 아, 물론 그건 쉽죠."

"그의 죄를 깨닫게 하기가 쉽지 않죠."

루크가 말했다.

"그렇게 생각해요? 내가 그 부분은 도울 수 있을 거라는 생각이 드는군요."

"브리짓, 난 허락하지 않을 겁니다······."

"당신은 나를 막을 수 없어요. 나만 편하고 안전하게 있을 수는 없어요. 나도 함께 이 일을 해야 해요, 루크. 위험할 수 있겠죠. 예, 나도 인정해요. 하지만 나도 맡은 역할을 해야 해요."

"브리짓."

"나도 함께 할 거예요, 루크! 웨인플리트 부인의 초대를 받아들여서 여기 있겠어요."

"제발 애원하건대······."

"이건 우리 둘 다에게 위험해요. 나도 알아요. 하지만 우린 이 일을 해야 해요, 루크. 우리 함께!"

"오, 당신은 왜 장갑을 끼고 들판을 걷나요?"

차에서의 긴장된 순간이 흐른 후 찾아간 웨인플리트 부인의 집은 그동안의 흥분이 어이없게 느껴질 정도로 고요했다. 웨인플리트 부인은 브리짓이 자신의 초대를 받아들인 것을 다소 미심쩍게 생각하는 눈치였다. 하지만 그녀를 받아들이지 않겠다는 것이 아니라 다른 이유 때문에 마음이 어지러웠다는 것을 보여 주기 위해 서둘러 잘 대접하겠다는 말을 거듭했다.

루크가 말했다.

"웨인플리트 부인이 아주 친절하시니 이게 최선일 거라고 생각했습니다. 전 벨스 앤드 모틀리에서 묵고 있습니다. 브리짓을 시내보다는 제가 볼 수 있는 곳에 두고 싶습니다. 시내에서 일어난 일을 돌아봐도 그렇고요."

웨인플리트 부인이 말했다.

"그건……. 라비니아 핀커튼 부인 말인가요?"

"예, 그렇죠. 그 말을 하실 줄 알았어요. 그렇지 않습니까? 복잡한 도시 한가운데서라면 누구든 안전할 것이라고요."

"선생님 말은 '한 사람의 안전은 아무도 그 사람을 죽이려고 하지 않는다는 사실에 달려 있다.'는 것을 의미하는 거죠?"

"바로 그겁니다. 우린 '문명의 선의'라는 것에 의지하게 되었죠."

웨인플리트 부인은 생각에 잠겨 고개를 끄덕였다.

브리짓이 말했다.

"고든이 살인자라는 것을 얼마나 오랫동안 알고 계셨나요, 부인?"

웨인플리트 부인이 한숨을 쉬었다.

"그건 대답하기 힘든 질문이네요, 아가씨. 난 내심 한동안 꽤 확신하고 있었던 것 같아요……. 하지만 그 믿음을 인정하지 않기 위해 최선을 다했어요! 있죠, 난 그걸 믿고 싶지 않았죠. 그래서 이것은 내가 그냥 상상해 낸 사악하고 기괴한 생각일 뿐인 척했죠."

루크가 퉁명스럽게 말했다.

"혹시 부인 자신이 위험에 처했다는 느낌에 두려워해 보신 적은 없습니까?"

웨인플리트 부인은 생각했다.

"선생님 말은 고든이 내가 알고 있다고 의심해서 나를 없애 버릴 방법을 찾지 않았느냐는 뜻인가요?"

"예."

웨인플리트 부인은 다정하게 말했다.

"물론 나도 그런 가능성은 예감하고 있었어요……. 조심하려고 했죠. 하지만 고든이 나를 두려워할 거란 생각은 하지 않았어요."

"왜요?"

웨인플리트 부인은 얼굴을 조금 붉혔다.

"내가 자기를 위험에 몰아넣을 사람이라고 고든이 믿지는 않을 걸요."

루크가 불쑥 말했다.

"고든 경에게 경고 정도는 하지 않으셨나요?"

"사실은 그를 불쾌하게 만드는 사람은 누구든 이내 사고를 당한다는 것이 이상하지 않느냐는 식으로 힌트를 준 적이 있죠."

브리짓이 다그쳤다.

"그랬더니 그가 뭐라고 하던가요?"

웨인플리트 부인의 얼굴에 걱정스러운 표정이 스쳤다.

"그는 내가 의도했던 반응을 보이지 않더군요. 그는……. 사실 정말 놀라웠어요! 그는 기뻐하는 것처럼 보이더군요……. 그가 말했죠. '당신도 그걸 눈치 챘군요?' 그는…… 이런 표현을 써도 된다면, 꽤 의기양양해 보였어요."

"그는 물론 미쳤죠."

루크가 말했다.

웨인플리트 부인이 진심으로 동의했다.

"예, 정말……. 다른 말로는 표현을 할 수가 없어요. 그는 자신이 저지른 짓에 책임이 없어요."

그녀는 루크의 팔에 손을 얹었다.

"사람들이……. 그를 교수형에 처하지는 않겠죠? 그럴까요, 피츠윌리엄 씨?"

"아니요, 아니에요. 정신병원에 보낼 겁니다. 제 예상으로는……."

웨인플리트 부인은 한숨을 쉬고 의자에 기대어 앉았다.

"난 기뻐요."

그녀의 시선이 얼굴을 찌푸린 채 카펫을 내려다보고 있는 브리짓에게 머물렀다.

루크가 말했다.

"하지만 그렇게 하기까지 아직 갈 길이 멀어요. 제가 당국에 알렸는데 이 정도는 말할 수 있습니다. 당국이 이 문제를 심각하게 받아들일 준비를 했다는 것을요. 하지만 조사를 할 만 한 증거가 별로 없다는 것을 아셔야 합니다."

"우리가 증거를 찾을 거예요."

브리짓이 말했다.

웨인플리트 부인이 그녀를 올려다보았다. 그녀의 표정에는 루크가 오랫동안 보지 못한 뭔가를 연상시키는 특징이 있었다. 그는 교묘하게 달아나는 그 기억을 정확히 짚어 내려고 했지만 실패했다.

웨인플리트 부인이 미심쩍다는 듯이 말했다.

"자신만만하군요, 아가씨. 흠, 아마 당신이 옳겠죠."

루크가 말했다.

"브리짓, 내가 차를 타고 가서 마노르에서 당신 짐을 가져올게요."

브리짓이 곧장 말했다.

"나도 갈게요."

"그러지 않았으면 좋겠는데."

"당신은 그러겠죠. 하지만 난 가고 싶어요."

루크가 짜증스럽게 말했다.

"지금 나랑 엄마 놀이 할 생각 말아요, 브리짓! 당신 보호는 받고 싶지 않아요."

웨인플리트 부인이 중얼거렸다.

"내 생각엔……, 브리짓……. 차를 타고 가고, 게다가 지금은 낮이니까 괜찮을 거예요."

브리짓은 창피한 듯이 웃었다.

"내가 어리석은 짓을 했군요. 이런 일을 겪다 보니 신경이 곤두서서요."

루크가 말했다.

"부인이 지난밤 날 집까지 바래다 주었죠? 말해 보세요, 웨인플리트 부인! 시인하세요! 그랬죠? 그러지 않았나요?"

그녀는 그것을 인정하며 미소를 지었다.

"있죠, 피츠윌리엄 씨. 당신은 전혀 의심을 하고 있지 않아서! 그리고 고든이 만약 당신이 다른 이유가 아니라 순전히 이 일을 조사하러 여기 왔다는 사실을 알게 되면……. 흠, 그건 정말 안전하지 않아요. 그리고 그 길은 아주 호젓해서 무슨 일이 일어날지 몰라요!"

"저도 위험하다는 것은 잘 알고 있습니다."

루크가 우울하게 말했다.

"낮잠 자다 습격당하는 일은 없을 거라는 걸 확신시켜 드리죠."

웨인플리트 부인이 걱정스럽게 말했다.

"기억하세요. 그는 아주 교활해요. 그리고 당신이 상상하는 것보다 훨씬 더 영리해요! 정말 독창적이죠."

"전 미리 대비하고 있습니다."

"남자들은 용감하죠. 나도 그건 알아요. 하지만 남자들이 여자들보다 훨씬 잘 속죠."

"그건 사실이에요."

브리짓이 말했다.

루크가 물었다.

"웨인플리트 부인, 정말로 제가 심각한 위험에 처했다고 생각하세요? 영화 대사처럼 말해 보자면 위필드 경이 정말 저를 노리고 있단 말입니까?"

웨인플리트 부인은 망설였다.

"내 생각엔 제일 위험한 사람은 브리짓이에요. 브리짓이 그를 거부한 것이 최고의 모욕이에요! 내 생각에 브리짓과의 일을 마무리 지은 후 당신에게 관심을 돌릴 거예요. 하지만 분명 브리짓부터 먼저 해치려고 들겠죠."

루크는 신음 소리를 냈다.

"브리짓, 난 제발 당신이 지금 당장 해외로 갔으면 좋겠어요."

브리짓은 입술을 앙다물었다.

"난 가지 않아요."

웨인플리트 부인이 한숨을 쉬었다.

"당신은 용감한 사람이에요, 브리짓. 존경해요."

"당신도 저 같은 처지에 있다면 저처럼 행동하셨을걸요."

"글쎄요, 그럴지도 모르죠."

브리짓은 크고 낭랑한 목소리로 말했다.

"루크와 저는 이 일을 함께 할 겁니다."

그녀는 루크를 문까지 배웅했다. 루크가 말했다.

"사자 굴을 무사히 벗어나 벨스 앤드 모틀리에 도착하면 전화할게요."

"예, 그렇게 해요."

"내 사랑! 너무 그렇게 안달하지 말아요. 아무리 뛰어난 살인범이라도 계획을 완성하기 위해서는 시간이 좀 필요한 법인걸요! 하루나 이틀쯤은 우리에게 시간이 있을 거예요. 배틀 총경이 오늘 런던에서 오기로 했어요. 그때부터 위필드 경은 감시를 받게 될 거예요. 사실 모든 게 괜찮아요. 우리가 이 멜로드라마를 중단시킬 수 있을 거예요."

루크는 근엄하게 말하면서 브리짓의 어깨에 한 손을 올렸다.

"브리짓, 내 사랑. 무모한 짓은 하지 말라는 내 말을 들어요."

"당신도 마찬가지예요, 루크."

그는 그녀를 껴안아 준 후 차에 타고 떠났다.

브리짓은 거실로 돌아갔다. 웨인플리트 부인은 다정한 노부인들이 그러하듯이 수선을 피우고 있었다.

"아가씨, 방이 아직 준비가 되지 않았어요. 에밀리가 준비하고 있답니다. 뭘 드릴까요? 맛있는 차를 한잔 가져다줄게요! 한바탕 일을 치렀으니 지금은 이런 차가 필요해요."

"정말 친절하시군요, 부인. 하지만 전 차는 정말 생각 없어요."

사실 브리짓이 마시고 싶었던 건 진을 많이 넣은 독한 칵테일이었다. 하지만 그런 음료는 나오지 않을 거라고 그녀는 짐작했다. 브리짓은 차를 매우 싫어했다. 차를 마시면 소화불량을 일으키곤 했다. 하지만 웨인플리트 부인은 젊은 손님이 차가 필요하다고 결정내려 버렸다. 그녀는 방을 나가 부산하게 움직이다가 5분이 지난 후 희색이 만면해서 향기롭고 김이 나는 음료를 가득 담은 두 개의 섬세한 드레스덴 컵이 든 쟁반을 들고 나타났다.

"랍상 소총(홍차의 일종─옮긴이) 진품이죠."

웨인플리트 부인이 자랑스럽게 말했다.

인도차보다 중국차를 더 싫어하는 브리짓은 힘없이 미소를 띠었다.

바로 그 순간 체구가 자그마하고 촌스럽게 생긴데다 툭 불거진 아데노이드(편도선이 커지는 병─옮긴이)가 있는 소녀 에밀리가 문간에 나타나서 말했다.

"마님, 주름 장식을 한 베개를 준비할까요?"

웨인플리트 부인이 급히 방을 나갔다. 브리짓은 그 틈을 타서 차를 창밖으로 쏟아 버리다가 창문 밑 화단에 앉아 있던 윙키 푸를 데일 뻔했다.

윙키 푸는 그녀의 사과를 받아들이고 창문턱으로 뛰어올라와 몸을 오그렸다가 브리짓의 어깨로 내려와 만족스럽게 골골거렸다.

"잘생겼네!"

브리짓이 말하면서 고양이의 등을 쓰다듬어 주었다. 윙키 푸는 꼬리를 둥글게 말면서 두 배는 더 큰 소리로 골골거렸다.

"착하기도 하지."

브리짓은 고양이의 귀를 간질거렸다.

바로 그때 웨인플리트 부인이 방으로 돌아왔다. 그녀는 감탄해서 소리를 질렀다.

"세상에! 윙키 푸가 아가씨에게 반해 버렸군요. 그렇죠? 보통 때는 아주 쌀쌀맞은 놈인데! 귀를 조심해요. 요즘 귀가 안 좋았는데 아직 아플걸요."

그녀는 너무 늦게 주의를 주었다. 브리짓이 이미 그 아픈 쪽 귀를 비틀어 버렸다. 윙키 푸는 브리짓에게 으르렁거리더니 물러가 버렸다. 그 오렌지색 털 뭉치는 성질도 품위 있게 부렸다.

"이런, 세상에. 그놈이 아가씨를 할퀴었나요?"

웨인플리트 부인이 소리를 질렀다.

"별거 아니에요."

브리짓은 대답하면서 손등에 사선으로 난 상처를 빨았다.

"요오드를 좀 발라 줄까요?"

"아니요, 괜찮아요. 공연히 수선 피울 것 없어요."

웨인플리트 부인은 조금 실망한 것처럼 보였다. 자신이 무례했다고 느끼면서 브리짓은 급히 말했다.
"루크가 얼마나 걸릴지 궁금한데요?"
"걱정하지 말아요, 아가씨. 피츠윌리엄 씨는 자기 한 몸은 잘 돌볼 겁니다."
"아, 루크야 강한 사람이죠."
바로 그 순간 전화벨이 울렸다. 브리짓은 급히 전화를 받았다. 루크였다.
"여보세요? 당신이에요, 브리짓? 난 지금 벨스 앤드 모틀리에 있어요. 점심시간에나 당신 짐을 가져다줄 수 있을 것 같은데 기다릴 수 있죠? 배틀이 여기 도착했어요. 내가 누구 말하는지 알죠?"
"런던 경시청에서 파견된 총경 말이죠?"
"그래요. 지금 나랑 이야기를 하고 싶다고 해서요."
"난 괜찮아요. 점심 먹고 짐 가져다줄 때 무슨 이야기를 나누었는지 내게 다 말해 줘요."
"그렇게 합시다. 안녕, 내 사랑."
"안녕."
브리짓은 수화기를 내려놓고 웨인플리트 부인과 다시 이야기를 했다. 그러다 그녀는 하품을 했다. 흥분이 가시고 피로가 몰려오기 시작했다.
웨인플리트 부인이 그걸 눈치 챘다.
"피곤한가 보다, 아가씨! 눕는 게 좋겠어요. 아니다, 막 점심 먹기 전에 눕는 것은 좋지 않아요. 마침 그리 멀지 않은 곳에 통나무집에 사는 여자에게 헌 옷을 가져다주려던 참인데. 들판을 가로질러 가는 깨끗한 산책로로 가는데 나랑 같이 갈래요? 점심 먹기 전에 돌아올 수 있을 거예요."

브리짓은 기꺼이 동의했다.

그들은 뒷길로 갔다. 웨인플리트 부인은 밀짚모자를 쓰고 놀랍게도 장갑을 끼었다.

'본드 스트리트로 가는 것 같군!'

브리짓은 속으로 생각했다.

웨인플리트 부인은 걸어가면서 소소한 마을 문제에 대해 유쾌하게 수다를 떨었다. 이들은 걸어서 벌판을 두 개 지나고 울퉁불퉁한 길을 건너 야생의 작은 관목 숲을 통과하는 좁은 길로 접어들었다. 그날은 더워서 나무 그늘이 쾌적하게 느껴졌다.

웨인플리트 부인이 잠시 앉아서 쉬었다 가자고 제안했다.

"오늘은 기분 나쁠 정도로 날씨가 덥네. 그렇게 생각하지 않아요? 아무래도 천둥이 칠 것 같은 날이야!"

브리짓은 반쯤 졸면서 동의했다. 그녀는 비탈에 기대어 눈을 반쯤 감은 채 앉아 있었는데 어떤 시 한 구절이 머릿속을 떠돌고 있었다.

오, 당신은 왜 장갑을 끼고 들판을 걷고 있나요?
오, 누구에게도 사랑받지 못한 뚱뚱한 여인이여!

하지만 이건 틀렸어! 웨인플리트 부인은 뚱뚱하지 않아. 그녀는 상황에 들어맞도록 시구를 고쳤다.

오, 당신은 왜 장갑을 끼고 들판을 걷고 있나요.
오, 누구에게도 사랑받지 못한 메마른 늙은 여인이여!

웨인플리트 부인이 그녀의 생각에 끼어들었다.
"졸린가 봐, 아가씨. 그렇죠?"
다정하고 평범한 목소리였지만 거기에는 갑자기 브리짓의 눈을 번쩍 뜨게 하는 뭔가가 있었다.
웨인플리트 부인은 브리짓에게 몸을 바싹 대고 있었다. 그녀의 눈은 뭔가를 간절히 열망하면서 혀로 부드럽게 입술을 핥았다. 그녀는 다시 물었다.
"아주 졸리죠. 그렇지 않나요?"
이번에는 그 목소리에 뭔가 중요한 뜻이 담겨 있다는 것을 확실히 알 수 있었다. 갑자기 섬광과도 같이 한 생각이 브리짓의 머리를 스쳐 지나갔다. 번갯불이 치듯 깨달음을 얻으면서 브리짓은 이내 자신의 어리석음을 경멸했다!
그녀는 진실을 짐작했지만 그건 그냥 미덥지 못한 의심에 지나지 않았다. 그녀는 조용히 그리고 비밀리에 그 의심을 확인해 볼 작정이었다. 하지만 한순간도 그녀는 자신을 겨냥해서 뭔가가 시도될 거라고는 생각지 못했다. 그녀는 자신의 의심을 완벽하게 숨겼다고 생각했다. 또한 이렇게 빨리 뭔가를 계획하리라고는 꿈도 꾸지 않았다. 바보……. 바보 천치였어!

그리고 그녀는 갑자기 생각났다.

'차……. 그 차에 뭔가 있었어. 그녀는 내가 그걸 마시지 않은 것을 몰라. 이게 내 기회야! 난 연기를 해야 해! 차에 뭘 넣은 걸까. 독약? 아니면 그냥 수면제? 그녀는 내가 잠들 것으로 예상하고 있어. 그건 분명해.'

그녀는 다시 눈을 내리깔았다. 자연스럽게 졸린 목소리가 나오기를 기대하면서 브리짓이 말했다.

"그러네요. 너무……. 이상해요! 이렇게 졸린 적이 없었던 것 같은데."

웨인플리트 부인은 천천히 고개를 끄덕였다.

브리짓은 거의 감은 눈으로 그 나이 든 여자를 살짝 훔쳐보았다.

'나 정도면 그녀와 상대할 수 있어! 내 근육은 꽤 단단해. 그녀는 바짝 마르고 허약한 노인네잖아. 하지만 그녀가 말을 하게 만들어야 해. 바로 그거야. 이야기를 하게 해야지!'

웨인플리트 부인은 미소를 짓고 있었다. 선량한 미소가 아니었다. 교활하고 비인간적인 미소였다.

'이 여자는 염소 같아. 세상에! 정말 염소같이 생겼어. 염소는 항상 악의 상징이었어! 이제 왜 그런지 이유를 알겠어. 내가 옳았어……. 내 상상이 옳았던 거야! 여자가 한을 품은 것처럼 무서운 것은 없어……. 바로 그게 이 모든 일의 원인이야.'

그녀는 웅얼거렸다. 이번에는 그녀의 목소리에 확실히 걱정스러운 기미가 어렸다.
"뭐가 잘못된 건지 모르겠네요……. 기분이 너무 이상해요……. 너무 이상해!"
웨인플리트 부인은 재빨리 주위를 둘러보았다. 그곳은 아주 황량한 곳이었다. 마을에서 멀리 떨어진 곳이라 소리를 질러도 들리지 않았다. 근처에 집이나 별장 같은 것도 없었다. 그녀는 가지고 왔던 헌 옷이 들어 있다던 꾸러미를 손으로 더듬기 시작했다. 언뜻 보기엔 헌 옷이 들어 있는 것 같았다. 꾸러미 속에 종이가 보이면서 보드라운 양털로 덮은 외피가 나왔다. 그리고 여전히 장갑 낀 손으로 웨인플리트 부인은 그 꾸러미를 더듬거리며 뭔가를 찾고 있었다.

오, 당신은 왜 장갑을 끼고 들판을 걷고 있나요?

'그래, 웬 장갑이야?'
당연하지! 이 모든 것이 아주 근사하게 계획된 것이었어!
포장지가 땅에 떨어졌다. 웨인플리트 부인은 조심스럽게 칼을 꺼내서 칼날에 남아 있는 지문이 지워지지 않도록 조심스럽게 손에 쥐었다. 그 칼은 애쉬 마노르의 응접실에서 그날 오전에 위필드 경이 짧고 통통한 손으로 만졌던 바로 그 칼이었다.
날이 예리한 무어인이 만든 칼.
브리짓은 속이 조금 메스꺼워졌다. 그녀는 시간을 벌어야 했다.

그리고 반드시 누구에게도 사랑받지 못한 이 메마르고 늙은 여자가 이야기를 하도록 만들어야 했다. 그건 사실 그렇게 어렵지 않을 것이다. 이 여자는 너무나 간절하게 이야기가 하고 싶을 것이고, 그녀가 이야기할 수 있는 유일한 상대는 브리짓같이 곧 영원히 침묵하게 될 그런 사람이니까.

브리짓은 힘없고 탁한 목소리로 말했다.

"그게…… 뭐죠……. 칼인가요?"

그러자 웨인플리트 부인이 웃음을 터트렸다.

그것은 끔찍한 웃음이었다. 부드럽고 음악적이면서 품위 있었지만 동시에 비인간적인 웃음소리였다.

"이건 널 위한 거야, 브리짓. 너를 위해서! 난 너를 증오했어. 아주 오랫동안……."

브리짓이 말했다.

"내가 고든 위필드와 결혼할 거라서요?"

웨인플리트 부인은 고개를 끄덕였다.

"넌 똑똑해. 아주 똑똑하지! 이것이 고든에 대한 최고의 불리한 증거가 될 거야. 넌 여기에서 그의 칼에 목이 잘린 시체로 발견될 거야. 그의 지문이 묻어 있는 칼과 함께! 오늘 아침에 내가 그 칼을 보게 해 달라고 부탁한 수법이 아주 절묘했지!

그 다음에 난 당신들이 2층에 있는 동안 그 칼을 손수건에 싸서 내 가방에 몰래 넣었지. 너무나 쉬웠어! 하지만 이 모든 게 쉬웠지. 내 자신도 믿을 수 없을 정도야."

브리짓은 여전히 약에 취해 있는 사람 특유의 탁하고 웅얼거리는 목소리로 말했다.

"그건…… 당신이…… 아주……. 지독하게……. 영리하니까……."

웨인플리트 부인은 다시 그 품위 있는 웃음소리로 짧게 웃었다. 그녀는 아주 자랑스럽게 말했다.

"그래. 난 항상…… 심지어 어렸을 때도 머리가 아주 좋았지! 하지만 사람들은 내가 뭘 하게 내버려 두지 않았어……. 난 아무것도 안 하고 집에만 있어야 했지. 그러다 고든을 만났어. 고든은 평범한 구두 가게 아들이었지만 야망이 있다는 것을 알았지. 난 고든이 출세할 거라는 걸 알고 있었어. 그런데 그가 날 차버렸지! 그 새에 얽힌 우스꽝스러운 일 하나 때문에……."

그녀는 마치 뭔가를 비틀어 짜는 것처럼 이상한 손짓을 했다.

다시 한 번 역겨운 느낌이 전신을 쓸고 가는 것을 브리짓은 느꼈다.

"고든 랙이 감히 날 차버리다니……. 웨인플리트 대령의 따님을! 난 반드시 대가를 치르게 해 주겠다고 맹세했어! 난 매일 밤 그 일을 생각하곤 했지……. 그러는 사이에 우리 가문은 점점 몰락했어. 집을 팔아야 했지. 그가 그 집을 샀어! 그가 와서 내게 선심 쓰는 척 하면서 내 옛 집에서 일을 하라고 일자리를 하나 주었지. 그때 내가 그를 얼마나 증오했는지 몰라! 하지만 난 절대로 내 기분을 드러내지 않았지. 우린 어렸을 때 그렇게 교육을 받았거든. 지금까지 받은 교육 중 가장 유익한 교육이었지. 이거야말로…… 내가 항상 생각하는 바지만 가정교육이 중요하다는 거 아니겠어."

그녀는 한동안 침묵에 빠졌다. 브리짓은 그녀를 지켜보면서 자신이 그녀의 말을 방해하게 될까 봐 숨도 크게 쉬지 못했다.

웨인플리트 부인은 다시 부드럽게 말을 하기 시작했다.

"항상 난 생각했지……. 우선 그를 그냥 죽일 생각을 했어. 그러다 범죄학에 관해 읽기 시작했지. 도서관에서 조용하게. 그리고 나중에 그렇게 읽었던 것을 여러 번 유용하게 써먹었지. 예를 들면 에이미의 방문은 내가 그녀의 침대 옆에 있는 약병을 바꿔치기 한 후에 펜치로 밖에서 열쇠를 돌린 거였어. 그 계집애는 어찌나 코를 골던지 아주 역겨웠지!"

그녀는 말을 멈추었다.

"어디 보자, 내가 어디까지 이야기했더라?"

브리짓이 갈고 닦은 재능이며 위필드 경을 매료시킨 완벽한 청취자로서의 재능이 지금 그녀에게 크게 도움이 되었다. 오노리아 웨인플리트 부인은 살인광일지 모르지만 한편으로 아주 평범한 사람이었다. 그녀는 자신에 대해 이야기하고 싶어 하는 한 인간이었다. 그리고 브리짓은 그런 사람을 다루는 데 익숙해져 있었다.

브리짓이 웨인플리트 부인을 적절하게 부추기는 말을 했다.

"처음엔 그를 죽이려고 했다는 말을……."

"그랬지. 하지만 그걸론 만족스럽지 않았어. 너무 평범해. 그냥 죽이는 것보다 뭔가 더 나은 게 있을 것 같았어. 그러다 아이디어가 하나 떠올랐지. 무심코 든 생각이었는데, 그가 저지르지도 않은 수많은 범죄로 인해 고통 받게 하자는 것이었어. 바로 살인자가 되는 거야! 내가 저지른 범죄로 인해 그가 교수형을 당하는 거야. 아니면 미쳤다고 평생 정신병원에 갇히게 될지도 모르지……. 그게 훨씬 더 나아."

그녀는 이제 깔깔거리고 있었다. 그 무시무시하고 짧은 웃음소리……. 그녀의 기괴하게 늘어진 동공이 브리짓을 향해 번뜩였다.

"아까 말했던 것처럼 난 범죄에 대한 책을 많이 읽었어. 나는 신중하게 희생자들을 골랐지. 처음에 의심을 많이 받으면 안 되니까. 있지……."

그녀의 목소리가 낮아졌다.

"살인이 너무 재미있었어……. 그 불쾌한 여자 리디아 호튼. 그녀는 내게 잘난 척했어. 한번은 날 노처녀라고 부르더군. 난 고든이 그녀와 싸웠을 때 아주 기뻤지. 이거야말로 일석이조라고 난 생각했어! 너무 재미있었어. 그녀의 침대 옆에 앉아서 그 여자의 차에 비소를 몰래 넣고 나가서 간호사에게 호튼 부인이 위필드 경이 보낸 포도 맛이 쓰다고 불평하더란 이야기를 했지! 그 멍청한 여자는 그 말을 다른 사람들에게 옮기지 않더군. 정말 안타까운 일이었지.

그러다 다른 사람들을 해치웠지. 고든이 누구와 싸웠다는 이야기를 듣고 사고를 준비하기는 아주 쉬웠어. 그리고 고든은 정말 바보였어. 믿을 수 없을 만큼 바보 천치였지! 난 그에게 아주 특별한 점이 있다고 믿게 만들었지. 누구든 그를 거스르는 사람은 고통을 받는다고 암시했어. 그는 그걸 아주 쉽게 믿더군. 불쌍한 고든. 그라면 뭐든 믿을 거야. 정말 잘 속는단 말이지."

브리짓은 자신이 루크에게 비웃는 투로 말하던 것을 생각했다.

'고든은 뭐든 믿을걸요!'

쉬워? 정말 쉽지! 불쌍하고 거만하고 잘 속는 고든.

하지만 더 많은 것을 알아내야 해. 쉬워? 이것도 쉽지! 그녀는 비서로서 다년간 일했다. 고용주들을 살짝 구슬려 자신에 대한 이야기를 털어놓게 하는 일은 일도 아니었다. 게다가 이 여자는 간절히 이야기를 하고 싶어 한다. 자신의 영리함을 자랑하고 싶은 것이다.

브리짓이 중얼거렸다.

"하지만 이 모든 것을 어떻게 다 해냈죠? 당신이 어떻게 그렇게 할 수 있었는지 난 모르겠어요."

"아, 그건 꽤 쉬웠지! 그냥 체계적으로 계획하면 되는 거였어! 에이미가 마노르에서 해고되었을 때 내가 당장 그 아이를 고용했지. 그 모자 염색약은 아주 절묘했어. 그리고 문이 안으로 잠겨 있어서 난 안전했지. 물론 난 항상 안전했어. 내겐 동기가 없었고 동기가 없으면 누구든 살인자로 의심할 수 없는 법이거든. 카터도 상당히 쉬웠어. 안개 속에서 비틀거리며 걸어가고 있는 것을 내가 다리에서 따라잡아 재빨리 밀어 버렸지. 내가 힘이 제법 세거든."

그녀는 말을 멈추고 다시 그 부드럽고 무시무시한 소리로 깔깔거리며 웃었다.

"모든 게 아주 재미있었어! 그날 내가 창턱에 앉아 있던 토미를 밀어서 떨어지게 했을 때, 그 표정을 난 결코 잊지 못할 거야. 그 아이는 전혀 생각지도 못했지……."

그녀는 속내를 털어놓는 것처럼 브리짓을 향해 몸을 굽혔다.

"있지, 사람들은 아주 어리석어. 전에는 그걸 몰랐어."

브리짓이 부드럽게 말했다.

"하지만 당신 역시 아주 영리해요."

"그래, 네 말이 맞을지도 몰라."

브리짓이 물었다.

"험블비 박사는 꽤 어려웠을 것 같은데요?"

"그렇지. 그게 성공하다니 정말 놀라웠어. 성공하지 못할 수도 있었는데. 고든은 만나는 사람마다 웰러맨 연구소에 다녀왔다고 자랑을 늘어놓았지. 그래서 난 사람들이 고든의 그 연구소 방문을 기억하도록 만들어서 그 사건과 연결시키도록 할 수 있다고 생각했지. 그랬는데 웡키 푸의 귀가 심하게 곪아서 고름이 많이 나왔어. 난 험블비 박사의 손에 내 가위를 스쳐서 다치게 한 다음 미안해 어쩔 줄 몰라 하면서 내가 직접 약을 바르고 붕대를 감게 해달라고 간청을 했지. 그는 그 붕대에 웡키 푸의 고름이 묻어 있었다는 것을 몰랐어. 정말 실패할 수도 있었지. 가능성이 희박했거든. 마침내 성공했을 때 난 정말 기뻤지. 게다가 그 고양이는 라비니아의 고양이였잖아."

그녀의 얼굴이 어두워졌다.

"라비니아 핀커튼! 그 여자는 알아냈지……. 그날 토미를 발견한 것도 그 여자였어. 그리고 고든과 그 늙은 험블비 박사가 논쟁을 벌이고 있을 때 내가 험블비를 바라보고 있는 것을 라비니아가 보았지. 내가 방심했거든. 나는 어떻게 그 일을 해야 할지 궁리를 하고 있었어……. 그런데 그 여자가 알아차린 거야! 나는 몸을 돌렸다가 그녀가 나를 보고 있는 것을 발견했어. 그리고 들켰다는 것을 알았지. 그녀가 눈치 챈 것을 느꼈어. 물론 그녀는 아무것도 증명할 수 없었어. 나도 그걸 알지. 하지만 그래도 누군가 그녀의 말을 믿어 줄까 봐 두려웠어. 런던 경시청에서 라비니아의 말을 믿을까 봐 두려웠던 거지. 난 그녀가 그날 런던 경시청에 간다는 것을 확신하고 있었지. 나도 같은 기차에 타고 그녀를 따라갔어.

이 모든 게 너무 쉬웠어. 그녀는 안전지대에 서 있다가 화이트홀을 건너고 있더군. 난 그녀 뒤를 바짝 따라붙었지. 그녀는 나를 보지 못했어. 큰 차가 한 대 오기에 나는 힘껏 라비니아를 밀어 버렸지. 난 힘이 아주 세거든! 그녀는 그 차 바로 앞으로 넘어져 버렸지. 난 옆에 서 있던 여자에게 차 번호를 보았다고 하면서 고든의 롤스로이스 번호를 말해 주었지. 그 여자가 경찰에 그대로 말해 주기를 빌면서.

다행히 그 차는 멈추지 않았어. 아마 운전기사가 주인 몰래 차를 가지고 나와서 타고 다녔던 것 같아. 그래, 난 그때도 운이 좋았지. 난 항상 운이 좋아. 요전날 리버스와 고든이 싸우고 있을 때 루크 피츠윌리엄을 증인으로 둘 수 있었잖아. 루크를 오해하게 만들면서 어찌나 즐겁던지! 루크가 고든을 의심하게 만드는 것이 이상하게도 참 힘들더군. 하지만 리버스가 죽은 후로는 확실히 의심하게 되었지. 루크도 의심할 수밖에 없었어!

이제 지금은……. 이 일로 모든 것을 멋지게 마무리하게 되겠지.”

그녀는 일어나서 브리짓을 향해 다가왔다. 그녀가 부드럽게 말했다.

"고든이 날 찼지! 그는 너랑 결혼하려고 했어. 나는 살아오면서 내내 실망만 했어. 난 가진 게 없어. 아무것도…….”

아, 누구에게도 사랑받지 못한 메마르고 늙은 여인이여…….

그녀는 광기 서린 눈으로 미소를 지으면서 브리짓에게로 몸을 굽혔다……. 칼날이 번쩍 빛났다…….

그 순간 브리짓은 자신이 가진 젊음과 모든 힘을 이용해서 벌떡 튀어 올랐다. 살쾡이처럼 전력으로 그녀에게 덤벼들어 쓰러뜨리고 그녀의 오른 손목을 잡았다.

불의의 기습을 당한 오노리아 웨인플리트는 브리짓이 정면으로 덤벼들기 전에 뒤로 넘어졌다. 하지만 잠시 멍해 있다가 그녀는 반격하기 시작했다. 힘에 있어서는 둘이 막상막하였다. 브리짓은 젊고 운동으로 근육을 단련시킨 건강한 아가씨였고, 오노리아는 가늘고 섬약한 사람이었다.

하지만 브리짓이 고려하지 않았던 요인이 하나 있었다. 오노리아 웨인플리트 부인은 미쳤다. 그녀는 미친 사람 특유의 무시무시한 힘을 지니고 있었다. 그녀는 악마처럼 싸웠고, 그 광기의 힘이 브리짓의 근육으로 단련된 힘보다 더 셌다. 둘은 뒤엉켜 앞뒤로 흔들 거리면서 브리짓은 그녀의 손을 비틀어 칼을 떨어뜨리려고 애를 쓰고, 오노리아는 칼을 뺏기지 않으려고 몸부림을 치고 있었다.

그러다 조금씩 미친 여자의 힘이 압도하기 시작했다. 브리짓이 비명을 질렀다.

"루크……. 도와줘요……. 도와줘요……."

하지만 그녀는 도움이 오기를 바랄 수 없었다. 여기에는 그녀와 오노리아 웨인플리트 단둘뿐이었다. 이 죽음의 세계에서 단둘만이……. 그녀는 마지막 남은 힘을 쥐어짜 상대편의 손목을 비틀고 마침내 칼을 떨어뜨렸다.

그 다음 순간 오노리아 웨인플리트의 두 손이 미친 듯이 브리짓의 목을 죄어 오면서 그녀의 목숨을 앗아 가려고 했다. 그녀는 마지막으로 숨 막힌 비명을 내질렀다…….

험블비 부인 말하다

루크는 배틀 총경의 외모에서 좋은 인상을 받았다. 그는 단단한 체구에 편안해 보이는 사람으로 넓적하고 불그스름한 얼굴엔 근사한 수염이 나 있었다. 첫인상은 똑똑해 보이지 않아도 볼수록 범상치 않게 영리해 보이는 눈동자에 사람들은 그를 다시 보곤 했다.

루크는 그를 과소평가하는 실수를 저지르지 않았다. 그는 전에도 배틀 같은 사람들을 만나 본 적이 있었다. 이런 사람들은 신뢰할 수 있으며 항상 만족스러운 성과를 낸다는 것을 알고 있었다. 그는 이 사건 담당으로 최고의 적임자가 왔다는 것을 알았다.

둘만 남게 되었을 때 루크가 말했다.

"당신 같은 거물이 어떻게 이런 사건을 맡게 된 거죠?"

배틀 총경은 미소를 머금었다.

"의외로 이런 사건이 심각한 사건일 수도 있습니다, 피츠윌리엄 씨. 위필드 경 같은 분이 연루되면 우리로서는 아무래도 신중을 기하게 되죠."

"그 점은 고맙게 생각합니다. 혼자 오셨나요?"

"아닙니다. 저와 경사가 하나 왔습니다. 그 친구는 세븐 스타즈에 있는데 위필드 경을 감시하는 것이 그가 맡은 임무입니다."

"알겠습니다."

배틀이 물었다.

"피츠윌리엄 씨, 선생님 생각으로는 추호의 의심도 없는 겁니까? 범인을 완전히 확신하고 계신 건가요?"

"현재로서는 다른 가능성은 없다고 봅니다. 제가 알고 있는 사실을 말해 드릴까요?"

"고맙습니다만 윌리엄 경에게서 다 들었습니다."

"그래요. 어떻게 생각하십니까? 제가 보기엔 당신은 위필드 경 같은 위치에 있는 사람이 살인광일 가능성은 별로 없다고 생각할 것 같은데요?"

배틀 총경이 말했다.

"제 눈에 가능성이 없어 보이는 일은 별로 없습니다. 범죄에서는 불가능이란 게 없습니다. 저는 항상 그렇게 말하죠. 선생님이 제게 노부인이나 대주교나 또는 여학생이 위험한 범죄자라고 해도 전 반박하지 않을 겁니다. 일단 그 문제를 조사해 보겠죠."

"윌리엄 경에게서 사건의 주요 내용을 들었다면 오늘 아침에 일어난 일만 말해 드릴게요."

루크는 위필드 경과 아침에 있었던 일을 간략하게 들려주었다. 배틀 총경은 큰 흥미를 보이면서 들었다.

그가 물었다.

"위필드 경이 손가락으로 칼날을 만졌다고 말씀하셨죠. 그가 그 칼로 뭔가 특별히 한 게 있나요, 피츠윌리엄 씨? 위협이라든가?"

"드러내놓고 그러진 않았습니다. 좀 불쾌하게 칼날을 시험해 보더군요. 제 비위에 거슬리게 심미적인 쾌감을 느끼면서 칼날을 쓰다듬었지요. 웨인플리트 부인도 같은 인상을 받았을 거라고 생각합니다."

배틀 총경이 말했다.

"그렇군요. 그 젊은 숙녀분에 대해서는 마음을 놓으셔도 될 것 같습니다, 피츠윌리엄 씨. 제가 사람을 하나 시켜서 그분을 보호하도록 하겠습니다. 그렇게 하고, 잭슨이 위필드 경을 미행하면 무슨 일이 일어날 위험은 전혀 없습니다."

"마음이 한결 놓이는군요."

총경은 동정하는 듯이 고개를 끄덕였다.

"정말 고약한 입장에 처하셨군요, 피츠윌리엄 씨. 콘웨이 양을 걱정해야 하니 말입니다. 제가 이 사건을 만만하게 보지 않는다는 것을 기억해 주세요. 위필드 경은 분명히 아주 영리한 사람일 겁니다. 그는 한동안 잠잠하게 있을 겁니다. 마지막 단계에 이르지 않았다면 말입니다."

"마지막 단계라는 건 뭘 말하는 겁니까?"

"범죄자가 자만해서 자신은 결코 발각되지 않을 거라고 생각하는 단계죠! 자신은 너무 영리하고 다른 사람들은 너무 어리석은 거죠! 그럼 우리가 그를 잡게 되죠!"

루크는 고개를 끄덕였다. 그가 일어섰다.

"그럼 행운을 빌겠습니다. 제가 할 수 있는 일은 돕게 해 주세요."

"물론입니다."

"지금 제게 제안할 일은 없습니까?"

배틀은 루크의 질문을 생각해 보았다.

"아닙니다. 현재로선 없습니다. 먼저 이곳 분위기를 익혀야겠습니다. 오늘 저녁에 다시 만나서 이야기를 나눌 수 있겠죠?"

"물론이죠."

"그때쯤 되면 상황이 더 분명하게 보이겠죠."

루크는 막연하게 마음이 놓였다. 배틀 총경과 면담을 한 많은 사람들이 이런 식으로 느꼈을 것이다.

그는 시계를 보았다. 가서 점심식사 전에 브리짓을 만나야 할까? 그러지 않는 편이 좋겠다고 그는 생각했다. 웨인플리트 부인은 점심식사에 루크를 초대해야 한다고 느낄지도 모르고 그로 인해 그녀의 살림살이가 혼란스러워질 것이다. 이모들과의 경험에서 미루어 보건대 중년의 부인들은 살림 문제에 야단법석을 떠는 경향이 있다. 그는 웨인플리트 부인이 누군가의 이모일지 궁금했다. 필경 그럴 것이다.

그는 여인숙 문밖으로 산책을 나갔다. 검은 옷을 입은 한 사람이 급히 거리를 내려오다가 그를 보자 갑자기 멈추어 섰다.

"피츠윌리엄 씨."

"험블비 부인."

그는 앞으로 나와서 악수를 했다.

그녀가 말했다.

"떠나신 걸로 생각했는데요?"

"아닙니다……. 그냥 숙소만 바꿨어요. 지금은 여기서 묵고 있습니다."

"그럼 브리짓은요? 애쉬 마노르를 떠났다고 들었는데요?"

"예, 그렇습니다."

험블비 부인은 한숨을 쉬었다.

"난 너무 기뻐요. 그녀가 즉시 위치우드를 떠나서 말이에요."

"그녀는 아직 여기에 있어요. 사실은 웨인플리트 부인 집에 있습니다."

험블비 부인은 뒤로 한 발짝 물러섰다. 그녀의 얼굴이 기묘하게 고통스럽게 일그러지는 것을 루크가 놀라서 바라보았다.

"오노리아 웨인플리트 집에 있어요? 아니, 왜요?"

"웨인플리트 부인이 친절하게도 브리짓에게 며칠 머물러 달라고 청하셨어요."

험블비 부인은 몸을 살짝 떨었다. 그녀는 루크에게 가까이 다가와서 그의 팔을 잡았다.

"피츠윌리엄 씨, 내가 주제넘게 이런 말을 할 권리는 없다는 걸 알아요. 아무 권리도 없다는 걸. 난 요즘 너무 큰 슬픔을 겪어서 아마 그 때문에 공상에 잠긴 건지도 몰라요! 이런 내 느낌은 그냥 병적인 상상일 수도 있습니다."

루크가 부드럽게 말했다.

"무슨 느낌을?"

"내 확신요……. 악에 대한 확신!"

그녀는 부끄러워하며 루크를 바라보았다. 그가 심각하게 머리를 숙이고 그녀의 말을 들을 뿐 그녀의 말에 의문을 표시하지 않는 것처럼 보이자 그녀는 계속 말했다.

"아주 큰 사악함……. 위치우드에 사악한 존재가 있다는 생각을 난 항상 했어요. 그리고 그 여자가 이 모든 악의 근원에 있어요. 난 확신해요!"

루크는 어리둥절했다.

"어떤 여자요?"

"오노리아 웨인플리트는 아주 사악한 여자라는 확신이 들어요! 아, 알아요. 날 믿지 않는 거죠! 라비니아 핀커튼을 믿은 사람도 없었어요. 하지만 우린 둘 다 느꼈죠. 그녀는 내가 아는 것보다 더 많은 것을 알고 있다고 난 생각했죠……. 잊지 마세요, 피츠윌리엄 씨. 여자가 한을 품으면 무서운 일을 저지를 수 있답니다."

루크가 부드럽게 말했다.

"그 말은 사실일지도 모르죠."

험블비 부인이 재빨리 말했다.

"선생님은 날 믿지 않죠? 믿으실 이유가 없겠죠. 하지만 난 존이 그 여자 집에서 손에 붕대를 감고 집에 오던 날을 잊을 수가 없어요. 존은 그냥 긁힌 거라면서 웃어넘겼지만."

그녀는 몸을 돌렸다.

"안녕히 가세요. 제발 내가 방금 한 말을 잊어 주세요. 난 요즘 제정신이 아니에요."

루크는 그녀가 가는 모습을 지켜보았다. 그는 왜 험블비 부인이 오노리아 웨인플리트를 사악한 여자라고 했는지 궁금했다. 험블비 부인과 오노리아 웨인플리트는 친구가 아니었나? 그럼 그 의사 부인이 질투가 났던 것일까?

그녀가 뭐라고 했지? 라비니아 핀커튼을 믿은 사람도 없었다고? 그렇다면 라비니아 핀커튼이 험블비 부인에게 자신의 의심을 일부 털어놓은 것이 틀림없다.

기차에서의 기억이 급히 밀려오면서 그 선량한 노부인의 걱정스러운 얼굴이 떠올랐다. 그는 다시 '그 사람의 얼굴에 나타난 표정'에 대해 말하던 그 진지한 목소리를 들었다. 그리고 그녀의 얼굴이 마치 마음속에 있는 뭔가를 분명하게 보고 있는 것처럼 바뀌었다. 그러자 다른 얼굴……. 입술이 살짝 말려 올라간 기괴하고 흡족해 보이는 표정이 떠올랐다.

그는 갑자기 생각이 났다. 난 그렇게 생긴 누군가를 봤어. 바로 그 표정……. 그것도 최근에……. 언제? 오늘 아침! 웨인플리트 부인……. 마노르에 있는 응접실에서 브리짓을 볼 때 바로 그 표정이었어.

그리고 갑자기 또 다른 기억이 그를 엄습했다. 수년 전 기억 중 하나였다. 그의 이모인 밀드레드 부인이 무슨 말끝엔가 "얘야, 그녀는 있지, 정신박약처럼 보였단다."라고 하던 말……. 그리고 잠시 이모의 평안하고 정상적이던 얼굴이 바보 같고 멍한 표정으로 바뀌었었다…….

라비니아 핀커튼은 그 남자, 아니 그 사람의 얼굴에서 본 표정을 이야기하고 있었다. 그렇다면 잠시 그녀의 활발한 상상력 덕분에 그녀가 본 그 표정……. 살인자가 다음 번 희생자를 보는 그 표정을 라비니아가 그대로 재현했다는 것도 가능하지 않을까…….

자신이 뭘 하고 있는지 반쯤 의식하지 못한 채 루크는 재빨리 웨인플리트 부인의 집을 향해 걸어갔다.

그의 머릿속에 한 목소리가 계속 들리고 있었다.

"남자가 아니야. 그녀는 결코 남자라고 말한 적이 없어……. 네가 남자라고 생각하고 있었기 때문에 남자로 추정한 것뿐이지만 그녀는 결코 그렇게 말하지 않았어……. 오, 신이여. 내가 미친 걸까? 내가 생각하는 게 가능하진 않지만……. 물론 불가능해. 이치에 맞지 않는다고……. 하지만 브리짓에게로 당장 가야 해. 그녀가 괜찮은지 알아야겠어. 그 눈……. 그 이상하고 옅은 호박 색 눈동자……. 아, 내가 미쳤나 봐! 내가 미친 게 분명해. 위필드가 살인자야! 그가 살인자임이 분명해. 그가 사실 그렇게 말했잖아!"

하지만 여전히 악몽처럼 그는 순간적으로 뭔가 으스스하고 정상이 아닌 것을 흉내 내는 핀커튼 부인의 얼굴이 보였다.

그 왜소한 하녀가 그를 맞이하며 문을 열어 주었다. 그의 맹렬한 분위기에 놀라면서 그녀가 말했다.

"아가씨는 나가셨어요. 웨인플리트 부인이 그렇게 말씀하셨습니다. 웨인플리트 부인이 집에 계시는지 볼게요."

그는 그녀를 밀어붙이고 응접실로 들어왔다. 에밀리가 2층으로 올라갔다. 그녀는 숨을 몰아쉬면서 밑으로 내려왔다.

"마님도 나가셨어요."

루크는 그녀의 어깨를 잡았다.

"어느 길로? 그들이 어디로 갔지?"

그녀는 입을 딱 벌린 채 루크를 바라보았다.

"뒤로 나가신 게 분명해요. 앞으로 나가셨다면 부엌에서 밖이 보이니까 제가 보았을 겁니다."

그녀는 루크가 문을 열고 뛰어나가 작은 정원으로 나와서 밖으로 나가는 것을 따라왔다. 거기에는 한 남자가 울타리를 다듬고 있었다. 루크는 그에게 다가가서 아무렇지도 않은 목소리로 물어보려고 애를 썼다.

그 남자가 천천히 말했다.

"숙녀 두 분요? 예, 얼마 전에요. 난 울타리 밑에서 밥을 먹고 있었어요. 그분들은 날 못 본 것 같은데."

"그 사람들이 어느 쪽으로 갔습니까?"

그는 정상적인 목소리를 내려고 처절하게 노력했다. 하지만 상대방은 천천히 대꾸하면서 눈을 조금 더 크게 떴다.

"들판을 가로질러 갔는데……. 저쪽으로요. 그 다음은 잘 모르겠어요."

루크는 그 남자에게 고맙다는 말을 하고 뛰기 시작했다. 절박한 일이 일어나고 있다는 예감이 점점 강해지기 시작했다. 반드시 그들을 따라잡아야 한다. 반드시! 그가 미쳤을지도 모른다. 그들은 그냥 한가로이 산책을 나간 건지도 모르지만 그의 마음속에 뭔가가 서두르라고 아우성을 치고 있었다. 더 빨리!

그는 벌판을 두 개 건넌 후 한 시골 길 앞에서 망설이며 서 있었다. 이젠 어느 길로 가야 하지?

그러다 부르는 소리를 들었다. 희미하게 멀리서……. 하지만 틀림없는 소리였다…….

"루크, 도와줘요."

그러다 다시 들렸다.

"루크……."

곧장 그는 숲속으로 뛰어들어 그 비명 소리가 들린 방향으로 내달렸다. 더 많은 소리가 들렸다. 격투를 벌이면서 헐떡이는 소리……. 낮게 목젖을 꿀꺽거리며 지르는 비명 소리…….

그는 나무들을 통과해서 제때에 도착해 미친 여자의 손을 그 피해자의 목에서 잡아 떼냈다. 그러고는 버둥거리며 입에 거품을 물고 저주를 하다가 마침내 경련을 일으키면서 몸을 부르르 떨고 뻣뻣하게 굳어져 버린 그녀를 팔로 힘껏 눌렀다.

새로운 시작

"하지만 난 이해하지 못하겠군요. 이해가 안 돼."

위필드 경이 말했다.

그는 위엄을 지키려고 애썼지만 거만한 표정 밑으로 불쌍할 정도로 당혹스러워하는 모습이 분명하게 보였다. 그는 자신이 듣고 있는 기묘한 이야기를 믿을 수 없었다.

배틀이 인내심을 가지고 말했다.

"이런 이야기입니다, 위필드 경. 먼저 그 가문에는 정신병이 유전되고 있었어요. 방금 그 사실을 알아냈죠. 오래된 가문에선 종종 있는 일이죠. 그녀도 그런 병에 걸린 것 같아요. 게다가 그녀는 야심만만한 사람이었는데 그 야심을 제대로 발휘하지 못했어요. 처음엔 일 문제에서 좌절을 겪었고 나중엔 연애도 마음대로 되지 않았죠."

그는 헛기침을 했다.

"그녀를 찬 건 위필드 경이셨던 걸로 알고 있는데요?"

위필드 경은 완고하게 말했다.

"나는 그 찼다는 표현이 맘에 들지 않습니다."

배틀은 즉시 말을 고쳤다.

"파혼은 위필드 경이 하신 거죠?"

"흠……. 그렇죠."

"이유를 말해 주세요, 고든."

브리짓이 말했다.

위필드 경의 얼굴이 조금 붉어졌다.

"좋아요, 그래야 한다면. 오노리아에게는 카나리아가 한 마리 있었어요. 그 새를 아주 예뻐했죠. 그 새는 그녀의 입술에서 설탕을 받아먹곤 했었죠. 어느 날 그녀의 입술을 좀 세게 쪼았던 것 같아요. 그녀는 화가 나서 그 새를 집어 들더니…… 목을 비틀어 버렸어요! 난…… 그 이후론 예전 같은 감정이 들지 않더군요. 난 그녀에게 우리 둘 다 실수한 것 같다고 말했죠."

배틀은 고개를 끄덕였다.

"그게 바로 시초였군요! 그녀가 콘웨이 양에게 말한 것처럼 그녀는 모든 생각과 정신적인 능력을 한 가지 목적에 쏟았어요."

위필드 경은 믿을 수 없어 하며 말했다.

"나를 살인자로 몰기 위해? 믿을 수 없어요."

브리짓이 말했다.

"사실이에요, 고든. 당신도 당신을 화나게 했던 사람들이 모두 죽시 벌을 받았다고 놀랐잖아요."

"거기엔 그럴 만한 이유가 있었어."

"오노리아 웨인플리트가 바로 그 이유였어요. 그 생각을 당신 마음속에 심어 준 거라고요, 고든. 토미 피어스를 유리창에서 밀어 버리고, 다른 사람들을 죽인 것은 신의 섭리가 아니었어요. 그건 오노리아였어요."

브리짓의 말에 위필드 경은 고개를 흔들었다.

"믿을 수 없어!"

브리짓이 말했다.

"오늘 아침에 전화로 메시지를 하나 받았다고 했죠?"

"그랬지. 12시쯤. 내게 할 말이 있다고 숲으로 와 달라는 당신의 메시지였지. 차로 오지 말고 걸어오라고 하더군."

배틀이 고개를 끄덕였다.

"바로 그겁니다. 그걸로 마무리를 하려고 한 거죠. 하마터면 콘웨이 양은 목이 잘린 채 발견되었을 겁니다. 그리고 그녀 옆에는 당신의 지문이 묻은 칼이 있었겠죠! 그리고 당신이 그 근처에 있었다는 게 목격될 것이고! 당신은 아주 불리한 입장에 처했을 겁니다. 어떤 배심원이라도 당신을 유죄 판결 했을걸요."

위필드 경은 경악과 비탄에 차서 소리를 질렀다.

"나를? 나 같은 사람이 그런 짓을 했다고 믿을 사람이 있단 말입니까?"

브리짓이 다정하게 말했다.

"난 믿지 않았어요, 고든. 단 한 번도 믿지 않았어요."

위필드 경은 그녀를 냉정하게 바라보다가 완고하게 말했다.

"내 성격과 이 지역사회에서 내 위치를 고려할 때 누구든 한순간이라도 그런 극악무도한 혐의를 믿을 사람은 없을 거라고 난 믿고 있습니다!"

그는 점잔을 빼며 나가서 문을 닫았다.

루크가 말했다.

"자신이 정말로 위험한 처지에 있었다는 걸 영 깨닫질 못하네!"

그리고 이어서 말했다.

"말해 봐요, 브리짓. 당신이 어떻게 오노리아란 여자를 의심하게 되었는지."

브리짓이 설명했다.

"당신이 내게 고든이 살인자라고 설명할 때였어요. 난 그걸 믿을 수가 없었어요! 난 고든을 잘 알거든요. 2년 동안이나 그의 비서로 일했는데! 난 그 사람을 안팎으로 잘 알아요. 그 사람이 거만하고 옹졸하고 완전히 자신만 아는 사람이지만 마찬가지로 친절하고 터무니없을 정도로 마음이 곱다는 것도 알고 있었어요. 그는 심지어 말벌 한 마리 죽이는 것도 벌벌 떨었어요. 고든이 웨인플리트 부인의 카나리아를 죽였다는 이야기는 정말 맞지 않았죠. 그는 그런 짓을 할 수 있는 사람이 아니에요. 고든은 예전에 내게 자신이 오노리아를 찼다고 말해 준 적이 있었죠. 그런데 당신은 그 반대였다고 주장하더군요. 그랬을 수도 있겠죠! 고든의 자존심이 너무 세서 그녀가 자기를 찼다는 것을 인정하지 못했을 수도 있죠. 하지만 그 카나리아 이야기는 아니에요. 그건 고든 스타일이 아니었어요! 그는 동물들이 총에 맞는 것을 보는 게 구역질이 나서 총도 들지 않는 사람이에요.

그래서 난 그 부분이 진실이 아니란 것을 알고 있었죠. 하지만 그렇다면 웨인플리트 부인이 거짓말을 한 게 되잖아요. 그건 정말…… 생각해 보면 놀라운 거짓말이 아닐 수 없잖아요. 그리고 난 갑자기 그녀가 그보다 더 많은 거짓말을 한 게 아닐까 궁금해졌어요. 그녀는 아주 자부심이 강한 여자잖아요. 누구든 보면 알 수 있죠. 남자에게 차였다면 자존심에 큰 상처를 입었을 텐데 그렇다면 위필드 경에게 화가 나고 복수심에 불타겠죠. 특히 그가 크게 출세해서 부유해진다면 더 그럴 거라고 느꼈어요. 난 생각했죠.

'그래, 그녀라면 고든을 상대로 범죄를 꾸미는 것을 아주 즐거워했을 거야.'

그러자 머리가 어지러울 정도로 이상한 느낌이 들더군요. 하지만 그녀가 말한 모든 게 거짓말이라고 친다면……?

그런 생각이 들자 난 갑자기 그런 여자가 얼마나 쉽게 남자를 속일 수 있는지 깨달았어요! 그래서 난 생각했죠. 이건 그냥 상상이지만 그녀가 이 모든 사람들을 죽이고 고든에게 이것이 거룩한 천벌이라는 생각을 심어 준다고 가정해 보았죠. 그녀는 쉽게 고든이 그걸 믿게 할 수 있었을 테죠. 내가 전에 말했던 것처럼 고든은 뭐든 믿으니까! 그리고 난 생각했죠.

'그녀가 이 모든 사람들을 죽일 수 있었을까?'

난 그녀가 그럴 수 있다는 걸 알았죠. 그녀는 술 취한 남자를 밀어 버리고, 아이를 창문에서 밀어 떨어뜨릴 수 있었고, 에이미 깁스가 그녀의 집에서 죽었잖아요. 호튼 부인도 마찬가지예요. 오노리아 웨인플리트 부인은 호튼 부인이 병에 걸렸을 때 그녀 집에 가서 옆에 앉아 있곤 했죠. 험블비 박사는 더 힘들었어요. 난 그때 웡키 푸의 귀에 고약한 패혈 증상이 있었다는 것도 몰랐고, 그녀가 험블비 박사의 손에 패혈증 병균으로 감염된 붕대를 감아 주었다는 것도 몰랐죠. 핀커튼 부인의 죽음은 더 어려웠는데, 웨인플리트 부인이 운전기사 복장을 하고 롤스로이스를 몰았다는 걸 상상하기 힘들었죠.

그러다 갑자기 난 그게 가장 쉬웠다는 걸 깨달았어요! 그냥 뒤에서 밀어 버리면 되는 구식 수법이었어요. 군중 속에서 쉽게 할 수 있는 거죠. 차는 멈추지 않았고, 그녀는 기회를 보아 옆에 있던 또 다른 여자에게 그 차의 번호를 보았다고 하면서 위필드 경의 차 번호를 말해 준 거죠.

물론 이 모든 일들이 내 머릿속에서 뒤죽박죽 혼란스럽게 얽혀 있었죠. 하지만 고든은 분명히 살인을 하지 않았고, 난 알고 있었죠. 그가 살인을 하지 않았다는 걸……. 그렇다면 누가 했을까요? 그러자 해답이 꽤 분명하게 보이더군요. 고든을 증오하는 누군가겠죠! 누가 고든을 증오하겠어요? 물론 오노리아 웨인플리트죠.

그리고 난 핀커튼 부인이 분명히 남자를 살인자로 지목했다는 이야기를 기억해 냈죠. 그것이 내 모든 추리를 일거에 무너뜨렸죠. 왜냐하면 핀커튼 부인이 옳지 않았다면 살해를 당하지 않았을 거잖아요……. 그래서 난 당신에게 핀커튼 부인이 한 말을 정확하게 되풀이하게 했고, 곧 그녀가 실제로 '남자'라고 말한 적은 한 번도 없다는 걸 알았어요. 그러자 제대로 방향을 짚었다는 감이 들었죠! 그래서 난 웨인플리트 부인의 초대를 받아들여 그녀 집에 머물면서 범인을 색출하기로 결심했죠."

"나한테는 한 마디 말도 없이?"

루크가 화난 목소리로 말했다.

"하지만 당신이 너무 확신에 차 있어서……. 게다가 난 확신할 수가 없었고! 모두 애매하고 미심쩍기만 했어요. 하지만 결코 내가 위험에 처할 거라곤 꿈도 꾸지 않았어요. 시간이 많다고 생각했는데……."

그녀는 몸을 떨었다.

"루크, 정말 끔찍했어요. 그녀의 눈……. 그리고 그 무시무시한 공손하면서도 비인간적인 웃음소리……."

루크도 조금 몸을 떨면서 말했다.

"그곳에 간신히 때맞춰 갔던 걸 난 절대로 잊지 못할 거예요."

그는 배틀에게로 몸을 돌렸다.

"지금 그녀는 어때요?"

배틀이 말했다.

"한계를 넘어 버렸죠. 그런 사람들은 그래요. 자신이 생각했던 것처럼 영리한 존재가 아니라는 충격을 받아들이지 못합니다."

루크가 처량하게 말했다.

"흠, 난 유능한 경찰이 못 되는군요! 한 번도 오노리아 웨인플리트 부인을 의심하지 않았어요. 당신이라면 더 잘했을 텐데요, 배틀."

"아니요, 선생님. 아닐 겁니다. 범죄에서는 아무것도 불가능하지 않다고 제가 한 말을 기억하시겠죠. 제가 노부인 이야기도 한 걸로 알고 있습니다만."

"주교와 여학생도 언급했죠! 당신은 모든 사람을 잠재적인 범죄자로 간주한다고 생각해도 될까요?"

배틀이 활짝 웃었다.

"누구든 범죄자일 수 있습니다. 그게 제 말뜻이었죠."

브리짓이 말했다.

"고든만 제외하고. 루크, 가서 고든을 만나 보죠."

그들은 서재에서 분주하게 뭔가를 적고 있는 고든을 발견했다.

브리짓이 작고 유순한 목소리로 말했다.

"고든, 이제 모든 걸 알았어요. 우리를 용서해 주시겠어요?"

위필드 경은 그녀를 자비롭게 바라보았다.

"물론 브리짓, 당연하지. 난 진실을 깨달았어. 나는 할 일이 많은 사람이야. 내가 당신을 소홀히 대했어. 진실은 키플링이 현명하게 표현한 그대로야.

가장 부지런한 사람은 홀로 여행하는 사람이다. 내 삶은 외로운 행로이다.

난 큰 책임을 지고 있어. 혼자서 그 책임을 져야 해. 내겐 그 짐을 덜어 줄 동반자도 없어. 혼자서 삶을 헤쳐 나가야 해."

그는 어깨를 폈다.

브리짓이 말했다.

"고든! 당신은 정말 친절해요!"

위필드 경은 얼굴을 찡그렸다.

"이건 친절하고 말고 하는 문제가 아니라니까. 사소한 일은 다 그만 잊읍시다. 난 바쁜 사람이니까."

"당신이 바쁜 분이란 건 나도 알아요."

"난 즉시 시작할 기사 시리즈를 준비 중이야. 시대를 초월해서 여성들이 저지른 범죄에 대해……."

브리짓은 존경의 눈빛으로 그를 바라보았다.

"고든, 근사한 아이디어예요."

위필드 경은 가슴을 부풀렸다.

"그러니 제발 나를 혼자 있게 해 줘요. 난 방해 받아선 안 돼. 해야 할 일이 아주 많다고."

루크와 브리짓은 그 방에서 발뒤꿈치를 들고 걸어 나왔다.

"그는 정말로 친절해요!"

브리짓이 말했다.

"브리짓, 당신이 저 남자를 정말로 좋아했다는 걸 믿겠는걸요!"

"루크, 정말 그랬던 것 같아요."

루크는 창밖을 내다보았다.

"위치우드를 떠나게 되어서 기뻐요. 난 이 마을이 마음에 들지 않아요. 여긴 험블비 부인이 말한 것처럼 사악함이 너무 많아요. 애쉬 릿지가 마을을 굽어보고 있는 것도 마음에 안 들고."

"애쉬 릿지 말이 나왔으니 말인데, 엘스워시는 어떻게 된 거죠?"

루크는 조금 창피한 듯이 웃었다.

"그 손에 묻은 피 말인가요?"

"예."

"그 사람들은 수탉을 제물로 삼았더군요!"

"완벽하게 혐오스러운 일이군요!"

"내 생각엔 친애하는 엘스워시 씨에게 좀 불쾌한 일이 일어날 것 같아요. 배틀이 조그마한 기습 공격을 계획하고 있거든요."

브리짓이 말했다.

"그 불쌍한 호튼 소령은 부인을 죽이려고 시도도 하지 않았고, 애벗 씨는 한 숙녀에게서 체면을 손상시키는 편지를 한 통 받았을 뿐이고, 토머스 박사는 겸손하고 사람 좋은 젊은 의사였을 뿐이구요."

"그 자식은 정말 잘난 체한다니까!"

"그건 토머스 박사가 로즈 험블비와 결혼하는 것을 질투해서 하는 말이죠?"

"로즈는 토머스 박사에게 보내기엔 아까워."

"아무래도 당신이 나보다 그 아가씨를 더 좋아한다는 생각이 드는걸요!"

"그건 터무니없다고 생각하지 않아요?"

"아니요, 그렇지 않거든요."

그녀는 한동안 입을 다물었다가 다시 말했다.

"루크, 지금은 날 좋아해요?"

그는 그녀를 향해 다가섰지만 그녀가 피했다.

"내가 말했죠, 루크. 좋아하냐고. 사랑이 아니라……."

"알아요……. 그래요……. 당신을 좋아해요, 브리짓. 당신을 사랑하는 만큼."

"나도 당신을 좋아해요, 루크……."

그들은 파티에서 막 사귄 아이들처럼 수줍어하며 미소 지었다. 브리짓이 말했다.

"좋아하는 감정이 사랑보다 더 중요해요. 좋아하는 마음은 오래 가죠. 이 감정이 오래 가기를 원해요, 루크. 난 우리 둘이 사랑에 빠졌다가 결혼해서 싫증을 내고 다시 다른 사람을 원하는 일은 일어나지 않기를 바라요."

"아! 알아요. 당신은 현실을 원하는 거죠. 나도 그래요. 우리 사이의 감정은 영원할 거예요. 이건 현실적인 감정이니까."

"그게 사실이에요, 루크?"

"사실이고말고요, 내 사랑. 바로 그 이유로 당신을 사랑하길 두려워했는데."

"나도 당신을 사랑하게 될까 봐 두려웠어요."

"지금도 겁이 나요?"

"아니요."

그가 말했다.

"우린 오랫동안 죽음과 가까이 있었어요. 이젠…… 다 끝났어! 새 삶을 시작합시다……."

〈끝〉

옮긴이 | 박산호

한국외국어대학교 인도어과와 한양대학교 영어교육학과를 졸업했다. 출간한 역서로는 『세계 대전 Z』, 『내 안의 살인마』, 『무덤으로 향하다』, 『마네의 연인 올랭피아』, 『차일드 44』, 『연기와 뼈의 딸』, 『라스트 차일드』 등이 있다.

애거서 크리스티 전집
살인은 쉽다

3판 1쇄 찍음 2021년 2월 10일
3판 1쇄 펴냄 2021년 2월 22일

지은이 | 애거서 크리스티
옮긴이 | 박산호
발행인 | 박근섭
편집인 | 김준혁
책임편집 | 최고운
펴낸곳 | 황금가지

출판등록 | 2009. 10. 8 (제2009-000273호)
주소 | 06027 서울 강남구 도산대로 1길 62 강남출판문화센터 5층
전화 | 영업부 515-2000 편집부 3446-8774 팩시밀리 515-2007
홈페이지 | www.goldenbough.co.kr

도서 파본 등의 이유로 반송이 필요할 경우에는 구매처에서 교환하시고
출판사 교환이 필요할 경우에는 아래 주소로 반송 사유를 적어 도서와 함께 보내주세요.
06027 서울 강남구 도산대로 1길 62 강남출판문화센터 6층 민음인 마케팅부

ⓒ ㈜민음인, 2013. Printed in Seoul, Korea
ISBN 978-89-8273-746-6 04840
ISBN 978-89-8273-700-8 04840 (set)

㈜민음인은 민음사 출판 그룹의 자회사입니다.
황금가지는 ㈜민음인의 픽션 전문 출간 브랜드입니다.